Originaire de Géorgie, **Eve Jagger** se considère comme une vraie fille du Sud. Mère de deux enfants, elle est aussi une épouse comblée qui n'hésite pas à solliciter l'aide de son mari lorsqu'il est question d'effectuer des recherches pour ses scènes érotiques. Elle veille toujours à ce que ses personnages soient complexes et émotionnellement forts, et ses héros sexy et virils à souhait.

Eve adore échanger sur les réseaux sociaux. N'hésitez pas à la contacter, à vous abonner à sa page Facebook : https://www.facebook.com/evejaggerbooks et à la suivre sur Twitter : https://twitter.com/evejwrites

Ce livre est également disponible
au format numérique

www.milady.fr

Eve Jagger

Arrogant

Sexy Bastard – 1

Traduit de l'anglais (États-Unis) par Ana Urbic

Milady Romance

Milady est un label des éditions Bragelonne

Titre original : *Hard*
Copyright © 2015 Eve Jagger

Publié avec l'accord de Bookcase Literary Agency
pour le compte de RF Literary Agency

© Bragelonne 2016, pour la présente traduction

ISBN : 978-2-8112-1730-3

Bragelonne – Milady
60-62, rue d'Hauteville – 75010 Paris

E-mail : info@milady.fr
Site Internet : www.milady.fr

*Je dédie ce livre au vrai Ryder.
Avec toi, j'ai tout gagné.*

I

Ryder

Il y a deux odeurs que j'apprécie plus que tout : l'odeur d'une femme avant le sexe et celle de cet entrepôt les soirs de combat. Aucun rapport, je sais.

Il n'y a rien de mieux qu'une femme nue, envahie par l'excitation, le goût de sa peau moite salée et sucrée à la fois, brûlante et douce comme du miel. Les effluves de l'entrepôt sont loin d'être aussi agréables, mais ils n'en sont pas moins euphorisants. Il y a quelque chose de jouissif dans l'air lourd, presque étouffant, chargé des relents de sang mêlés à ceux de la transpiration de ce vaste espace. Comme je l'ai dit, ces parfums sont radicalement différents, mais je les inspire tous les deux avec la même délectation.

Même à l'époque où je montais encore sur le ring, pleinement conscient de ce qui m'attendait, des quelques côtes fêlées et des poings enflés que je ne pourrais pas éviter, l'odeur de cet endroit me mettait en transe. Combattre contre un mec dont le seul but est de te faire mordre la poussière est aussi terrifiant qu'exaltant. En plus, la règle du *free fight* est très simple : mettre l'adversaire KO, sans porter de gants, torse et pieds nus. Ce n'était pas toujours une mince affaire, mais il me suffisait d'inspirer l'air de cet endroit à pleins poumons et de m'imprégner de l'atmosphère électrisante pour m'engager corps et âme dans la lutte. Et il s'est révélé que ma technique était infaillible parce que je n'ai pas perdu une seule fois.

D'ailleurs, je gagne toujours. Dans tout. Et ce n'est pas ce soir que ça va changer.

— Il doit y avoir une erreur quelque part, dis-je à Tyler en fronçant les sourcils.

Ce soir, Crutcher a battu Miller en deux temps trois mouvements, et cette victoire est censée me rapporter un paquet de fric. Mais, quelle n'a pas été ma surprise quand Tyler m'a informé que Jamie McEntire avait apparemment parié 10 000 dollars avant de disparaître sans payer.

— Je n'aurais jamais accepté un aussi gros montant de sa part, continué-je. Je connais bien les gamins dans son genre, ils n'ont jamais autant d'argent sur eux.

Quand j'ai repris l'affaire, il y a deux ans, j'ai dû y remettre de l'ordre pour que l'endroit se forge une réputation. Pour commencer, on n'ouvre pas une ardoise à n'importe qui, mais juste aux habitués qu'on connaît bien. Ceux qui partent sans payer leur dû, on laisse courir une fois – l'erreur est humaine, après tout –, mais pas deux. Je suis peut-être à la tête d'une organisation de combats clandestins, cependant ça ne veut pas dire que je n'ai pas de principes.

Il y a également un dress code à respecter : talons hauts pour les femmes et chemise pour les hommes, ce qui tombe bien parce que notre clientèle ne lésine pas sur les moyens lorsqu'il s'agit de se faire remarquer niveau look.

J'ai également embauché des vigiles qui assurent la sécurité de l'entrepôt durant les soirs de combat. Si vous avez trop bu, le barman vous appellera même un taxi. Mon affaire est réglo. Illégale, certes, mais réglo. Tellement réglo que la police elle-même ne nous cherche pas de poux. Certains policiers viennent même s'essayer à la boxe de temps en temps.

—Ça nous a échappé à tous, lâche Tyler en haussant les épaules. Il a perdu plusieurs paris consécutifs et a rapidement explosé son ardoise. J'ai refait les comptes plusieurs fois et le résultat est toujours le même : il nous doit 10 000 balles.

—Et merde, putain! m'exclamé-je en observant la foule éparpillée autour du ring avant de croiser le regard d'une belle blonde dans une robe qui ne laisse pas beaucoup de place à l'imagination.

Un petit sourire en coin, elle hoche légèrement la tête puis porte sa bouteille de bière à ses lèvres avant d'avaler une gorgée de manière très suggestive. En voilà une qui ne perd pas son temps.

Pas mal du tout, je pourrais me la…

—Tu veux faire quoi, alors? m'interroge Tyler, m'arrachant ainsi à mes pensées. Il m'a proposé sa maison comme garantie pour ce qu'il nous doit.

Je secoue la tête.

—On n'est pas une banque, bordel, marmonné-je.

Comme j'ai monté un business illégal, les gens ont souvent tendance à croire que je suis un être fourbe et que je trafique les comptes. Ou, pire encore, que je suis un simple abruti qui a fait fortune en dégommant d'autres mecs, tous aussi cons que moi, faisant ainsi exploser les cotes des paris. Ils pensent que je ne vais pas remarquer s'ils ne remboursent pas l'intégralité de leur dette ou s'ils filent sans payer. Selon eux, j'ai des muscles, mais pas de cervelle. C'est mal me connaître.

Il n'y a qu'un seul endroit où j'accepte d'être sous-estimé : sur le ring. C'était en partie ma force quand je combattais encore. Il faut dire que j'ai un physique assez imposant. Large d'épaules et musclé juste ce qu'il faut, j'impressionne surtout par ma taille. Persuadés que je n'avais pas l'agilité nécessaire pour esquiver les coups, les parieurs ne me donnaient jamais vainqueur au début. Ils ne comprenaient pas que mes muscles ne me servaient pas uniquement pour charmer la gent féminine, mais pour gagner aussi. Mon crochet droit était aussi rapide qu'une fusée, et mes abdos me permettaient de bien gérer mes mouvements et ma respiration. En d'autres termes, ce sont mes muscles qui m'ont assuré un train de vie très confortable.

Néanmoins, se faire méjuger sur le ring était une chose, ne pas être pris au sérieux quand il s'agit du travail en est une autre. Lorsqu'on joue de l'argent et qu'on perd, il faut assumer. Et quand on me doit de l'argent je suis sans pitié. Ça fait partie du jeu. J'ai une réputation à protéger, sans parler des autres affaires – légales, cette fois –, que je gère. En plus de l'entrepôt, je possède également les deux endroits les plus branchés d'Atlanta : un bar à cocktails et *Altitude*, un autre club que j'ai ouvert avec plusieurs potes.

J'ai littéralement fait des pieds et des mains pour atteindre le sommet du succès et je compte bien y rester.

Tu ne peux t'en prendre qu'à toi-même, Jamie McEntire.

— Bon, tu as l'adresse de ce gamin ? demandé-je à Tyler.

Il hoche la tête.

— Parfait, c'est toi qui conduis. On embarque Valero avec nous. Dis-lui qu'on part dès que ça se sera vidé ici.

Tyler acquiesce de nouveau de la tête et s'éloigne. L'instant d'après, la belle blonde s'approche de moi, et mon regard s'abaisse automatiquement sur son décolleté plongeant.

— C'est pas bien de jurer, observe-t-elle, une fois à ma hauteur.

— Aurais-je heurté ta sensibilité ?

Ici, les jurons fusent facilement. Elle a dû entendre bien pire depuis le début de la soirée.

— Pas du tout. J'aime bien les hommes qui parlent vulgairement.

OK.

À ces mots, elle boit une gorgée de sa bière et me tend la bouteille.

— Tu en veux ?

Vu son expression, je pense qu'elle ne fait pas uniquement allusion à la bière.

Par-dessus son épaule, mon regard est alors attiré par un mec vêtu d'un costard gris assez classe. Il se tient au milieu d'un petit groupe de personnes et a les yeux braqués sur elle. Je pose mon index sur le goulot de la bouteille et la repousse doucement vers elle.

— Tu es venue avec qui ?

— Oh, personne! réplique-t-elle en se penchant vers moi. En revanche, je crois savoir avec qui je vais repartir.

Les femmes. Elles sont belles, sentent divinement bon. Elles peuvent vous rendre tellement heureux, mais peuvent également vous briser en un claquement de doigts. J'en sais quelque chose, j'ai été à la place de Costard Gris.

Malgré la faible lumière, j'arrive à distinguer l'expression de son visage. Les yeux plissés, il a la bouche pincée en un rictus amer. Il est parfaitement conscient du fait que, même s'il est venu avec la fille, rien ne lui garantit qu'il repartira avec elle.

À l'époque où je combattais, ma copine était rarement aux abords du ring pour m'encourager. Elle préférait nettement bénéficier de visites très privées des vestiaires. Elle a couché avec plusieurs de mes adversaires. Je me suis peut-être vengé d'eux en les étalant comme des crêpes sur le ring, mais ça ne m'a pas été d'un grand réconfort. Je n'ai jamais compris pourquoi elle faisait ça. Par dépit ou peut-être par méchanceté, par manque d'amour ou d'amour-propre, qui sait? Quoi qu'il en soit, quand on a rompu, il y a deux ans, j'en ai conclu que la vie de couple n'était pas faite pour moi. Tu t'amuses et tu te casses, tel est mon credo depuis cette histoire.

J'inspire une petite bouffée d'air et je reporte mon attention sur la belle blonde. Je l'imagine facilement en train de me chevaucher avec fougue dans mon Audi. Quelle meilleure façon de terminer la soirée? Cependant, elle ne joue pas franc je, et, comme je l'ai déjà dit, j'ai des principes.

—Ton cavalier ne te convient pas ? demandé-je en faisant un signe de la tête en direction de Costard Gris qui se tient désormais à côté de la porte, tout seul.

Il doit déjà être 2 heures du matin passées, ce qui est très, très tard pour un soir de semaine. La plupart des gens présents ce soir devront se rendre au travail d'ici à quelques heures, et, honnêtement, je ne les envie pas du tout. Certes, ils gagnent très bien leur vie, mais ils mènent une existence bien trop rangée à mon goût. Assister aux combats clandestins les fait sortir de leur train-train quotidien, ils cherchent le frisson de l'interdit, des sensations fortes qu'ils ne trouvent pas quand ils sont confortablement assis derrière leurs bureaux.

La belle blonde suit mon regard.

—Oh, lui ? dit-elle en se retournant vers moi. Il est cool, mais bon, il n'est pas toi.

Elle esquisse un sourire à faire pâlir les pubs pour dentifrice et pose une main sur mon avant-bras avant d'ajouter :

—Tu es Ryder Cole, et moi, je suis ta plus grande fan.

Sa paume glisse lentement sur la manche de ma chemise, vers mon biceps qui se contracte aussitôt. Mon corps ne pense plus qu'à une chose désormais, mais mon cerveau finit par reprendre le dessus.

—Prouve-moi que tu es ma plus grande fan, déclaré-je.

—Comment ?

Je me penche vers elle et lui murmure à l'oreille :

—En rentrant avec le mec qui t'a amenée ici et en le baisant comme si demain n'existait pas. En revanche, tu as le droit de penser à moi tout le long.

Sans même attendre sa réaction, je la contourne et pars rejoindre Tyler qui m'attend devant la sortie.

Les gars de la sécurité s'occuperont de la fermeture, j'ai encore du boulot qui m'attend.

2

Ryder

— Tu es sûr que c'est la bonne adresse ? demandé-je à Tyler quand celui-ci se gare devant une charmante demeure en briques rouges.

La maison à un étage est entourée d'une pelouse entretenue, bordée en son extrémité par une haie bien taillée. Il y a même un fauteuil balançoire sous le porche. Jamie doit encore vivre chez ses parents, même si mon instinct me dit le contraire. Il n'est pas con au point de mêler ses parents à ses bêtises en nous donnant leur adresse, si ?

L'endroit est plongé dans le noir, même les lumières du jardin sont éteintes. Peut-être que la compagnie d'électricité lui a coupé le courant parce qu'il ne les a pas payés non plus.

— Oui, c'est bien ici, réplique Tyler en remontant la fermeture Éclair de son blouson en cuir. Valero a vérifié.

Je me tourne vers Valero qui hoche la tête et je réprime un sourire en le voyant. Il occupe une large partie du siège arrière, et, même avec la tête rentrée entre les épaules, le haut de son crâne touche le toit de la voiture. OK, il faut reconnaître que l'habitacle d'une Honda Civic n'est pas très spacieux non plus.

Ex-footballeur professionnel, Valero est l'un de mes meilleurs hommes. Il s'occupe de tout : de la sécurité, du recouvrement des dettes et même des missions de reconnaissance et de surveillance parfois.

— Qu'est-ce qu'on attend ? demandé-je. Allons faire un coucou à notre cher ami Jamie.

Dehors, le silence de la nuit n'est rompu que par le crissement des grillons. Nous remontons l'allée menant à la maison, et je me place sur le côté tandis que Valero frappe à la porte. Il tourne ensuite la poignée, mais, comme je m'en doutais un peu, la serrure est verrouillée. Tyler décide de longer la façade avant de disparaître au coin de la maison, et Valero appuie sur la sonnette. Aucun son ne retentit.

— Par ici, murmure Tyler, sa tête apparaissant à l'angle de l'habitation.

On le suit jusqu'à une autre porte.

— Celle-ci me semble un peu plus légère que l'autre, annonce-t-il. Et, en plus, elle n'a pas de serrure séparée.

Il accompagne ses paroles d'un regard appuyé sur la poignée.

Je ne procède pas comme ça d'habitude, je me vois plutôt comme un gars sympa, l'exception dans un monde de brutes. Cela dit, quand on se fait attaquer, il faut savoir riposter, c'est la règle d'or de chaque boxeur qui se respecte. Et puis la meilleure défense, c'est l'attaque, non ?

— Vaut mieux en finir le plus vite possible, déclaré-je en reculant d'un pas.

D'un coup de pied bien calculé, Valero enfonce la porte qui sort de ses gonds avant de cogner contre le mur sans pour autant faire trop de bruit. Ce mec gère vraiment.

On pénètre dans la maison, et il me faut quelques instants pour que mes yeux s'habituent à la pénombre de ce qui doit être la cuisine.

Je regarde autour de moi, en espérant voir arriver Jamie, mais un silence total règne dans la maison. Soit il a le sommeil extrêmement profond, soit il est en train de se cacher dans sa baignoire, derrière le rideau de douche, comme le font les ados dépourvus d'imagination dans les films. Je me vois déjà en train de le courser, en sous-vêtements, dans la rue. Le quartier m'a l'air assez calme, et je suis persuadé que les voisins de Jamie n'apprécieraient pas de se faire réveiller au beau milieu de la nuit parce qu'il n'a pas su jouer les hôtes courtois avec nous. Il n'est pas trop tard pour régler les choses calmement, mais je n'hésiterai pas à employer la manière forte – enfin, pas moi mais Valero plutôt –, s'il le faut.

On attend quelques secondes, et comme Jamie ne se manifeste pas je fais signe à Valero et à Tyler d'avancer. Je n'aime vraiment pas avoir recours à cette méthode, elle me rappelle trop ma vie d'avant, celle que j'essaie d'oublier tant bien que mal, mais je n'ai pas le choix. Dans mon métier, la réputation est essentielle, et il est hors de question qu'on traîne la mienne dans la boue.

Je me dirige vers une porte qui donne sur un couloir au bout duquel se trouve un escalier. J'indique le salon à Valero d'un geste de la main et m'engage dans l'escalier, suivi de près par Tyler. Nos pas sont étouffés par la moquette. Jamie risque d'avoir la surprise de sa vie en nous voyant.

On arrive dans un autre couloir avec plusieurs portes des deux côtés. Elles sont toutes ouvertes sauf celle du fond.

Je m'avance lentement en jetant un coup d'œil rapide à droite et à gauche. Je dépasse la salle de bains, le dressing, une chambre à coucher à la décoration assez vieillotte. Peut-être que c'est la maison des grands-parents de Jamie. Dommage que mamie McEntire n'ait pas inculqué les bonnes manières à son petit-fils.

Derrière moi, j'entends les cliquetis des interrupteurs que Tyler actionne un à un. On n'est jamais trop sûrs, mieux vaut toujours tout vérifier.

Je presse l'oreille contre la porte fermée et j'entends un léger mouvement de l'autre côté.

Il est temps de se réveiller, gamin.

Doucement, je tourne la poignée de la porte. La lumière argentée de la lune filtre à travers les volets et éclaire faiblement un grand lit. Et, surprise, surprise, sous les draps, quelqu'un est roulé en boule au milieu du matelas. Décidément, Jamie dort d'un sommeil de plomb. Plus pour longtemps.

—Allez, debout, Ducon! m'exclamé-je en allumant la petite lampe de chevet.

Comme la silhouette remue, je saisis les draps et les repousse. Sauf que ce n'est pas Jamie McEntire que je découvre dans le lit, mais une femme.

Mon regard est instantanément attiré par sa petite culotte noire, dont un côté glisse légèrement sous sa hanche. Je remarque alors qu'elle porte un tee-shirt délavé qui moule parfaitement sa poitrine. Le bord du vêtement est relevé, révélant ainsi un nombril en creux sur un ventre plat. Elle n'est pas très grande, mais elle est ravissante.

C'est alors que je me souviens de la raison de ma visite. Il est évident qu'elle n'est pas Jamie McEntire, et, pour être tout à fait honnête, là, tout de suite, maintenant, je m'en fiche complètement.

3

Cassie

J'ai encore rêvé de l'Angleterre, sauf que, cette fois-ci, mon rêve n'a pas tourné au cauchemar. Désormais, chaque fois que l'Angleterre décide de s'inviter dans mon subconscient, un sentiment sinistre m'envahit, même dans mon sommeil.

Pourtant, pour le coup, je ne suis pas en train de faire un cauchemar, mais une sensation de malaise s'éveille en moi, comme s'il venait de se passer quelque chose dans ma maison et que quelqu'un était dans ma chambre. Et puis, soudain, j'entends la voix d'un homme. Au moins, il n'a pas l'accent britannique, c'est déjà ça.

J'ouvre les yeux et je cligne plusieurs fois des paupières pour m'assurer qu'il s'agit juste du fruit de mon imagination. Putain de jet lag ! Mais non, il y a bel et bien un homme dans ma chambre. Un homme que je ne connais pas et qui, pour couronner le tout, semble amusé. Ravi de me voir, même.

Non, mais je rêve ?

Non, Cassie, on a déjà établi le fait que tu ne rêvais pas.

Pourquoi cet homme me regarde-t-il ainsi ? Qu'est-ce que j'ai de si drôle ? Est-ce mon vieux tee-shirt avec la mascotte de l'université de West Alabama ? Ou plutôt le fait que je suis en petite culotte ?

Note à moi-même : à l'avenir, porte un vrai pyjama pour dormir, on ne sait jamais qui peut débarquer chez toi, dans ta chambre, à l'improviste, au beau milieu de la nuit.

J'ose un regard en direction de l'invité surprise. Il est assez grand et porte une veste de costume bleu qui lui va plutôt pas mal, je dois dire, et met en valeur ses larges épaules. En dessous, les trois derniers boutons de sa chemise blanche à col sont déboutonnés, révélant un torse musclé. Pas de cravate. Un malfaiteur qui a du style et qui, même s'il n'a pas l'air aussi méchant que ça, me fout quand même les jetons. Je sens ma respiration qui s'accélère et mon cœur battre à tout rompre.

L'inconnu relâche mes draps en me détaillant de la tête aux pieds, tel un prédateur prêt à bondir sur sa proie.

— Où est Jamie ? s'enquiert-il.

Mon instinct de survie se manifeste enfin. Je recule brusquement sur le matelas, le plus loin possible.

— Ne t'approche pas de moi, espèce d'enfoiré, tu m'entends ?! crié-je d'une voix légèrement tremblante et plus aiguë que d'habitude.

Tout en essayant de conserver un semblant de calme, je passe rapidement en revue les affaires qui sont à portée de main : une vieille lime à ongles dans le tiroir de la table de chevet derrière moi et un presse-papier posé dessus. Ce n'est pas ce que j'appellerais de l'artillerie lourde. Certes, il y a la lampe sur l'autre table de chevet, mais l'inconnu se tient juste à côté d'elle, et je doute qu'il veuille me la donner même si je le lui demande très gentiment.

J'ai complètement vidé cette chambre quand je suis partie vivre en Angleterre et, à présent, je me demande pourquoi j'ai fait ça. Pourquoi n'ai-je pas laissé une batte de baseball sous le lit ? Même un gant de baseball ferait l'affaire ! Je pourrais lui en assener un coup sur son visage aux pommettes hautes, qui est, inutile de le nier, très beau.

Mue par un soudain élan de courage, j'attrape un de mes oreillers, une arme redoutable, et le lève devant moi tel un bouclier.

Le malfrat fronce les sourcils.

— Je ne vais pas te faire de mal, m'informe-t-il.

Il croise les bras, ce qui fait légèrement remonter ses manches. Je remarque alors le début d'un tatouage sur son poignet droit. Intéressant.

— Qui êtes-vous et qu'est-ce que vous foutez chez moi ? demandé-je d'une voix désormais plus grave.

Je m'efforce de maîtriser le tremblement de mes mains même si je sais que je risque de perdre mon sang-froid d'un instant à l'autre. Je dois rester courageuse, j'en ai assez de fuir. Oui, je me suis enfuie de Londres, mais c'est terminé, j'en ai marre de vivre dans la peur. Mon retour, ce matin, marque le début d'un nouveau chapitre de ma vie.

Brusquement, je me mets debout sur le matelas et brandis l'oreiller à quelques centimètres de son visage. Même si j'en meurs d'envie, je ne peux pas l'étouffer dans cette position, mais je peux au moins essayer de le déstabiliser, d'effacer son sourire narquois.

Mon plan a l'air de fonctionner parce que l'homme recule d'un pas. Ce que je n'avais pas prévu, en revanche, c'est qu'il m'empoigne par la taille et me balance par-dessus son épaule comme si je ne pesais rien. Surprise, je laisse tomber mon oreiller, mais je ne dis rien. Je ne me débats même pas.

L'inconnu fait quelques pas avant de me reposer en me plaquant contre l'un des murs de la chambre. Il me prend par les épaules, et, pour une raison qui m'échappe, je sais qu'il ne me fera vraiment aucun mal. La pression de ses doigts est ferme et douce à la fois. Il écarte les jambes, un pied de chaque côté des miens, et je sens le tissu de son pantalon frotter contre ma peau.

— Ce sont de bien vilains mots venant d'une si jolie bouche, déclare-t-il en penchant la tête sur le côté. Je cherche ton mec, il me doit de la thune.

— Hein ? Mais de quoi est-ce que vous parlez ?

J'ignore ce qui se passe, mais je ne dois pas lui montrer que j'ai peur. Je croise son regard, dont l'intensité me fait presque baisser le mien. Ses yeux sont d'un bleu vif, sombre et brillant à la fois. Il me regarde comme s'il essayait de lire en moi, et je n'aime pas ça.

— C'est bon, Ryder, tu l'as trouvé ? interroge soudain une voix dans le couloir.

— Oui, c'est bon, j'ai la situation en main. Tu peux aller m'attendre dans la voiture avec Valero.

— Vous devriez suivre vos petits copains, dis-je. Je ne vous en voudrais pas du tout.

Bien évidemment, il n'accepte pas ma proposition.

— Non, je vais rester encore un peu pour faire plus ample connaissance avec toi, répond-il en se penchant davantage sur moi.

Le contact de son torse contre ma poitrine me fait tressaillir. J'arrive à sentir les battements, lents et réguliers, de son cœur retentir contre mon corps. On dirait qu'il est tout à fait détendu et à l'aise. La chance!

— Comment tu t'appelles, tigresse?

En me posant la question, il baisse effrontément son regard sur mes seins.

— Et toi?

Relax, Cassie, tout va bien. Joue-la cool.

Il me relâche les épaules et appuie les mains contre le mur, de chaque côté de ma tête. Si c'est une technique d'intimidation, elle fonctionne bien.

— Honneur aux dames.

— Sérieux, tu joues la carte de la galanterie? demandé-je en haussant un sourcil sceptique.

— Ryder, enchanté.

— Je ne peux pas en dire autant.

— Je dois reconnaître que tu as de la repartie. Et, sinon, j'ai pas capté ton nom.

— C'est parce que je ne te l'ai pas dit.

— Bon, tout cela est bien drôle, mais je dois retrouver Jamie. Tu ne pourras pas couvrir ton mec éternellement.

— Déjà, c'est pas mon mec, c'est mon frère.

Ryder se redresse, et une lueur malicieuse passe dans ses yeux.

— Ah, ça a plus de sens! Je me demandais comment un minable comme lui avait réussi à pécho une femme comme toi. Dommage qu'il ne se soit pas plutôt servi de toi comme garantie. Là, j'aurais eu beaucoup de mal à refuser une telle proposition.

« *Garantie* » ?

Oh non, Jamie, dans quel merdier t'es-tu fourré cette fois ?

— Garantie pour quoi ?

— Ton frangin me doit de l'argent. Dix mille dollars pour être exact. Plus les intérêts, bien sûr. Et, comme il n'a pas été en mesure de me payer en liquide, il s'est servi de la maison comme garantie.

Je secoue la tête, essayant de digérer cette information. Je sens mon cœur s'emballer dans ma poitrine et une colère démesurée me gagner.

La maison, Jamie ? Sérieux ?!

— Il ne peut pas faire ça, bafouillé-je.

— Il l'a déjà fait.

— Non… Cette maison est aussi à moi, et il est hors de question que tu fasses quoi que ce soit avec.

— Je fais ce que je veux, tigresse, déclare-t-il en faisant glisser une main le long de mon bras.

— Serait-ce une menace ?

— Une promesse, plutôt.

Son visage est à quelques millimètres du mien, et je me mords la lèvre inférieure malgré moi. Puis il se redresse en m'examinant de haut en bas.

— Un petit conseil : tu ne devrais pas dormir comme ça, on pourrait rapidement se faire une fausse idée de toi.

— Alors, ça peut peut-être te surprendre, mais d'habitude, entre personnes civilisées, on prévient avant de se rendre visite. Et, du coup, on s'habille en fonction, tu vois un peu le truc ?

—Et s'il y a un incendie qui se déclare au milieu de la nuit ?

—Dans ce cas, les pompiers auront probablement l'occasion de se rincer l'œil.

—Oui, ce qui pourrait mettre en péril leur mission de te secourir.

Ce mec a-t-il donc réponse à tout ?!

—Je suis assez grande pour m'occuper de moi-même, merci.

—Je n'en doute pas une seconde, ma belle. Bon, quand tu verras ton frère, dis-lui que je suis passé et que j'attends de ses nouvelles.

Il pivote pour s'en aller, et je ne peux pas m'empêcher de lui lancer une petite réplique sarcastique.

—Oh, tu t'en vas déjà ? Et moi qui pensais qu'on allait faire plus ample connaissance.

Je croise les bras pour me donner une contenance. Ce type se croit peut-être tout permis, mais jamais il ne touchera à ma maison. Ja-mais.

—Il se fait tard. Tu dois être éreintée, et je ne voudrais pas te fatiguer davantage.

Il se penche pour ramasser l'oreiller avant de rabattre les draps.

Il va aussi me border tant qu'à faire ?

—Crois-moi, tu n'y arriverais pas même en donnant le meilleur de toi-même, lancé-je en secouant légèrement la tête.

—Vraiment ? Serait-ce un défi ?

Je m'avance vers le lit avant de m'asseoir sur le matelas.

— Une certitude, plutôt, répliqué-je en croisant les jambes et en prenant appui sur les mains, derrière moi.

Je gère, j'ai le contrôle de la situation. Zen.

En réalité, j'ai le contrôle de rien du tout, parce que Ryder esquisse un petit sourire en coin et se penche vers moi en plaçant une main de chaque côté de mes hanches.

— Promets-moi quelque chose, tigresse, chuchote-t-il à mon oreille, ce qui provoque un léger frisson sur ma nuque. La prochaine fois que tu auras envie de m'étouffer, fais-le, mais avec tes cuisses. L'oreiller, c'est tellement démodé. Je pense que mon idée sera bien plus agréable, autant pour l'un que pour l'autre.

À ces mots, il se retourne et quitte ma chambre. Je m'aperçois alors que je retenais mon souffle pendant qu'il parlait.

Je pousse un soupir de frustration en m'allongeant dans le lit avant de tirer les draps sur moi. Un silence de mort s'abat dans la pièce, si bien que j'ignore si Ryder est toujours dans la maison. Comment est-il entré d'ailleurs ? J'ai pourtant verrouillé toutes les portes avant de monter me coucher. En même temps, je pense que ce n'est pas une minable petite serrure qui pourrait l'empêcher de s'inviter chez les gens, et ce à n'importe quel moment. C'est le genre de mecs qui ne recule devant rien pour arriver à ses fins.

Et Jamie, je ne sais même pas où est mon imbécile de frère et pourquoi il a une dette de 10 000 dollars envers un super beau gosse. Qui sait se fringuer, en plus.

Putain, Jamie !

En plus d'être un beau gosse au goût vestimentaire impeccable, Ryder est également super bien foutu et a une mâchoire volontaire et puissante.

Mmmh…

Tu divagues, ma pauvre, et c'est vraiment pas le moment. Concentre-toi sur la colère que tu éprouves envers ton frère.

Dire que je viens à peine de revenir chez moi, après deux ans d'absence. Avec ce qui vient de se passer, je me demande ce que me réservent les jours à venir.

4

Cassie

Le moins que l'on puisse dire, c'est que le magasin d'équipements pour la maison est extrêmement bien fourni en portes. Je vais devoir me munir de patience pour trouver une porte qui remplacera celle que Ryder et son acolyte ont défoncée cette nuit. Au moins, le vendeur est plutôt mignon. Ses cheveux bruns se dressent en une crête gominée, et un torse puissant se dessine sous sa tenue de travail aux couleurs du magasin.

Je regarde les portes exposées devant moi et réprime un soupir. Elles sont toutes modernes alors que ma maison est d'un style plus traditionnel. Cependant, si je considère les choses sous un autre angle, c'est l'occasion de lui offrir un petit coup de jeune.

Il y a quatre ans, ma mère a mis la maison à mon nom et à celui de Jamie. Le décès de mon père, emporté par une crise cardiaque, était pour beaucoup dans sa décision. Mes parents ont acheté la maison peu de temps après leur mariage et y ont mené une vie heureuse. Je pense qu'après la mort de mon père ma mère n'a plus supporté l'idée d'y vivre sans lui. Elle a donc emménagé dans un petit appartement avec Jamie et quand celui-ci a eu son bac, la même année où j'ai fini la fac, elle a demandé un transfert à son boulot, qui l'a envoyée en Floride. Peu de temps après, elle a rencontré Bill et s'est mariée avec lui l'année dernière. Ils ont acheté une petite baraque près de la mer, et je pense qu'elle est heureuse. J'aurais bien aimé assister à son mariage, mais je n'ai pas pu me libérer. Enfin, on ne m'a surtout pas laissé le choix. D'ailleurs, je me demande encore comment j'ai réussi à déguerpir hier.

— Vous préférez une porte prémontée en usine ?

Revenant à la réalité, je regarde Danny, le vendeur.

Euh… Hein ?

— Je ne sais pas trop. Je pensais que vous pourriez m'aider à choisir.

Danny m'explique la différence entre une porte prémontée en usine et une porte simple, et on en conclut rapidement que c'est le premier choix qui s'impose étant donné que les gonds de la porte de la cuisine ont été arrachés. Bien évidemment, je me garde bien de dire à Danny comment c'est arrivé.

Ça ne fait même pas vingt-quatre heures que je suis revenue au pays, et je dois déjà réparer les dégâts causés par mon abruti de frère. Certaines choses ne changent jamais.

Je suis Danny dans l'allée des portes prémontées en usine et je les étudie une par une. Même après une réduction considérable du choix, il y en a encore un paquet. Tant de portes qui attendent pour s'ouvrir et se fermer sur différents foyers, témoigner de leurs changements, protéger leurs secrets… Je contemple une porte rouge. Elle serait parfaite comme porte d'entrée d'une maison familiale dans une banlieue paisible. La porte d'à côté, elle, je la vois plus comme une porte de derrière, celle qu'on utilise pour filer en douce le soir et rentrer à l'aube.

Jusqu'à aujourd'hui, je n'avais jamais accordé autant d'importance à une porte. Comme quoi, il suffit d'un événement, d'une décision ou d'une rencontre pour changer la façon qu'on a de voir la vie.

Ce magasin fait vraiment ressortir mon côté philosophe. Je suis également fatiguée – merci le jet lag – et quand je suis comme ça j'aime bien me prendre pour Descartes. Allez savoir pourquoi.

Je n'ai pratiquement pas fermé l'œil de la nuit après la visite surprise de Ryder. À un moment, j'ai voulu appeler les flics, mais, après avoir réfléchi à ce que j'allais leur dire, j'ai très vite renoncé.

Oui, monsieur l'officier, il faisait environ un mètre quatre-vingt-dix, semblait avoir des muscles d'acier, et son sourire... Il avait un sourire qui pouvait faire fondre un iceberg. Ou incendier ma petite culotte, comme vous préférez.

Je secoue la tête. Pas top comme déposition.

Et puis je préfère parler à Jamie avant, pour voir exactement dans quel bourbier il s'est empêtré cette fois. Non, réflexion faite : dans quel bourbier il nous a empêtrés. Je parie que nombreux sont ceux qui aimeraient avoir une grande sœur comme moi qui n'hésiterait pas une seconde à faire tout ce qu'elle peut pour sauver les fesses de son frangin. Mais, pour ce faire, je devrais déjà savoir où il est et l'étendue exacte des dégâts.

J'ai décidé de revenir aux États-Unis sur un coup de tête et, quand j'ai acheté mon billet d'avion, j'ai envoyé un mail à Jamie pour le prévenir et lui donner les détails de mon vol. Il m'a répondu par un simple « cool ! » – ce qui est énorme venant de sa part.

Son attitude trop décontractée me rend dingue parfois. Je ne m'attendais pas à le voir dans le hall d'arrivée à l'aéroport, mais j'espérais qu'il serait quand même à la maison pour m'accueillir étant donné qu'on ne s'est pas vus depuis que je suis partie vivre en Angleterre, c'est-à-dire deux ans.

Désormais, je sais pourquoi il a déserté la maison. J'ai dû l'appeler plus de cent fois déjà et je suis systématiquement tombée sur le répondeur. Si j'entends son message d'accueil décontracté encore une fois, je vais péter les plombs. Je lui ai laissé plusieurs messages, certains normaux et d'autres un chouïa énervés, en espérant qu'il me rappelle rapidement.

Finalement, je choisis une porte blanche toute simple mais qui a l'air assez robuste. Oui, elle est parfaite, cela dit il lui manque un léger détail.

— C'est possible de lui ajouter un verrou supplémentaire ? demandé-je à Danny avant de passer en caisse.

Mieux vaut prévenir que guérir.

— Cass ?

Je fais presque tomber mon nouveau portable dans le lave-linge en entendant la voix de Jamie, à l'autre bout du fil. Pendant un court instant, j'ai l'impression qu'il est là, juste derrière moi, même si je sais que c'est impossible.

Après que les mecs du magasin d'équipements ont installé la nouvelle porte, cet après-midi, j'ai sorti l'ancienne voiture de maman du garage pour aller faire quelques courses en ville. Je me suis même acheté une paire de claquettes dans l'idée d'aller, avant la fin de l'été, passer quelques jours au lac Lanier, qui n'est pas vraiment un lac mais un grand réservoir alimenté par les rivières Chattahoochee et Chestatee.

Aujourd'hui, après plus de deux ans, je me suis rapidement glissée dans un mode de vie normal, barbant à la limite, si bien que j'en ai presque oublié Jamie. Et, bien sûr, comme c'est souvent le cas dans ce genre de situation, le principal intéressé se manifeste toujours quand on s'y attend le moins. J'avais préparé un discours moralisateur, digne de la grande sœur responsable que je suis, sauf que, maintenant que j'ai Jamie en ligne, je ne me rappelle plus un seul mot.

— Mais t'es où, putain ?

C'est une tout autre approche que celle que j'avais en tête, mais pourquoi pas…

— Hé, relax, frangine !

« Hé, relax, frangine » ?!

Il est dans la merde jusqu'au cou et il est quand même décontracté ? En même temps, selon Jamie, s'inquiéter est synonyme d'exagérer. Il n'a toujours pas compris qu'on ne vivait pas dans le monde des Bisounours.

Quand on était plus jeunes, je trouvais son attitude cool. Je me disais qu'il était tout simplement plus courageux que moi. Mes déboires d'ado, si on peut les appeler ainsi, ont été éphémères, en comparaison des siens. J'ai dû faire le mur une ou deux fois pour rejoindre ma copine Savannah et… C'est tout. Ça doit être pour cette raison que j'ai opté pour des études de comptabilité. Je suis du genre à suivre les règles imposées, et j'aime ça.

Jamie, lui, c'est tout le contraire. Quand il se met une idée en tête, qu'elle soit légale ou pas, rien ni personne ne peut parvenir à l'en déloger. Et des idées, il en a des tas, plus mauvaises que bonnes.

À présent, je comprends que mon frère n'est pas plus courageux que moi, apparemment il ne l'est pas du tout ; il est juste con. Il aimait tester la patience de mes parents et maintenant il fait pareil avec moi. Sauf que moi, je ne suis pas quelqu'un de très patient à la base.

— J'ai fait la connaissance de ton ami Ryder, l'informé-je. Alors, comme ça, tu lui dois de l'argent ?

— T'inquiète, je gère. J'ai un plan.

— J'espère pour toi que ce plan n'inclut pas de te servir de notre maison comme garantie.

Silence.

— Écoute, Cassie, répond-il enfin, tu dois être crevée à cause du voyage et je suis vraiment désolé de t'avoir mêlée à tout ça. Mais reste en dehors de cette affaire.

— Non, Jamie, tu dois me dire ce qui se passe parce que, que tu le veuilles ou non, ton problème est devenu aussi mon problème.

— Si je te dis quoi que ce soit…

Il marque un temps d'arrêt et j'espère que ce n'est pas pour ajouter une touche dramatique.

— … ça ferait de toi… Je ne trouve pas le mot.

— L'adulte qui prend les choses en main ? suggéré-je.
— Non. Une complice, oui, voilà le mot que je cherchais.
— Et c'est exactement pour cette raison que tu dois rentrer à la maison pour tout arranger. Quelque chose me dit que Ryder ne lâchera pas l'affaire tant qu'il n'aura pas eu son fric.

Jamie ne répond pas, et, à un moment, je me demande même s'il n'a pas raccroché. Puis j'entends le bruit d'une télé, probablement. Où est-il exactement ? Dans un motel miteux ? Un bar ? Chez un ami ? Au moins, il n'est pas en prison.

— Je suis vraiment désolé, Cass.
— Rentre à la maison, Jamie.
— Je ne peux pas, pas encore. J'ai… j'ai des trucs à faire avant. Écoute, je vais quitter la ville pendant quelques jours. Euh… dis, t'aurais pas 10 000 balles par hasard ?
— Tu plaisantes là, j'espère ?
— Euh… oui. Enfin, sauf si tu as vraiment 10 000 balles. Mais je pense que tu me l'aurais déjà dit, non ?

Je claque énergiquement la porte du lave-linge.

— Pour quelqu'un d'intelligent, tu es vraiment stupide des fois, Jamie !
— Si on me donnait une pièce chaque fois qu'on me disait ça, j'aurais déjà pu rembourser Ryder Cole.

Il me salue et raccroche sans me laisser le temps de répondre.

Au coucher du soleil, je m'installe sur le fauteuil balançoire blanc, à l'arrière de la maison, et j'observe longuement le ciel se teinter d'orange, d'ocre et de mauve. Depuis que je suis toute petite, c'est de loin mon endroit préféré. Il y a un fauteuil balançoire identique à l'avant de la maison aussi. Il est à l'abri du soleil écrasant la plupart de la journée et offre une vue agréable sur la rue, mais qui n'est rien en comparaison du paysage qui s'étend sous mes yeux.

Notre immense jardin est planté d'arbres aux branches entremêlées qui servent de terrain de jeu aux écureuils et de perchoir aux oiseaux. Il y a aussi régulièrement des renards qui traversent la pelouse en courant, et, la nuit, ce sont les ratons laveurs qui investissent le jardin. Plusieurs fois, j'ai même aperçu des cerfs flâner dans le fond du jardin, tôt le matin.

C'était fascinant de grandir si près de tous ces animaux, d'observer leur façon de vivre ainsi que leurs réactions face au danger. Il suffisait que je fasse un petit mouvement de rien du tout dans le fauteuil balançoire pour les alerter, et ils déguerpissaient du jardin comme des fusées. Ces animaux savent comment faire pour survivre, ils savent jauger la situation et écouter leur instinct. Sur ce coup, ils sont plus évolués que les humains. Du moins, plus évolués que Jamie. En même temps, c'est pas très difficile.

Désolée, frérot.

Je secoue pensivement la tête.

Mon frère adore jouer avec le danger et braver l'interdit jusqu'à ce qu'il soit trop tard. Le pire, c'est que je ne peux même pas lui en vouloir pour ça, parce que je suis, en quelque sorte, un peu comme lui. Non, en fait, j'étais comme lui, mais c'est fini, maintenant.

C'est fou comme on peut rapidement s'enfermer dans une vie qui nous mine, qui nous ronge de l'intérieur. Moi, il aura fallu que je quitte l'Angleterre pour me raccorder avec mon instinct. Pendant deux ans, celui-ci me soufflait de fuir, mais je refusais de l'écouter, succombant plutôt à la facilité. À la fin, j'ai tout de même réussi à me sauver, au sens propre comme au figuré. Ce qui signifie que je peux également sauver Jamie. Je peux au moins essayer.

Si je décide de me lancer dans cette aventure, je dois savoir à qui j'ai affaire. Et je sais exactement qui pourrait m'aider à y voir plus clair.

Je déverrouille mon téléphone portable et j'effectue quelques recherches sur le Net.

Au lycée, Savannah Sunday était la fille la plus belle, la plus populaire et même la plus intelligente. Il était donc évident qu'une carrière prometteuse s'ouvrirait devant elle. Après avoir obtenu son diplôme à Harvard, elle a décroché un boulot de rêve dans un cabinet d'avocats spécialisé dans le droit des médias ici, à Atlanta.

Je regarde sa photo sur le site du cabinet. Elle n'a pas changé : la même chevelure bouclée blonde, des yeux bleus qui, même sur la photo, brillent d'une lueur obstinée et le même sourire radieux et confiant.

Ados, on était vraiment inséparables. Même après le lycée, on est restées régulièrement en contact. Je me suis inscrite à l'université de Géorgie afin de rester près de ma famille et de continuer à aider mon père dans son garage, et Savannah est partie faire ses études à l'université du Texas. On ne se voyait peut-être plus aussi souvent, mais on se tenait au courant de tout ce qui se passait dans nos vies respectives : des examens foirés en passant par des rencards ratés jusqu'aux peines de cœur et aux problèmes au lit des mecs avec qui on sortait. J'ai été la première personne qu'elle a appelée quand elle a été acceptée à Harvard. Elle a été la première personne à qui j'ai téléphoné quand mon père a eu son infarctus. Cependant, je ne lui ai plus donné trop de nouvelles depuis que je suis partie vivre en Angleterre, mais ce n'était pas voulu. J'espère qu'elle ne m'en voudra pas et qu'elle ne croira pas que je l'appelle uniquement pour glaner des infos sur Ryder Cole.

Jamie pense que fuir est la meilleure des options – et il n'a pas tout à fait tort –, mais, dans son cas, il oublie une chose importante : en ayant proposé la maison comme garantie, il m'a embarquée dans sa galère.

Je pousse un soupir en repensant à toute cette histoire. Oui, je me dois d'apprendre tout ce que je peux sur Ryder Cole. Je me demande jusqu'où va le tatouage que j'ai aperçu hier. Va-t-il jusqu'à l'avant-bras ou remonte-t-il plus haut, sur son biceps parfaitement dessiné ? Peut-être même qu'il s'étend jusqu'à son épaule et redescend sur son pectoral. Je devrais le voir torse nu pour avoir ma réponse.

D'où ça sort, tout ça ? Il y a plus important à penser, tu ne crois pas ?

Me forçant à chasser de ma tête l'image du mystérieux tatouage de Ryder, je compose le numéro de la ligne directe du bureau de Savannah. Je me balance sur le fauteuil en poussant sur la pointe du pied en attendant qu'elle décroche même si je n'y crois pas trop.

Le soleil est presque couché, elle ne doit plus être au travail à l'heure qu'il est. Je vais lui laisser un message et lui envoyer un mail également. Je n'ai pas de temps à perdre, Ryder Cole est devenu ma priorité. Avec un sourire aussi sexy que le sien, il doit faire tomber les femmes comme des mouches.

Concentre-toi, Cassie, bordel !

Au bout de la quatrième sonnerie, j'entends une voix à l'autre bout de la ligne.

— Bureau de Savannah Sunday.

C'est elle ! Elle est encore au bureau. Je ne peux pas m'empêcher de sourire dans le combiné. Ça fait tellement du bien de l'entendre après tout ce temps !

— Savannah ?
— Oui, elle-même.
— Savannah, c'est moi, Cassie, dis-je en regardant machinalement ma montre.

Il est 20 heures passées. Comme quoi, chaque boulot a ses avantages et ses inconvénients.

— Putain ! Cassie McEntire ! C'est vraiment toi ?!
— Oui, c'est vraiment moi.
— Mais attends, il est quelle heure à Londres ? Il fait déjà nuit chez les Rosbifs, non ?

Ah, l'humour et la légèreté de Savannah !

— En fait, je suis à Atlanta. Je suis rentrée hier.
— Sebastian est avec toi ?

Mon cœur se contracte douloureusement, et je porte la main à ma poitrine avant de poser les deux pieds à terre, arrêtant net le fauteuil balançoire. Ce nom produit sur moi l'effet d'un coup de poignard. Moins je l'entends et mieux je me porte.

—Non, je suis venue seule, réponds-je d'une voix que j'espère calme et joyeuse.

—Oh, encore mieux! s'exclame Savannah. Mon Dieu, Cassie, ça remonte à quand la dernière fois qu'on s'est vues?

—Houla!... Je devais encore porter une frange.

—Attends, t'es en train de me dire que t'as changé de coiffure sans m'appeler avant? Et moi qui croyais qu'on était amies!

J'éclate de rire.

—Je peux la laisser repousser si tu veux.

—Non, ton visage est trop beau pour être caché.

—Je parie que tu dis ça à toutes les nanas, plaisanté-je en remettant en place une mèche derrière l'oreille.

Je passe automatiquement un doigt au-dessus de mon sourcil et parcours lentement la cicatrice presque effacée, souvenir du dernier réveillon. J'avais un peu trop bu et j'avais du mal à tenir debout sur mes talons aiguilles. Je me demande si Sebastian se souvient de ce qui s'est passé cette nuit-là, quand on est rentrés à la maison. J'en doute fortement, mais, moi, je ne l'oublierai jamais.

—Non, tu es la seule et l'unique, réplique Savannah. Mais sache que je facture à l'heure si tu veux un peu plus de tendresse, ma jolie.

—Vous ne travailleriez pas plutôt dans une maison close, maître Sunday?

—J'invoque le cinquième amendement, madame la juge, répond-elle en riant.

— Je suis sûre que tu vaux chaque dollar dépensé, mais est-ce que tu accepterais de me fournir une petite consultation gratuite, en mémoire du bon vieux temps ?

— Bien sûr, mais je suis pas super calée en droit anglo-saxon. C'est la seule matière où je n'étais pas première de la classe.

Waouh, la seule matière où… ! Bref.

— Non, non. Rien à voir avec du droit. T'as déjà entendu parler d'un certain Ryder Cole ?

— Le roi de la nuit ?

— Euh… oui, sans doute, je ne sais pas.

— Grand, bien foutu et baisable à souhait ?

— Probablement, oui.

Je sens mes joues s'empourprer en imaginant Ryder tout nu, et moi avec.

— Il bosse dans quel club ? lui demandé-je en me raclant la gorge.

— Il possède plusieurs bars dans la ville. D'ailleurs, il vient d'en ouvrir un autre y a pas longtemps.

Sérieux ?!

— Ah ! Il est réglo, alors ?

— Ce n'est pas le terme que j'emploierais. Pourquoi tu me demandes tout ça ?

— Je l'ai rencontré récemment. C'est… une connaissance de Jamie.

— Dans ce cas, dis à ton frère de bien choisir ses connaissances. Cole ne l'a tout de même pas envoyé sur le ring ?

— Quel ring ?

— Quand il ne s'occupe pas de ses bars et de son nouveau club, Ryder Cole gère une organisation de combats clandestins, m'explique Savannah. C'est un secret de Polichinelle, tout le monde est au courant.

— Genre : des combats de boxe ?

— Presque, sauf que les combattants sont poings, torse et pieds nus. Je crois qu'on appelle ça du *free fight*.

Pourquoi ça ne m'étonne pas ? Ryder Cole a tout d'une brute. Enfin, presque.

— Et c'est quoi, le nom de son nouveau bar ?

Je recommence à me balancer doucement. La nuit est tombée, et des lucioles volent par dizaines au-dessus de la pelouse.

— *Altitude*, je crois. Mais t'as pas intérêt à y aller sans moi ! s'exclame mon amie.

— Je risque de t'attendre longtemps étant donné tes horaires de travail. Qu'est-ce que tu fous encore au bureau ?

— Ah, un avocat spécialisé dans le droit des médias est comme un super-héros, il n'a pas une seconde de répit ! Je sais, je sais, j'aurais dû devenir avocat fiscaliste, mais bon, je suis trop belle pour ça.

Je ris à gorge déployée. Cette fille, c'est vraiment un sacré numéro, et ça me fait un bien fou de lui parler comme si rien n'avait changé en deux ans, même si c'est malheureusement le cas.

— Tu restes combien de temps ? J'espère que tu n'es pas trop pressée de retrouver ton jules, à Londres.

— Pas du tout !

Je ne veux pas m'étaler sur le sujet, mais je ne veux pas lui mentir non plus.

— Super ! Il faut absolument qu'on se prévoie un truc cette semaine. Tu m'as vraiment manqué, Cass.

—Toi aussi, ma biche.

On discute encore un peu avant de raccrocher.

Je me pelotonne sur le fauteuil, les genoux sous le menton, et laisse errer mon regard sur le jardin désormais plongé dans l'obscurité, bercée par le chant monotone des grillons. Un léger souffle d'air caresse mes bras et mes jambes, et je savoure pleinement la quiétude de l'endroit. Ma maison, mon jardin.

Cette maison est à mon frère et à moi. Hors de question que Ryder Cole s'en empare.

Moi aussi, je sais me battre, et M. Cole ne va pas tarder à le découvrir par lui-même.

5

Cassie

Je dois avouer qu'*Altitude* a vraiment l'air d'un club sympa. C'est le genre d'endroits où on peut venir s'éclater le vendredi ou le samedi soir, puis revenir bruncher le dimanche pour faire un débriefing du week-end. Le lieu est chaleureux et agréable. Tout le contraire de Ryder Cole. Je me demande si Savannah ne m'a pas raconté de bêtises, hier. Je n'imagine pas du tout Ryder Cole à la tête de cet établissement.

Je passe les mains sur ma robe à fleurs avec nervosité. Ma tenue n'est pas très appropriée pour le rendez-vous que j'espère obtenir et la discussion que j'espère avoir avec Ryder, mais je n'avais pas trop de choix. Comme je n'ai pas bossé pendant deux ans, le contenu de mon armoire est très réduit. En plus, je n'ai pas pris beaucoup d'affaires avec moi quand je suis partie de Londres.

Redressant les épaules, je balaie la salle du regard. Le soleil filtre par les stores vénitiens qui recouvrent les baies vitrées, ce qui donne une ambiance tamisée à l'endroit. Un gros juke-box installé dans un coin de la pièce passe du Johnny Cash, et, un peu plus loin, un groupe d'amis discute autour d'une table en partageant une immense pizza. Mon estomac gargouille, et je réprime une grimace. C'est pas encore l'heure du casse-croûte.

D'un pas assuré, je me dirige vers l'imposant comptoir en bois en étudiant les différentes coupures – certaines très anciennes – du journal d'Atlanta qui ornent les murs. Elles apportent au bar une touche étrangement intime, comme si celui-ci faisait partie de l'histoire de la ville, qu'il était né avec elle et que c'était un lieu incontournable. L'espace d'un instant, j'ai l'impression que, si je suis ici, aujourd'hui, c'est parce que le destin en a décidé ainsi, que la dette de Jamie n'était qu'une coïncidence, le maillon d'une chaîne qui aboutissait à quelque chose que j'ignore encore.

Je repousse aussitôt cette idée farfelue. On n'est pas dans une série télé, et je ne crois pas au destin. Si j'ai bien appris quelque chose au cours de ces deux dernières années, c'est qu'on est les seuls responsables de notre vie.

Le barman lève le regard dans ma direction et pose le verre qu'il vient d'essuyer. J'ai l'impression qu'il est un peu plus grand que Ryder. Ses cheveux sont coiffés avec une raie sur le côté, et la beauté de son visage est totalement insolente et naturelle à la fois. Il a un torse admirablement musclé, et des manches retroussées jusqu'aux coudes soulignent ses bras puissants. Ce mec est à tomber par terre, et il en est conscient.

— Qu'est-ce qui te ferait plaisir, ma belle ? demande-t-il. Mis à part moi, bien évidemment.

Je souris malgré moi.

— Je cherche Ryder.

—Il est dans son bureau, répond-il avec un mouvement de tête vers un couloir, à gauche du comptoir. Mais sache que, moi aussi, je peux te donner tout ce dont tu as besoin.

Beau et culotté : le cocktail explosif.

Je pose les mains sur le bar et me penche vers lui jusqu'à ce que mon visage ne soit qu'à quelques millimètres du sien.

—Tu viens tout juste de le faire, murmuré-je. Merci.

Je m'avance dans le couloir et m'arrête devant la porte fermée au fond.

Voilà, on y est.

Résolue, je tends la main vers la poignée et m'interromps pour faire un dernier point sur mon plan d'attaque. Après réflexion, je décide de ne pas me rabaisser à son niveau. Ryder est une brute épaisse qui manque de finesse et de manières, mais pas moi.

Je frappe trois fois à la porte.

Rien.

Bon…

Après trois autres coups, j'attends quelques secondes puis je décide d'entrer. On ne fait pas de manières dans les affaires, après tout.

À travers les stores baissés, les mêmes que dans la salle, les rayons du soleil éclairent faiblement la pièce. Ryder se tient debout derrière un bureau, la tête baissée sur une pile de documents presque aussi haute que la lampe posée à côté. Il lève le regard sur moi et me fixe de ses yeux bleus perçants. Il est surpris de me voir, mais le cache rapidement.

—Je n'ai pas dit : « Entrez », observe-t-il.

—Tu n'avais qu'à fermer à clé si tu ne voulais pas être dérangé.

—Qu'est-ce que tu veux ?

Son ton est bien moins détendu et amical que la dernière fois, cependant le simple son de sa voix fait s'accélérer les battements de mon cœur. Il est encore plus beau que dans mes souvenirs.

Et il est dangereux aussi. Très dangereux. Ne l'oublie pas.

J'efface les plis imaginaires de ma robe et inspire.

—Finir notre discussion de la dernière fois.

Il contourne son bureau et se perche sur le bord de celui-ci en croisant les bras. Il porte une veste noire et une chemise blanche sous laquelle je devine facilement son torse fort et musclé. Son jean noir, quant à lui, souligne précisément chacun des contours virils de la partie basse de son corps. *Waouh, il est…*

—J'attends.

Comme une ado prise sur le fait, je me redresse et cligne plusieurs fois des yeux pour me remettre les idées en place. Je voudrais le gifler pour effacer son sourire espiègle, mais je préfère concentrer mes forces sur le plus urgent : ne pas rougir et l'imaginer nu.

—Je voudrais qu'on parle de mon frère.

—À moins que tu n'aies 10 000 balles cachées quelque part sous ta robe, le sujet est clos.

Il accompagne ses mots d'un regard langoureux, et je serre les poings.

—T'es vraiment insupportable !

—Merci du compliment.

—La dette de Jamie…, continué-je préférant revenir au sujet qui m'inquiète. Il a perdu un pari ou un combat ?

Ryder penche la tête sur le côté.

—Tu portes un mouchard ?

—Hein ?

Je n'ai même pas le temps d'assimiler la question que Ryder me saisit le poignet et m'attire vers lui, entre ses jambes.

—Est-ce que tu portes…

Il pose les mains sur ma taille et les fait remonter le long de mes côtes, juste en dessous de ma poitrine, avant de les glisser délicatement dans mon dos, jusqu'à mes reins, et enfin de nouveau sur ma taille.

—… un mouchard ?

Je n'arrive même plus à respirer et je réprime un gémissement en sentant une chaleur intense se répandre entre mes cuisses.

—N… non.

—OK, parfait, dit-il, les mains toujours sur moi. On n'est jamais trop prudent.

—Ah ouais ? Et qui t'a donné ce précieux conseil ? Un de tes profs de fac ou ton dernier compagnon de cellule ?

—Aucun des deux, tigresse. C'est la vie qui m'a appris à me méfier.

—D'ailleurs, elle est vraiment belle, ta vie. T'enrichir sur les erreurs des pauvres gens comme mon frère…

— Contrairement à ton frère, qui prend ce qui ne lui appartient pas, j'ai gagné chaque centime que je possède.

— Parce que c'est vrai que tu ne veux pas nous prendre notre maison ?

Rien que d'y penser, je sens la colère monter en moi.

— Oui, c'est vrai. Je ne veux pas prendre ta maison, réplique-t-il en faisant légèrement glisser les paumes vers mes reins. Jamie a voulu jouer et il a perdu. Il aurait dû t'expliquer tout ça avant de t'envoyer ici pour plaider sa cause.

— Jamie ne sait pas que je suis ici. J'ignore où il est, en plus.

— Tu penses vraiment me faire gober ça ?

— Il n'y a rien à gober parce que c'est la vérité, tout simplement, réponds-je en écartant un peu les jambes et en cherchant un instant mon équilibre.

Mes cuisses effleurent les siennes, et un frisson me traverse aussitôt.

Le visage de Ryder prend une expression pensive, et il tapote les doigts sur le bas de mon dos.

— Un pari reste un pari, et il doit honorer sa dette.

Ça répond à ma question de tout à l'heure. Au moins je sais que Jamie ne s'est pas fait défoncer sur le ring.

— J'aurais peut-être mieux fait d'aller voir la police au lieu de venir ici. Je suis persuadée qu'ils seront intéressés d'apprendre comment tu construis ton petit empire.

— Ils le savent déjà. Le soir où Jamie a filé sans payer, il y avait plusieurs flics dans l'assemblée. Ils viennent voir les combats, parfois.

— Génial ! Tu connais donc tout et tout le monde.

— Non, pas tout.

Il se met alors à caresser la peau sensible de mes hanches avec ses pouces. Son toucher est léger et intense en même temps. Je devrais lui dire d'arrêter. Oui, je devrais vraiment le faire, sauf que je n'y arrive pas parce que je n'en ai pas envie.

— Je ne connais toujours pas ton nom, conclut-il.

— Donne-moi une seule bonne raison de te dire comment je m'appelle.

— Pour savoir quel nom je murmurerai tout à l'heure, quand je serai seul, dans mon lit.

— Je doute que tu te retrouves souvent seul, dans ton lit, m'esclaffé-je.

— Tu pourrais venir et vérifier par toi-même, propose-t-il, un petit sourire en coin.

Sur ces mots, une vibration naît au plus profond de moi et se fraie un chemin jusqu'à...

Hein ?

Jusqu'à ma cuisse gauche ? Une nouvelle vibration court sur ma peau, et je comprends alors qu'il s'agit du portable de Ryder, qui doit être dans sa poche.

Gardant une main sur ma taille, il sort son téléphone de son jean et décroche. J'entends une voix étouffée émaner du combiné et tourne légèrement la tête vers le bureau de Ryder. Il y règne un vrai chaos. Comment il fait pour s'y retrouver, seul Dieu le sait ! Il y a un relevé bancaire à côté de la pile de ce qui semble être des factures, et plusieurs dizaines de tickets de caisse sont éparpillés sur une grande partie de la surface. Posé dans un autre coin du bureau en désordre, il y a un cahier ouvert, et je parviens à discerner une liste de noms couvrant toute une page. À côté de chaque nom, il y a plusieurs symboles – des plus et des moins –, et ma curiosité vire à l'appréhension. S'agit-il de la liste des combattants ou des parieurs ? Certains d'entre eux ont plein de petits moins alignés derrière leur nom, ce qui ne doit pas être bon signe.

— Quel fils de pute ce Brightfield ! s'exclame Ryder. Bon, apporte-moi tous les papiers ici et tâche de ne pas te faire choper avec. Le comptable s'est fait coffrer, évite de finir comme lui, OK ?

La voix à l'autre bout du fil marmonne quelque chose d'incompréhensible, et Ryder pousse un soupir avant de répondre :

— Tu n'es pas expert-comptable que je sache ? Voilà, on est bien d'accord. Il n'y a rien à faire. Rapporte-moi les dossiers au plus vite, et c'est tout.

Il raccroche et range son portable dans sa poche en refermant les jambes autour des miennes. Il tourne ensuite la tête et passe nerveusement la main dans ses cheveux avant de lever les yeux au ciel.

— Tout va bien ? demandé-je.

— Non, pas trop.

— Je suis sûre que tes amis de la police pourront t'aider.

— Je n'ai rien à voir dans cette histoire. C'est mon comptable qui a merdé dans sa facturation.

— Tu veux dire que tu ne trafiques pas tes comptes ? m'étonné-je.

— Eh bien, non, figure-toi ! Il y a des règles que tout le monde doit suivre, même moi. (Il se lève, et son torse m'effleure la poitrine dans le mouvement.) Bien évidemment, je préfère de loin être celui qui fixe les règles, mais, que veux-tu, on ne peut pas tout avoir dans la vie.

Ses doigts enserrent mes poignets, et je déglutis avec peine, sentant la chaleur de son corps envelopper le mien.

Putain, Cass ! Ressaisis-toi !

À contrecœur, je fais un pas en arrière, et Ryder me lâche les mains.

— Je peux m'occuper de ta compta, proposé-je sur un coup de tête en croisant son regard. J'ai un diplôme en comptabilité et je faisais la compta du garage de mon père. Les chiffres n'ont aucun secret pour moi, et je suis une personne de confiance. En plus, tu n'auras même pas à me verser de salaire. Mon travail remboursera la dette de Jamie.

— Comme c'est touchant ! La grande sœur qui vole à la rescousse de son p'tit frère.

— Il n'a pas 10 000 balles, Ryder. Et il est hors de question que tu prennes ma maison.

Il croise les bras et semble réfléchir quelques instants.

— Pourquoi est-ce que tu fais ça ? demande-t-il. Pourquoi tu le protèges ?

— Parce que c'est mon frère et que je suis loyale envers ma famille.

— « Loyale » envers les tiens, vraiment ? Dans ce cas, où étais-tu quand il s'est embarqué dans cette aventure ? Pourquoi tu n'as rien fait pour l'en empêcher ?

— J'étais… (Je marque une pause en réfléchissant comment formuler ma réponse.) J'étais ailleurs.

— En prison ?

En quelque sorte, oui.

Il plaisante, mais ça ne me fait pas rire.

— J'étais en Europe.

— Un voyage autour du monde ?

— Non.

— Pour percer dans le mannequinat ?

— Encore moins, rétorqué-je en riant.

— Pour vendre ton corps en toute impunité alors ? Tu sais, inutile d'aller à l'autre bout de la terre pour le faire : la prostitution est légale dans plusieurs États d'Amérique.

— Oui, je sais. Et pour répondre à ta question : non.

— Et pourquoi tu es revenue ?

Je plisse les yeux et soupire avec exaspération.

— J'avais besoin de changement, d'un nouveau départ, quoi.

— Mais ce n'est pas pour cette raison que tu es partie vivre en Europe ?

— Qu'est-ce que ça a à voir avec Jamie ? demandé-je, les deux mains sur les hanches.

— Si les rôles étaient inversés, est-ce que ton frère ferait la même chose pour toi ? Est-ce qu'il reviendrait aux États-Unis pour sauver ta peau ? Je crois pas, non. Et, si tu veux mon avis, c'est vraiment pas juste envers toi.

— La vie n'est pas toujours juste.

Ryder retourne derrière son bureau en enlevant sa veste avant de s'installer dans son fauteuil. Il pose ensuite les coudes sur le bureau et appuie le menton dans ses mains. Le tissu de sa chemise est assez fin, et je distingue le fameux tatouage sous sa manche. On dirait qu'il recouvre l'intégralité de son bras droit.

Ryder Cole, l'homme aux deux facettes : homme d'affaires le jour et bad boy la nuit.

— Tu es vraiment sûre de toi ? s'enquiert-il enfin.

— Cela veut-il dire que tu acceptes ma proposition ?

Il croise les mains derrière sa tête en se laissant aller contre le dossier de son fauteuil.

— Tout dépend si tu me donnes ton nom ou pas.

— Cassie, je m'appelle Cassie, réponds-je précipitamment en contournant le bureau. Alors, marché conclu ?

Je lui tends la main droite, et, à mon grand soulagement, il l'accepte. Sa poigne est ferme, mais je suis surprise par la souplesse de sa paume.

— Demain matin, 9 heures. Et ne sois pas en retard. Tu travailleras ici, dans le bureau.

— Avec toi ?

— Ça te pose un problème ?

— Non, non, bredouillé-je.

Je regarde autour de moi. La pièce est assez spacieuse, néanmoins il n'y a qu'un bureau et qu'une chaise. Il y a également plein de cartons qui encombrent le sol sans parler des documents sur le bureau.

—J'ai juste peur que le bureau ne soit pas assez grand pour nous deux, ce qui pourrait rapidement nuire à nos capacités de travail, ajouté-je.

Ryder tourne son fauteuil vers moi, sa tête à la hauteur de mon bassin.

—Ne t'en fais pas, je me débrouille très bien même dans les endroits les plus… étriqués, commente-t-il avant de lever les yeux vers mon visage.

Le sourire qu'il m'adresse fait immédiatement grimper ma température corporelle de quelques degrés.

Travailler avec Ryder Cole promet d'être très intéressant.

6

Cassie

—Nan! T'es pas sérieux? gloussé-je.

—Si, répond-il en hochant la tête. Cash Ryan Gardner, pour vous servir.

—Tu aurais dû bosser dans la compta avec un nom pareil, dis-je en riant.

—Même pas en rêve! J'ai pas envie de compter le pognon. Je préfère nettement payer quelqu'un pour qu'il le fasse pour moi.

—C'est pas bête.

J'enregistre le bilan comptable sur l'ordi portable au même moment où Cash pose une bière, qui ne pouvait pas mieux tomber, devant moi.

Ça y est, je viens de terminer ma première semaine en tant que comptable d'*Altitude*, et je dois avouer que je suis plutôt satisfaite. Ryder me paie 20 dollars de l'heure, ce qui veut dire que je pourrai rembourser la dette de Jamie d'ici à trois mois environ. Enfin, trois mois si on ne compte pas les intérêts. Au moins, je peux boire à l'œil.

Je souris à Cash en levant ma bière vers lui avant d'avaler quelques gorgées. En plus d'être le barman d'*Altitude*, il est également l'un des associés de Ryder dans ce bar. Et j'ai très vite compris qu'il n'était pas derrière le comptoir pour rien. Toujours souriant et charmeur, il se lie facilement d'amitié et pousse subtilement à la consommation. Et puis, soyons honnêtes, il est très agréable à regarder. C'est d'ailleurs la raison pour laquelle je préfère travailler installée dans un coin du bar plutôt que dans le bureau. Bon, OK, ce n'est pas l'unique raison. De là où je suis, je peux également reluquer Ryder qui passe la plupart de son temps dans la salle.

Ma bière entre les mains, je tourne légèrement la tête en direction de Ryder et de Jackson – un autre associé du club –, qui étudient des schémas éparpillés sur la table. Jackson est architecte, et c'est lui qui a dessiné les plans du nouveau bar que Ryder, Cash, lui et un autre mec, Parker, comptent ouvrir prochainement. Parker est le quatrième associé d'*Altitude* et, si j'ai bien compris, il travaille à New York mais devrait bientôt revenir vivre à Atlanta.

Quoi qu'il en soit, aujourd'hui est mon jour de chance, car ces messieurs tournent le dos au bar, ce qui signifie que je peux mater leurs fesses musclées et leurs longues jambes solides en toute impunité. Il va de soi que je préfère celles de Ryder. Les fées qui se sont penchées sur son berceau l'ont doté de la plus belle paire de…

— T'as faim ? me demande Cash.

Je reporte mon attention sur lui.

— Non, pas vraiment.

— T'es sûre ? Parce que j'aurais juré apercevoir un petit filet de bave au coin de ta bouche il y a quelques instants.

Je lève les yeux au ciel.

— Tu n'es qu'un troglodyte !

— Houla ! s'exclame-t-il en levant les mains en signe de reddition. J'ignore ce que ça veut dire, mais si ça peut me valoir le même regard que tu viens de lancer aux deux zigotos, là-bas, je suis preneur.

— Ne te fais pas d'illusions, réponds-je, un léger sourire en coin. « Troglodyte » est le terme officiel pour l'homme des cavernes.

À cet instant, Jackson s'approche de nous, les plans roulés sous son bras. Il s'installe au bar, à quelques tabourets de moi. Du coin de l'œil, j'aperçois Ryder, devant la porte d'entrée, son téléphone à l'oreille. Cash pose un verre devant Jackson et y verse un ou deux doigts de whisky.

— Merci, dit Jackson. Prépares-en un pour Ryder aussi, je pense qu'il va en avoir besoin. Une des serveuses vient de l'appeler pour le prévenir qu'elle ne pourra pas venir bosser ce soir.

— Qui ça ? l'interroge Cash.

— Je sais pas, réplique Jackson avant de boire une petite gorgée. Moi, je ne suis que l'architecte. C'est Ryder qui gère le personnel.

Sur ces mots, Jackson se tourne vers moi et lève un sourcil sceptique en regardant mon ordi et la montagne de documents à côté.

— J'ignore ce que tu fais, mais je ne t'envie pas du tout, marmonne-t-il. Ça fait beaucoup de dossiers, tout ça.

— Elle remplace Brightfield qui s'est fait serrer par les flics, l'informe Cash avant même que j'aie le temps d'ouvrir la bouche pour répondre.

— Euh… excuse-moi, mais je pense que sa question s'adressait à moi, annoncé-je en descendant de mon tabouret et en fusillant Cash d'un regard faussement courroucé.

Je me dirige vers Jackson et lui tends la main.

— Cassie, enchantée.

— Ravi de faire ta connaissance, Cassie, me salue Jackson, tout sourires. Toute personne qui arrive à clouer le bec à Cash est la bienvenue ici. Je pense qu'on va bien s'entendre.

— Sympa pour moi, peste Cash, tout en prenant le verre de Jackson et en le vidant de son contenu.

— Bon, bah il ne te reste plus qu'à m'en servir un autre, mon pote, déclare Jackson avec une petite moue contrariée.

Je regagne ma place et ne peux m'empêcher de sourire. Ça fait longtemps que je ne me suis pas sentie aussi bien, aussi à l'aise, avec un groupe de personnes. J'aime bien la dynamique qu'il y a dans la relation quasi fraternelle entre Ryder, Cash et Jackson, et qui apporte ce petit je ne sais quoi à l'endroit.

Ryder prétend ne pas comprendre pourquoi je veux payer les pots cassés de Jamie, mais je sais qu'au fond de lui il en connaît parfaitement la raison : il est au moins aussi loyal envers ses amis que je ne le suis envers mon frère, et, à ma place, je suis persuadée qu'il aurait réagi comme moi.

Tiens, en parlant du loup…

Les sourcils froncés, Ryder s'avance vers nous, et, une fois n'est pas coutume, je lui jette un regard en coin, les cils baissés.

J'adore son style : chemise blanche rentrée dans un jean noir taille basse et veste qui met en valeur ses larges épaules. Sa mâchoire est ombrée d'une barbe naissante, et ses cheveux sont en bataille, comme s'il ne les avait même pas brossés ce matin, au saut du lit. Non pas que je sache à quoi il ressemble au saut du lit. Ça ne m'intéresse même pas. Pas du tout.

— On est à court de personnel pour ce soir, annonce Ryder en acceptant le verre de whisky que lui tend Cash. Tu vas donc devoir mettre les bouchées doubles. C'est le moment de sortir ton Wonderbra, mec.

Cash se sert un verre à son tour et trinque avec Ryder.

— Pas de souci ! On me dit tout le temps que je suis à croquer en sous-vêtement. (Il se tourne vers moi et me fait un clin d'œil.) Et même sans sous-vêtement, ajoute-t-il. Surtout sans sous-vêtement.

— Merci pour l'info, marmonné-je en feignant l'indignation. Et surtout merci de m'avoir gâché le week-end avec cette image.

— Arrête de distraire nos employés, Cash, l'enjoint Ryder en portant le regard sur ma bière à moitié vide. Tu picoles pendant les heures de travail ?

— Je te signale qu'il est 17 heures passées, répliqué-je en prenant mon verre pour boire une gorgée d'une lenteur délibérée avant de le poser devant moi. Je ne suis plus ton employée techniquement, du moins pas jusqu'à lundi matin.

Ryder hausse un sourcil et s'approche de moi. Il s'installe sur le tabouret à côté du mien.

—Tant que tu es dans mon club… (Sa voix est basse et profonde, et je sens comme des étincelles courir sur ma peau.) avec mes dossiers de compta, tu m'appartiens, tigresse.

Il prend mon verre, et nos doigts se touchent.

Sans rompre le contact visuel, il tourne le verre dans sa main, de sorte à mettre ses lèvres au même endroit que moi, et le vide d'un trait avant de le reposer sur le comptoir. Pour moi, c'est comme si on venait de s'embrasser. Sauf que ce n'est pas du tout le cas et que ça m'emmerde que ce ne le soit pas. Qu'est-ce qui m'arrive ?

—Qui nous a lâchés au dernier moment ? demande Cash.

—Rachel, dit Ryder en portant son attention sur lui. Apparemment, elle a chopé une gastro ou un truc dans le genre.

—On peut appeler Trish ou Katie à la rescousse, non ? propose Cash.

—Katie remplace déjà Trish parce que celle-ci a pris quelques jours de congé.

—On a pas mal de résas, ce soir. Ça va être chaud de tout gérer avec une personne en moins pour s'occuper des tables.

Ryder lève son verre de whisky vers lui.

—Merci, Cash, toujours aussi doué pour trouver les mots qu'il faut quand il ne le faut pas.

—Heureusement que je peux toujours compter sur mon physique, rétorque-t-il en souriant, ce qui fait apparaître deux fossettes sur ses joues.

Jackson me contemple quelques instants, l'air pensif.

— Tu as des projets pour ce soir, Cassie? m'interroge-t-il. Ça te dirait de te faire quelques billets en plus?

Ryder se retourne vers lui en secouant la tête.

— Depuis quand tu t'occupes des embauches?

— Oh, ça ne coûte rien de lui demander! En plus, elle est comptable, elle n'aura aucun mal à calculer rapidement le montant de la monnaie à rendre au client.

— Elle ne fait pas les calculs de tête, rétorque Ryder. Elle se sert de l'ordi pour ça.

— « Elle » est juste là, les mecs, lancé-je. Merci de la traiter avec un peu plus de respect.

Ryder glousse avant de déclarer :

— TU ne fais pas les calculs dans ta tête. TU te sers de l'ordi pour ça.

Je rabats fermement l'écran de l'ordinateur portable.

— Vérifions ça.

— OK, puisque tu sembles si sûre de toi.

Il tapote sur quelques touches de son téléphone.

— Cent cinquante-deux plus trente-sept plus quatre-vingt-quatre?

— Deux cent soixante-treize, réponds-je du tac au tac.

Il tapote de nouveau sur son clavier.

— Retire cette somme à cinq cents.

— Deux cent vingt-sept.

— Divisé par treize?

— Tu veux combien de décimales?

— Autant que tu veux.

— Dix-sept virgule quatre cent soixante-deux, annoncé-je en gratifiant Ryder d'un sourire mielleux.

— Que tous ceux qui sont pour que Cassie remplace Rachel ce soir lèvent la main ! s'exclame Cash en levant la sienne.

Jackson fait de même, mais, bien évidemment, Ryder reste stoïque.

— Ta petite démonstration est impressionnante, vraiment, m'assure-t-il, mais nos serveuses sont plus… réputées pour leur physique que pour leurs capacités en calcul mental.

— Je te demande pardon ?

Aussitôt, je souhaite pouvoir reprendre les mots que je viens de prononcer. Il est vrai que ce que je porte aujourd'hui – un vieux pantalon baggy qui traînait dans mon armoire et un haut tout simple qui, tout à coup, ressemble plus à un sac à patates qu'autre chose – ne joue pas en ma faveur, bien au contraire, même.

— Il aurait pu te le dire autrement, mais il n'a pas tout à fait tort, déclare Cash d'un ton confus. Ne le prends pas pour toi, c'est juste que les clients ont tendance à dépenser plus quand la serveuse est… tu sais, quoi.

— Oui, exactement, acquiesce Ryder en hochant la tête.

Je baisse les yeux sur mon haut et mon pantalon. OK, ils ne sont pas sexy, mais j'ai aussi beaucoup d'autres vêtements chez moi. Bon, pas tant que ça en réalité, ça fait deux ans que je n'ai pratiquement rien acheté, mais le moment est venu de remédier à cela. Il y a un petit centre commercial sur le chemin de la maison. Je ne verrai pas la couleur de l'argent que je gagnerai ce soir, mais je peux quand même me permettre une petite virée shopping. Il me reste encore assez de liquide. Règle numéro un lorsqu'on décide de fuir son ancienne vie : prévoir assez de fric pour pouvoir le faire.

— Vous ouvrez à quelle heure, ce soir ?

Je m'adresse exprès à Cash et remarque que Ryder plisse les yeux d'un air narquois.

— Vingt heures, répond Cash.

— OK, je vous dis donc à 20 heures, déclaré-je en rassemblant mes affaires avant de me laisser glisser de mon tabouret. Ah, et juste pour info, il est fort probable que vous ne me reconnaissiez pas étant donné que je vais devoir procéder à un relooking extrême afin de servir des verres selon vos critères. Pour info, je serai la serveuse bombasse qui, en plus de slalomer entre les tables, excelle en calcul mental. (Je leur adresse mon plus joli sourire et me penche vers Ryder.) Et, contrairement à Cash, je n'aurai pas besoin de Wonderbra pour me faire remarquer, lui chuchoté-je à l'oreille avant de tourner les talons.

7

Cassie

Petit à petit, je me rends compte à quel point ma vie avec Sebastian à Londres était incroyablement ennuyeuse. Je ne connaissais personne là-bas et je n'ai jamais eu l'occasion de me faire des amis, une fois sur place. J'ai peiné à obtenir un visa de travail qui ne m'a jamais servi et je suis rapidement tombée – ou, plutôt, Sebastian m'a enfermée – dans une routine qui s'est rapidement transformée en enfer.

En somme, j'ai mis ma vie sur « Pause » pendant deux ans et, ce soir, j'ai enfin appuyé sur la touche « Lecture ».

Jamais je n'aurais cru que travailler pouvait être aussi divertissant et relaxant à la fois. Je n'ai même pas l'impression de bosser, je m'amuse, comme les clients autour de moi. Enfin, je revis et ça fait du bien.

Je suis arrivée à *Altitude* un peu avant 20 heures, et, comme il n'y avait pas encore beaucoup de monde, Jackson m'a proposé de me montrer les cuisines.

— Tu pourras prendre une pause pour manger, m'a-t-il informée en me tendant l'assiette de frites qu'il était en train de picorer. Mais, si Ryder te demande quelque chose, je ne t'ai rien dit.

Une fois le tour des cuisines terminé, Cash m'a expliqué comment fonctionnait la caisse ainsi que le lecteur de carte bancaire, ne pouvant s'empêcher d'admirer mon décolleté toutes les cinq secondes. Il faut dire que le petit haut noir que j'ai dégotté met ma poitrine en valeur sans pour autant trop en montrer. Je ne plaisantais pas quand j'ai dit à Ryder que je n'aurais pas besoin de Wonderbra.

— Pourquoi tu ne t'habilles pas comme ça tous les jours ? m'a demandé Cash en s'adressant surtout à mes seins pendant que j'attendais qu'il me prépare quatre shots de tequila pour mes premiers clients.

— Parce que les hommes oublieraient très vite qu'en plus d'avoir une belle paire de nibards j'ai également un cerveau. Et puis je ne voudrais pas être une distraction susceptible de te détourner de ton travail, ai-je répondu en coinçant les pouces dans les passants de mon nouveau jean moulant.

— Oh, je n'aurais rien contre ça ! a rétorqué Cash.

— Moi si, a signifié Ryder, apparaissant de nulle part derrière moi.

Il arborait une expression indéchiffrable, mais n'a pas pu s'empêcher de m'examiner de la tête aux pieds.

— Tu comptes servir les clients ou tu préfères passer la soirée à flirter avec Cash ? s'est-il enquis en s'accoudant au bar.

— Dis-moi : ça t'arrive de rigoler parfois ? ai-je marmonné en disposant les shots sur mon plateau.

— Oui, cependant, on n'est pas là pour rigoler, tigresse, mais pour bosser.

— Dans ce cas, tâche de ne pas mater mon derrière pendant que je sers les clients parce que ce ne serait pas très pro, l'ai-je informé en pivotant sur mes nouveaux talons aiguilles avant de me diriger vers un des box occupés.

Sebastian était très jaloux. Bien évidemment, il refusait de l'admettre, mais sa réaction parlait d'elle-même quand un autre homme avait le malheur de poser le regard sur moi. Le pire, c'est qu'il s'en prenait toujours à moi, comme si c'était ma faute si l'épicier me souriait quand je passais à la caisse ou que le mec assis à côté de moi dans le métro me regardait à la dérobée.

« Ce n'est pas que je manque de confiance en moi, disait-il avec son accent britannique que je trouvais incroyablement sexy à l'époque. Ce sont ces hommes qui ont trop confiance en eux. »

Rapidement, il a commencé à remettre en question la façon que j'avais de m'habiller, surtout lorsque je portais une robe ou une jupe. Il voulait à tout prix me couvrir les épaules, les bras, les jambes… Me cacher au monde entier.

Je secoue la tête en essayant de chasser ces souvenirs. Sebastian n'est pas là, et il est hors de question qu'il me gâche cette soirée. Il est désormais minuit passé, et le bar est plein à craquer. La piste de danse est noire de monde et la musique plus forte et entraînante si bien que les gens se trémoussent également autour de leurs tables et dans le carré VIP. L'alcool coule à flots, et quand un client est satisfait et éméché il ne lésine pas sur les pourboires. Si ça continue comme ça, je pourrai rembourser la dette de Jamie plus vite que prévu.

— Comment as-tu réussi à te glisser dans ce jean ? me demande un client pendant que j'attends ma nouvelle commande au bar.

— En y insérant la jambe droite, puis la gauche, répliqué-je.

— Je serais ravi de t'aider à l'enlever plus tard.

— Je pense que d'ici là tu ne tiendras plus debout.

— C'est pas grave ! Un jean, ça s'enlève aussi en position allongée, tu sais.

Je ne peux m'empêcher d'éclater de rire. Il a clairement un coup dans le nez, mais il est mignon et ça fait toujours du bien à l'ego de se faire draguer.

Merci, mais je préfère que ce soit Ryder qui s'en charge.

Hein ? Ça sort d'où ? Je ne l'ai tout de même pas pensé à haute voix… Si ?

Je prends mon plateau et m'apprête à fendre la foule compacte pour rejoindre la table à servir quand j'entends Ryder m'appeler. Je me retourne vers l'autre extrémité du bar et croise son regard. Il pose son verre de whisky et me fait signe d'approcher en remuant son index.

Sans trop réfléchir, je m'exécute et j'entame un véritable parcours du combattant – sans renverser une seule goutte des boissons sur mon plateau –, avant d'arriver à sa hauteur. Il a retiré sa veste et roulé les manches de sa chemise blanche au-dessus des coudes. Mon attention est immédiatement attirée par le tatouage aux couleurs vives qui souligne davantage le muscle de son avant-bras. Trop sexy.

— Oui, monsieur Cole ?

— Enfin tu me montres un peu de respect.

— Je ne m'y habituerais pas trop si j'étais toi.

—Je ferais mieux de profiter de l'instant présent alors.

Il accompagne sa déclaration d'un sourire qui fait battre un peu plus fort mon cœur.

—Tu voulais quelque chose ou tu m'as appelée juste pour me distraire de mon travail ? demandé-je en reportant mon poids sur une jambe d'une manière que j'espère nonchalante.

—Alors comme ça je te distrais ?

Il se penche vers moi, et son parfum, un mélange de cèdre et de citron, me submerge. Il sent divinement bon.

—Ne te flatte pas, murmuré-je.

—Et toi, fais plus attention aux commandes, rétorque-t-il en prenant trois olives piquées dans un cure-dent dans le bol de l'autre côté du comptoir avant d'en plonger une dans chaque Martini sur mon plateau.

Je le regarde faire avant de rencontrer de nouveau son regard.

—Tu vois, c'est pourtant pas dur, déclare-t-il.

—Oui, c'est vrai. Cela dit, je suis beaucoup plus réactive quand il s'agit de relever des défis plus durs que ça.

Je baisse lentement les yeux sur son torse, son ventre et son entrejambe. Quand je relève la tête vers lui, il m'observe tel un chasseur aux aguets.

—Tu joues avec le feu, tigresse.

—Ça tombe bien, j'aime bien vivre dangereusement.

—Tu es bien consciente que, si tu t'engages dans cette voie, il n'y aura pas de retour en arrière ? m'avertit-il, son regard bleu plein de malice.

Je me penche alors vers lui, jusqu'à ce que mes lèvres soient à quelques millimètres des siennes.

—Je finis toujours tout ce que j'entreprends, monsieur Cole.

Sans attendre, je me retourne et me dirige d'un pas assuré vers la table qui a commandé les Martini. Je sens son regard jauger l'ondulation de mes hanches quand je m'éloigne, et mon cœur va probablement bondir de ma poitrine d'un moment à l'autre, mais je suis bien décidée à n'en rien laisser paraître.

On s'est embarqués dans une guerre des nerfs sans merci. J'en sortirai perdante, j'en suis parfaitement consciente, mais, étrangement, ce n'est pas pour me déplaire étant donné que j'en suis également l'enjeu principal.

8

Ryder

Cassie disparaît, engloutie par la foule, laissant un tas d'images érotiques danser dans ma tête.

Sans trop de mal, je l'imagine à genoux, entre mes jambes, arrondir ses lèvres douces et chaudes autour de mon gland et m'absorber sur toute ma longueur pendant que j'enfouis mes doigts dans ses boucles blondes. Je me vois prendre ses seins parfaits en coupe et titiller ses pointes sensibles des doigts avant de lui saisir une main et de la guider entre ses cuisses pour qu'on frôle, ensemble, sa…

— Allô, la Terre appelle Ryder.

Je me tourne vers Cash et lui jette un regard confus.

— Quoi ?

— Tu comptes finir ton whisky ? Parce que sinon…

Tout en parlant, il prend mon verre presque vide et l'avale d'une traite.

— Hé, tu ne m'as même pas laissé le temps de répondre !

— T'es trop lent à la détente, mec, rétorque-t-il. D'ailleurs, tu devrais passer à la vitesse supérieure si tu ne veux pas qu'elle te file entre les doigts.

— Me « file entre les doigts » ? Qui ça ?

Cash part d'un grand éclat de rire.

— Ne fais pas l'innocent, Ryder! Tu sais très bien de quoi, enfin, de qui je parle. Tu étais en train de lui faire plein de trucs cochons dans ta tête, c'était évident. Vas-y, fonce, qu'est-ce que tu attends? Elle est belle, sympa et intelligente. Un peu trop intelligente pour toi, si tu veux mon avis.

— T'as fumé la moquette ou quoi? répliqué-je, légèrement sur la défensive. J'étais juste en train d'expliquer à notre nouvelle employée comment faire correctement son boulot.

— Oui, en l'imaginant toute nue.

— N'importe quoi, marmonné-je en secouant la tête. Je pense que tu projettes ton manque d'activité sexuelle sur moi.

— Ah, pas du tout! Pour ta gouverne, j'ai baisé avec Katie dans sa voiture tout à l'heure, avant son service. Mes couilles sont donc vides, alors que je soupçonne les tiennes d'être pleines à craquer depuis un petit moment.

— Katie? Notre serveuse Katie?

— Ouais, répond Cash en haussant les épaules. Mais t'inquiète, notre relation est purement sexuelle. Comme elle est stressée à cause de ses cours – elle est étudiante en médecine –, je l'aide à décompresser.

— Que c'est noble de ta part! dis-je avec ironie.

— Bah oui, je fais du mieux que je peux pour maintenir notre personnel au top. En parlant de ça, je veux que tu saches que je ne tenterai rien avec Cassie. En revanche, je ne peux pas en dire autant des autres mecs.

Il fait un signe de la tête en direction de la foule, et je suis son regard. J'aperçois immédiatement Cassie qui s'est fait alpaguer par un groupe de clients et, à en croire les trois coupes de Martini toujours pleines sur son plateau, elle n'a pas encore servi sa table. Un des hommes passe un bras autour de sa taille, et elle rigole en secouant la tête avant d'esquiver le petit groupe d'un mouvement habile et de se diriger vers la table. Sans surprise, tous les mecs à côté desquels elle passe braquent leurs regards sur ses fesses.

Je hoche pensivement la tête. Leur réaction est compréhensible. Le derrière de Cassie est tout bonnement parfait. Ses jambes aussi, longues et fines. Je peux pratiquement les sentir nouées autour de mon cou pendant que…

— Cassie est une femme très attirante, déclaré-je, interrompant mes rêveries fantasques. Je suis sûr qu'elle a l'habitude de se faire draguer.

— Ah! s'exclame Cash. Tu la trouves donc attirante.

— Oui, tout comme je trouve Katie attirante aussi. Ce bar possède certains standards. Si tu regardes autour de toi, tu verras que toutes les nanas présentes ici sont, elles aussi, plus attirantes les unes que les autres.

— Amen! proclame Cash en me resservant un verre de whisky. C'est la maison qui régale.

— Tu remercieras les proprios de ma part, dis-je avant de vider mon verre cul sec. Et, sinon, ça fait longtemps que tu couches avec Katie?

— « Coucher » n'est peut-être pas le terme que j'emploierais, annonce une voix féminine derrière moi.

L'instant d'après, Katie apparaît à mes côtés et pose son plateau vide sur le comptoir.

Petite et mince, elle a le teint clair et des cheveux noirs coupés au carré. Elle n'a jamais travaillé comme serveuse avant qu'on l'embauche, mais elle a rapidement appris les ficelles du métier. Elle est même notre meilleure serveuse. Toujours souriante, elle gère le service avec une efficacité admirable. Elle ne se trompe jamais dans ses commandes et sait comment s'y prendre avec les clients éméchés et/ou trop entreprenants. Je ne doute pas qu'elle sera un médecin hors pair ; elle aime le contact humain et a aussi un effet rassurant sur les gens. « Sois belle et souris, mais ne te laisse pas faire », voilà le conseil qu'elle donne aux autres serveuses et qui fait que tout marche comme sur des roulettes au club.

— « Coucher », reprend-elle en se penchant vers moi, ça fait trop sérieux. On ne fait que baiser. Et Cash m'a assuré que ça ne posait aucun problème concernant le boulot.

— Oui, tant que ça ne devient pas mon problème, déclaré-je.

— Tu n'as rien à craindre, me rassure Katie en faisant un geste de la main. C'est juste que les cours de chimie organique sont un véritable enfer, et Cash m'aide à me changer les idées entre deux révisions, c'est tout.

— Ton prochain partiel dans cette matière, c'est en octobre, non ? s'enquiert Cash.

— Ouais, mais ça va, les cours commencent doucement à rentrer dans ma tête, je ne te promets donc rien.

— OK, en tout cas tu sais où me trouver si jamais tu as besoin. Ça serait dommage que tu perdes ta bourse.

— Merci de t'inquiéter autant pour moi et ma bourse. Et tes bourses aussi, je suppose, s'esclaffe Katie. Tu me prépares trois whiskys Coca et une vodka tonic, s'il te plaît ?

— Tiens, Katie, qu'est-ce que tu penses de Cassie ? l'interroge Cash en mettant les glaçons dans les quatre verres qu'il a alignés devant lui.

— C'est celle qui remplace Rachel ? Elle a l'air cool et elle apprend vite. Pourquoi ? Elle aussi, tu veux l'aider à se changer les idées ?

— Non, c'est pas pour moi que je demande, mais pour un pote, dit-il en posant les boissons sur le plateau avant de me designer de la tête.

— Lâche-moi la grappe, Cash.

— Alors, comme ça, Cassie t'a tapé dans l'œil, observe Katie avec un large sourire.

— Mêlez-vous de vos affaires.

— Je crois qu'on a touché une corde sensible, Cash.

— Je crois que tu as raison, Katie.

À ces mots, Cash s'éloigne vers l'autre extrémité du bar pour servir un client.

— Allez, fonce, fais-toi plaisir, m'encourage Katie.

— Merci, mais je ne me rappelle pas t'avoir demandé ton avis.

— Elle t'attire, avoue-le.

— Beaucoup de femmes m'attirent, Katie.

— Une en particulier ?

Je me redresse et croise les bras.

— Je possède ce bar et j'ai une réputation dans cette ville. Je peux sauter n'importe quelle nana présente ici ce soir quand je veux et où je veux.

— Oui, tu peux, mais on sait tous les deux que tu ne vas pas le faire.

J'ouvre la bouche pour répondre, mais Katie soulève son plateau et s'en va.

Bon, OK, elle n'a pas tout à fait tort. Oui, je suis attiré par Cassie. J'aimerais bien l'entraîner dans mon bureau, l'installer sur la table pour faire descendre son jean le long de ses jambes et tracer du bout de l'index le contour de sa petite culotte avant d'insinuer deux doigts sous la fine étoffe. Et, oui, j'aimerais aussi m'agenouiller entre ses cuisses et la lécher encore et encore, enfouir ma langue en elle, jusqu'à ce qu'elle hurle de plaisir et jouisse comme elle n'a jamais joui. Si elle pouvait aussi crier mon nom entre deux spasmes, ça serait la totale.

Une fois que j'ai quelque chose en tête, c'est très difficile de me faire changer de direction. Je sais donc ce qui me reste à faire.

9

Cassie

J'ignore combien de temps il me faut pour atteindre la table qui a commandé les trois Martini. Il faut dire que le parcours est semé d'embûches masculines.

Je pose un verre devant chacune des trois filles attablées.

— Merci, me dit l'une d'elles avec un sourire chaleureux.

Elle est très mignonne, dotée d'une beauté naturelle. Les cheveux tirés en une simple queue-de-cheval, elle est vêtue d'un tee-shirt blanc et d'une veste en cuir noire de motard.

— Souhaitez-vous ouvrir une ardoise ? leur demandé-je.

— Non, tu peux tout mettre sur celle de Jackson, répond-elle. C'est mon frère, et puis il me doit bien ça.

Je repense tout de suite à la discussion que j'ai eue avec Ryder, quelques jours plus tôt. Jamie aurait-il vraiment fait pour moi ce que je suis en train de faire pour lui ? En tout cas, la sœur de Jackson semble persuadée que son frère réglera son addition, qu'elle peut compter sur lui les yeux fermés. OK, payer quelques verres et rembourser 10 000 balles ne sont pas tout à fait la même chose, mais, pour tout ce qui touche à la famille, je me dis que quand on aime on ne compte pas. Du moins, j'essaie de m'en persuader, parce que Jamie ne m'a jamais payé ne serait-ce qu'un coup à boire.

— Cash fait les meilleurs Martini qui soient, déclare la sœur de Jackson après avoir siroté une petite gorgée en regardant une de ses copines. Mais jamais de la vie je ne le lui avouerai parce…

— Parce que… ? dit Cash en apparaissant à côté de moi, une bière à la main ? Tu as peur de gonfler mon ego ? Ou autre chose peut-être ?

Il s'assied à leur table, et la sœur de Jackson roule des yeux avant de manger l'olive de son cocktail.

— Dis, t'as pas un bar à gérer ?

— J'ai pris une pause, j'ai donc un peu de temps à vous consacrer, mesdemoiselles.

— Bon courage, les filles, gloussé-je en faisant un clin d'œil à la sœur de Jackson.

— Je vois que la nouvelle t'a rapidement cerné, Cash ! s'exclame-t-elle en me tendant la main. Je m'appelle Shelby.

— Cassie, enchantée.

— Et voici Avery, poursuit-elle en désignant une jolie brunette qui porte une minijupe, et Ruby.

Je reste bloquée quelques secondes sur les cheveux roux flamboyants de Ruby. Comme ses deux copines, elle aussi est ravissante.

— Coucou, les salué-je d'un petit signe de la main.

— Tu as commencé quand ici ? m'interroge Shelby.

— Cassie remplace une serveuse, lui explique Cash. À la base, elle s'occupe des chiffres. Elle est une comptable tout ce qu'il y a de plus ordinaire le jour, mais, une fois la nuit tombée, elle se métamorphose en serveuse ultrasexy.

— Un peu comme une super-héroïne, plaisante Shelby.

— D'ailleurs, Cassie, si tu as besoin d'un acolyte, fais-le-moi savoir, dit Cash.

— Pourquoi ? Tu connais quelqu'un que ça intéresserait ?

Cash ouvre la bouche puis la referme, et Shelby éclate de rire. Elle me reprend la main pour la serrer légèrement, et ce geste affectueux m'emplit immédiatement d'un sentiment de bonheur.

— Je pense qu'on va très bien s'entendre, Cassie.

Avery et Ruby opinent de la tête en souriant, et je sens mon cœur gonfler dans ma poitrine. Je n'ai pas beaucoup de copines. Non, en fait, je n'en ai plus aucune, pour être tout à fait exacte.

J'ai rencontré Sebastian ici, à Atlanta, et ça a vraiment été le coup de foudre entre nous. Du moins, c'est ce que je pensais à l'époque. Dès que j'avais un moment de libre, je le passais avec lui. Entre mon travail dans le garage de papa et les sorties en amoureux, j'ai très vite délaissé mes amies, l'erreur à ne surtout pas commettre parce que, ça y est, on a un petit copain. Cependant, j'ai bien appris la leçon.

— Cassie !

Je retiens mon souffle.

Ryder.

C'est parti pour le deuxième round. Rien qu'à entendre sa voix, mon estomac se contracte.

— Tu as décidé de rendre ton tablier pendant que j'avais la tête tournée ? demande Ryder en se plaçant à côté de moi.

— Voyons, Ryder, tu sais que c'est impossible étant donné que ta tête est tournée dans ma direction depuis tout à l'heure, tu l'aurais donc su tout de suite, rétorqué-je après avoir effleuré ma lèvre supérieure du bout de la langue.

Avant qu'il ait le temps de riposter, Shelby déclare :

— Ça va, Ryder, on était en train de faire connaissance.

— Dans ce cas, marmonne-t-il en plongeant son regard dans le mien, il serait peut-être temps que tu ailles prendre « connaissance » des commandes des autres clients afin qu'on puisse gagner un peu d'argent parce que je doute que Jackson accepte de payer une tournée générale.

— Tiens, Cassie, dit Shelby en sortant un billet de 100 dollars de sa pochette. C'est moi qui offre cette tournée, et tu peux garder la monnaie.

Je fais un calcul rapide. Même en comptant le pourboire, il y en aurait pour 40 dollars au maximum.

— Shelby, c'est beaucoup trop !

— Non, non, c'est bon. Tu bosses avec ces tyrans, tu mérites amplement chaque dollar.

Avec un sourire d'autosatisfaction, j'agite le billet devant le visage de Ryder avant de le glisser dans la poche avant de mon jean. Il baisse les yeux sur ma main, et je n'attends pas qu'il relève le regard sur moi.

Je souris à mes nouvelles copines, puis me retourne et me fraie un chemin dans la foule. J'ai presque atteint un box occupé par plusieurs beaux mecs aussi joyeux que bruyants, lorsque je sens une main sur ma taille.

— Dans mon bureau, tout de suite, chuchote Ryder au creux de mon oreille, son souffle chaud.

— Je pensais que tu voulais que je m'occupe des clients, protesté-je, inondée par une décharge d'adrénaline.

— Cassie, qui joue trop avec le feu finit par s'y brûler.

Je brûle déjà.

Il me prend par le poignet et m'entraîne vers son bureau. Apparemment, j'ai perdu le deuxième round. Et le combat, aussi. Mais ça, je le savais déjà.

10

Cassie

Ryder ouvre la porte de son bureau et s'efface pour me laisser entrer.

Il fait sombre dans la pièce, la lumière de la rue pénètre faiblement par les stores vénitiens.

Je m'avance vers le bureau et me retourne avant de m'appuyer contre le bord de la table, posant les deux mains à plat dessus.

— Mes clients vont s'impatienter, murmuré-je tandis que Ryder ferme la porte et s'approche de moi.

— Ne t'en fais pas pour eux, rétorque-t-il en couvrant mes mains des siennes.

Je baisse les yeux sur nos mains puis relève le regard vers lui. Mon courage menace dangereusement de m'abandonner, et je sens mon cœur battre dans ma gorge.

— Il faudrait savoir ce que tu veux, balbutié-je. C'est pas toi qui m'as dit qu'on était ici pour bosser ?

— Si, mais, au cas où tu l'aurais oublié, je suis le patron, donc tu dois faire tout ce que je veux… (Il se penche vers moi et m'effleure le cou de ses lèvres.) quand je le veux.

— Et, là, tu… tu veux quoi ? bafouillé-je.

— Je veux… (Ses lèvres se posent sur ma gorge.) que… (Elles glissent lentement plus bas.) tu la boucles.

— Tu sais parler aux filles, toi.

Il se redresse et plante son regard dans le mien.

— Je sais aussi faire plein d'autres trucs aux filles.

Bonté divine !

Il prend mes seins en coupe et dépose une myriade de baisers, légers comme une plume, le long de mon décolleté. Puis ses lèvres caressent mon bras dénudé et mon épaule. Brusquement, j'éprouve le besoin de le toucher, d'enfouir les doigts dans sa chevelure ébouriffée, mais, lorsque j'essaie de bouger les mains, il m'en empêche en nouant les doigts autour de mes poignets.

Soudainement, il écrase ses lèvres sur les miennes. Je les ouvre aussitôt, et nos langues entament une sorte de danse frénétique. Il presse son corps ferme contre le mien, et je sens la ligne dure de son érection se dresser entre mes jambes, que j'écarte instinctivement. Il prend ensuite ma lèvre inférieure entre ses dents et la mordille jusqu'à me faire presque mal, ce qui fait courir une onde de chaleur entre mes cuisses.

Lorsqu'il me caresse le téton à travers le tissu fin de mon haut et le titille lentement entre ses doigts, j'ai l'impression de m'embraser tout entière. Je me rends alors compte qu'une de mes mains est libre et je plante les doigts dans le muscle de son épaule. Je fais glisser ma paume vers les boutons de sa chemise et j'entreprends, tant bien que mal, de les défaire un à un. Je ne peux m'empêcher de promener mes doigts tremblants le long de son torse nu et musclé, jusqu'à ses côtes.

Brusquement, il saisit ma main baladeuse et la porte à la fermeture Éclair de mon jean.

— Enlève-moi ça, marmonne-t-il contre mes lèvres.

— Pourquoi ?

— Parce que. À moins que tu ne préfères que j'arrête.

Il est fou ou quoi ? Il ne peut pas arrêter, pas maintenant.

Je secoue la tête, et un sourire narquois apparaît sur ses lèvres.

Il libère mon autre main, et je défais la fermeture Éclair avant de faire descendre le jean sur mes cuisses d'un geste maladroit. Je pose une main sur la bosse imposante que forme son érection et la caresse du bout des doigts avant de saisir la glissière de sa braguette pour la faire coulisser.

— Pas touche, dit-il en écartant ma main. Honneur aux dames.

L'instant d'après, il me prend par la taille, me soulève et me pose sur son bureau. Il me retire un escarpin et le laisse tomber par terre avant de faire pareil avec l'autre, puis il fait lentement descendre mon jean le long d'une jambe en déposant un baiser sur chaque parcelle de peau dévoilée.

Quand j'entends mon jean rejoindre les escarpins au sol dans un léger bruissement de tissu, toute pensée rationnelle me déserte. Je me fiche des clients qui attendent, des pourboires et de la dette de Jamie. Tout ce que je veux à présent, c'est fondre sous le toucher de Ryder.

Il entrelace ses doigts aux miens et guide nos mains entre mes jambes. Je me cambre en sentant nos index effleurer mon intimité.

— Tu aimes ça, tigresse ?

— Mmmh…

— Moi aussi, rétorque-t-il en augmentant la pression sur nos doigts.

De son autre main, il tire sur le décolleté de mon haut, libérant ainsi un de mes seins. Il fait glisser ses lèvres le long de ma gorge avant de les refermer autour de mon téton tendu. Il le caresse de sa langue chaude, et je contracte mon vagin, frémissante d'anticipation.

Nos doigts glissent sur mon sexe, taquinant mon clitoris, et je commence à haleter, des petits bruits implorants franchissant la barrière de mes lèvres. Le sang bouillonne à mes tempes, et le fait que Ryder semble prendre son pied autant que moi ne fait qu'accroître mon plaisir.

Je ferme les yeux afin de laisser mes autres sens prendre le dessus. Je veux m'enivrer de l'odeur de sa peau, m'enflammer sous ses lèvres, qui emprisonnent la pointe de mon sein, et me laisser bercer par le bruit du bureau qui bouge et des objets qui remuent dessus, en rythme parfait avec nos corps fiévreux.

Jamais je ne me serais crue capable de me toucher, comme ça, devant qui que ce soit, encore moins devant mon patron. Mais Ryder est un cas à part entière. La notion de la normalité perd tout son sens avec lui.

— Je… je ne vais pas durer longtemps si tu continues comme ça, soufflé-je en passant une main dans ses cheveux.

Il abandonne mon sein pour tracer un sillon humide de sa langue jusqu'à mon nombril.

— Tout vient à point…, chuchote-t-il en s'agenouillant entre mes jambes.

Il pose les lèvres sur mon pubis, puis à la jointure de mes deux cuisses.

— … à celui qui sait attendre, conclut-il en m'écartant davantage les jambes.

Il tire le tissu de ma petite culotte sur le côté et me caresse le sexe de sa langue en s'accordant aux mouvements de mes doigts.

Doux Jésus! Ça faisait longtemps qu'on ne m'avait pas fait ça.

Je gémis et rejette la tête en arrière tandis qu'une onde de chaleur intense se propage dans mon ventre. J'ai l'impression que du feu court dans mes veines et mes terminaisons nerveuses. Cet homme déclenche une tornade en moi, une tornade qui ne cesse de s'amplifier, qui…

Hein?

Qui retombe subitement?

J'ouvre les yeux. Ryder est toujours à genoux, entre mes cuisses, mais il ne me lèche plus.

Perturbée, je scrute son expression dans la faible lumière diffusée par l'éclairage extérieur. Il a un visage d'ange; pourtant, un sourire presque démoniaque étire ses lèvres.

Je me redresse sur les coudes.

—Ne bouge pas. Tu es très impatiente, dis donc, me fait-il remarquer.

Puis il effleure l'étoffe humide de ma culotte, et je réprime un frisson.

—À quoi est-ce que tu joues ? demandé-je.

En fait, je ne sais même pas si j'ai formulé mon interrogation à voix haute ou si je me suis juste posé la question dans ma tête. Étant donné mon état actuel, je me sens incapable d'aligner des mots pour faire une phrase.

—À rien, répond-il, dissipant le doute qui s'est immiscé dans mon esprit embrumé. C'est moi qui décide, c'est tout.

Il dépose un léger baiser sur le dos de ma main, qui est toujours sous ma petite culotte.

—Dans tes rêves, protesté-je même si mon corps ne semble pas du tout d'accord avec le peu de raison qui me reste.

Au plus profond de moi, j'ai envie de capituler sans la moindre résistance et de m'en remettre à lui. Après tout, d'une certaine façon, ce serait en accord avec la ligne de conduite que j'ai adoptée s'agissant de Ryder. Je bosse gratuitement pour lui. Je suis déjà à sa merci. Cette réflexion éveille en moi une étincelle de rébellion. Je suis peut-être déjà à sa merci, mais ça ne veut pas dire que je dois lui rendre les choses faciles. Paradoxalement, ma mission s'annonce très difficile, parce que, bon, il est canon et que je suis à moitié nue sur son bureau.

Comme s'il avait lu dans mes pensées, Ryder retire ma main de ma culotte et la porte à sa bouche. Il aspire mon index humide entre ses lèvres et le lèche avidement.

— Dis-le, murmure-t-il. Dis-le que c'est moi qui décide.

Oui, oui, oui, c'est toi qui décides de tout.

Il enroule la langue autour de mon doigt, et je ressens un léger spasme d'excitation.

Résiste, Cassie. Résiste encore un tout petit peu.

— Non. Jamais de la vie.

— Dis-le.

Il libère mon doigt et m'embrasse un genou.

Mes jambes en coton pendent le long du bureau, et le contact de ses lèvres descendant sur mon mollet me fait frissonner.

— Tu en veux plus, Cassie. Je le sens.

Sa langue experte glisse dans le pli de mon aine, d'un côté, puis de l'autre, le long de l'étoffe de ma culotte. Je vais exploser s'il continue de me tourmenter comme ça.

— Et tu auras ce que tu veux du moment que tu suis mes règles à la lettre, poursuit-il.

Quand je suis partie de Londres, je me suis fait la promesse solennelle de ne plus jamais laisser quiconque me dicter ma conduite. Ma vie, mes règles. Mais là, avec Ryder, cette promesse n'a plus aucun sens. Cet homme ébranle mes résolutions d'un simple coup de langue.

Oh, et puis merde!

— Oui…, marmonné-je.

— Oui, quoi?

Il insinue deux doigts légèrement en moi, et mon cœur manque un battement.

— Oui, c'est toi qui décides…, espèce de connard.

— Enfin, nous y voilà. C'est ça que j'apprécie chez toi, tigresse : tu ne pratiques pas la langue de bois. Mais réfléchis un peu : si j'étais vraiment un connard, est-ce que je ferais ça…

Il accompagne ses paroles d'une caresse le long de l'intérieur de mes cuisses avant de passer les pouces sous l'élastique de ma culotte et de tirer doucement. Il me l'enlève et la jette au sol, puis plonge la langue en moi et se met à décrire des cercles autour de mon clitoris. Quand il pose le bout de sa langue dessus et le presse, j'enfonce les doigts dans son cuir chevelu et me laisse aller aux prémices de mon orgasme.

— Mon Dieu, Ryder… S'il te plaît…

Il émet un grognement et commence à me travailler sans relâche. Sa langue glisse entre les replis de mon sexe, et lorsqu'il prend mon clitoris entre les lèvres et le suce avidement j'émets un gémissement en cambrant instinctivement les hanches contre son visage.

Oh, mon Dieu, mon Dieu, mon Dieu, mon Dieu !

Je perçois un nouveau grommellement, et Ryder accélère le rythme de sa langue jusqu'à ce qu'un puissant spasme m'arrache un cri. Aussitôt, il me couvre la bouche d'une main, et ma jouissance est réduite au silence, ce qui ne fait qu'intensifier mon excitation. Je mords sa paume tandis que les ondes de plaisir secouent inlassablement mon corps.

La respiration haletante, je retombe sur le bureau. Je ne sens plus mes jambes. J'ai l'impression de flotter sur un nuage, d'avoir fondu, de m'être totalement liquéfiée.

Putain, qu'est-ce qui vient de se passer ?

La question surgit dans mon esprit. Je la chasse. Tout ce que je sais, c'est que j'ai besoin de plus. Tout de suite.

Ryder se redresse et embrasse un coin de ma bouche, puis l'autre et j'en profite pour lui saisir les hanches et l'attirer vers moi. J'écarte les pans de sa chemise et souligne de la langue les contours bien dessinés de ses pectoraux avant de m'aventurer plus bas, vers ses muscles en V. Un simple coup d'œil vers eux suffirait à faire jouir bien des femmes. J'attrape la fermeture à glissière de son jean, bien décidée à aller au bout des choses cette fois et…

— Hé, Ryder ?

La voix de Jackson perce brutalement la bulle dans laquelle Ryder et moi nous sommes enfermés.

J'entends un coup sur la porte puis cette dernière qui grince légèrement et des pas qui résonnent sur le sol du bureau. Tout me paraît se dérouler au ralenti, comme un rêve qui vire au cauchemar.

J'imagine que c'est également le bureau de Jackson, mais, merde, il n'aurait pas pu attendre la permission d'entrer ?!

— Ouais, une seconde, mec, dit Ryder en enfonçant les pans de sa chemise dans son jean d'un geste brusque.

Il se baisse et ramasse mon jean avant de me le jeter. Aussitôt, je sors de ma torpeur et descends de la table pour pouvoir l'enfiler. Je bataille avec la deuxième jambe du satané vêtement et j'essaie de le remonter en sautillant à cloche-pied. Ma technique se révèle un désastre parce que je perds l'équilibre et tombe sur une pile de boîtes contenant des documents comptables. Les effets négatifs de l'orgasme, il faut croire.

— Laisse-nous juste quelques secondes, marmonne Ryder.

— Oh, merde, pardon ! s'exclame Jackson en tournant la tête dans la direction opposée. Je savais pas que… Euh, je reviendrai plus tard.

À ces mots, il se retourne pour quitter le bureau, et j'en profite pour me relever rapidement, attraper mes escarpins et foncer vers la porte sans même regarder Ryder ou Jackson que je contourne maladroitement.

Merde, qu'est-ce que j'ai fait ? Mais qu'est-ce que j'ai fait ? C'est mon patron !

C'est une question qui va sans doute demeurer à jamais sans réponse.

Je remets de l'ordre dans ma tenue et reprends mon service comme si de rien n'était. Je sers les clients, j'encaisse leurs consommations et évite Ryder comme la peste.

Et voilà comment je me suis créé un problème de plus à résoudre.

II

Cassie

J'ouvre les yeux et…

Qu'est-ce qui m'a pris, hier, putain ?

Je m'étire dans le lit en repensant à ce qui s'est passé la veille. Pressant les lèvres l'une contre l'autre, je repense aux baisers de Ryder et à sa langue en moi de la façon la plus intime qui soit. D'instinct, je remonte le drap jusque sous le menton, comme si cela pouvait empêcher les souvenirs d'affluer dans mon esprit.

Le soleil filtre à travers les rideaux, baignant ma chambre d'une lumière dorée. La journée s'annonce belle et chaude.

Qu'est-ce que fait Ryder en ce moment ?

J'inspire profondément et je laisse ma main descendre lentement le long de mon ventre et glisser sous l'élastique de mon pyjama et sous ma…

Non !

Je ne dois pas penser à lui et encore moins me caresser en le faisant. Je retire ma main et me frotte les yeux pour essayer d'y voir un peu plus clair. Mais tout ce à quoi je pense, c'est ce qui aurait pu se passer si Jackson n'avait pas fait irruption dans le bureau.

Mmmh…

En y réfléchissant à deux fois, ce n'est pas plus mal qu'il soit venu à ce moment précis. Ce n'est pas bien, ce qu'on a fait, avec Ryder. Enfin si, d'un point de vue strictement physique, mais c'est tout.

Ryder Cole est le bookmaker de mon frère. Il ne peut donc rien se passer entre nous. Et puis, quand je lui ai proposé de travailler pour lui, le but de ma démarche était de dépêtrer Jamie d'une situation épineuse, pas de m'empêtrer davantage avec lui. Ce qui m'amène au troisième point de mon raisonnement : Ryder est mon patron. Il peut me virer sans problème, et, si jamais il le faisait, je n'ai aucune idée de la manière dont je pourrais rembourser la dette de mon frère.

D'un autre côté, Jackson aurait tout de même pu avoir la délicatesse de se pointer un peu plus tard. Ryder et moi… Disons que notre rapprochement physique était aussi bénéfique qu'inévitable. Ce mec est gaulé comme un dieu grec, et la sensation de sa langue sensuelle et taquine sur ma peau, en moi… Je n'ai pas de mots pour la décrire.

Alors, oui, je préférerais nettement faire comme si rien ne s'était passé, mais Ryder et moi sommes des adultes responsables, et il faudra donc crever l'abcès tôt ou tard. Tard, si possible.

Bien évidemment, plus je m'efforce de ne pas penser à Ryder, plus des images érotiques défilent dans ma tête.

Ryder Cole est un festin pour les yeux et les sens. Et il sait exactement comment prendre une femme en main. Surtout s'il est question d'y mettre les doigts. Son torse musclé, ses abdos bien dessinés et ses biceps saillants…

Oh, et puis zut!

Je m'arque légèrement contre le matelas en effleurant les pointes de mes seins durcies sous la fine étoffe de mon tee-shirt.

Mmmh, ça fait du bien.

Je caresse mes tétons dans un doux mouvement circulaire et ferme les yeux pour me replonger dans l'ambiance du bureau de Ryder. Avec une acuité surprenante, je peux encore sentir sa langue lécher mon index, ses doigts explorer mon intimité…

Je fais glisser une main jusqu'à mon pubis et presse mon clitoris enflé encore et encore tout en titillant un de mes tétons.

Je revois clairement la tête de Ryder entre mes cuisses, sens ses baisers enflammer ma peau. Il me dévore des yeux, un sourire malicieux aux lèvres avant de plonger la langue en moi.

Oui…

Ma respiration s'accélère, et une fine pellicule de sueur couvre mon front.

Ça y est… Oui, oui, je jouis sur la langue de Ryder… au rythme d'une musique latine.

Quoi?

J'ouvre brusquement les yeux et me redresse dans le lit avant de regarder autour de moi. D'où vient cette musique? Je regarde mon sac à main, par terre, dans un coin de la chambre.

Mon téléphone portable. Je viens de recevoir un texto.

L'esprit encore engourdi par le plaisir que je viens de me donner, je lève les bras au-dessus de la tête et m'étire une nouvelle fois en glissant les jambes hors du lit pour me lever.

Qui peut bien m'envoyer un SMS aussi tôt? Pas Jamie, c'est sûr. Ryder, peut-être? Non… Pour me dire quoi? Quoi qu'il en soit, j'espère vraiment que ce n'est pas lui parce que je ne saurai pas quoi lui répondre. Un truc du genre : « Désolée, je n'étais pas maître de mon corps hier, mais t'inquiète, ça ne se reproduira plus » ?

« Ça ne se reproduira plus »… Mais bien sûr…

Une autre chose que j'ai apprise lors de mon séjour à Londres : si quelque chose arrive une fois, il y a de fortes chances pour qu'elle se reproduise.

Je fouille dans mon sac et en sors mon portable.

Ouf, c'est Savannah!

J'appuie sur la petite enveloppe sur l'écran.

J'ai un rdv chez un coiffeur pas loin de chez toi à 15 heures. Un brunch avant, ça te dit?

Je souris en tapotant la réponse.

Et comment! Envoie-moi l'adresse. Faut juste que je m'habille.

Quelques secondes après, le message de Savannah s'affiche sur mon écran.

Génial! Je pars de la salle de sport. On se retrouve au *Sunrise Café*. Te change pas, tenue décontractée exigée!

Je baisse les yeux sur ce que je porte et réprime un gloussement.

Je suis encore en pyjama, je viens de me réveiller.

Sa réponse ne se fait pas attendre.

Sérieux?! Mais il est déjà midi! Jet lag ou…?

Je regarde l'heure sur mon téléphone. C'est vrai, il est déjà 12 h 03. En même temps, après la soirée que j'ai vécue hier, j'ai bien mérité ma grasse mat.

Paie ton brunch et tu auras tous les détails croustillants!☺

—Attends, donc, si j'ai bien compris, tu bosses gratuitement pour lui? s'étonne Savannah.

Nous sommes installées à une table à côté de la baie vitrée, à notre place attitrée. Chaque fois qu'elle revenait à Atlanta pendant les vacances universitaires et qu'on se voyait, le *Sunrise Café* était un peu comme notre QG.

Elle plante sa fourchette dans une demi-tranche de bacon grillée, puis dans un morceau de pain toasté et trempe le tout dans une coupelle de jus d'orange. Je ne peux m'empêcher de sourire en la voyant faire. Je n'ai jamais compris pourquoi elle aimait tant manger son brunch de cette façon peu habituelle. Depuis que je la connais, elle commande toujours la même chose quand on vient ici. Contrairement à ses habits et à son sac de sport – tous signés par un grand couturier –, son palais, lui, n'est pas aussi raffiné. Loin de là, même. Il y a des habitudes qui ne se perdent pas manifestement.

J'ai expliqué à Savannah pourquoi je me suis réveillée aussi tard et la raison pour laquelle je travaille à *Altitude*. Je lui ai pratiquement tout raconté, sauf ce qui s'est passé entre Ryder et moi. Connaissant Savannah, elle m'aurait sans doute félicitée pour mon comportement de débauchée, mais, étant donné que j'ignore comment vont se dérouler les choses demain avec Ryder – et si j'ai encore un travail au club –, je préfère ne rien dire pour le moment.

—Oui et non, réponds-je à sa question. Le salaire que je suis censée gagner sert à rembourser la dette de Jamie.

Le serveur apparaît à notre table et me ressert du café même si ma tasse est encore à moitié pleine. Le *Sunrise* est pratiquement désert, il nous accorde sans doute une attention particulière pour ne pas s'endormir derrière le comptoir. Depuis hier, ma perception du métier de serveur a complètement changé. C'est un boulot bien plus difficile qu'on n'a tendance à le croire. Se faufiler entre les tables en portant un plateau rempli de verres et prendre des commandes avec une musique qui noie la voix du client, ce n'est pas de tout repos. Sans parler de mes escarpins qui m'ont fait un mal de chien. Heureusement que j'ai pu les enlever. Enfin, que Ryder me les a enlevés plutôt, avant de…

— Et Sebastian, il est au courant de ça ? demande Savannah.

Je réprime un frisson en entendant son nom, et le souvenir de Ryder entre mes jambes s'évapore aussitôt de mon esprit. Je pique ma fourchette dans un morceau d'omelette et le porte à ma bouche avant de le mâcher. Longtemps.

— Euh… non, marmonné-je en avalant.

Savannah se laisse aller contre le dossier de sa chaise et boit une gorgée de café en m'observant par-dessus le bord de sa tasse.

— Bon, allez, crache le morceau, dit-elle en reposant son café sur la table.

— Hein ? Comment ça ?

— Cassie, tu oublies que je suis avocate. Je flaire le mensonge à des lieues à la ronde, c'est mon boulot. En plus, je te connais bien, je sens qu'il y a un truc que tu ne me dis pas.

Elle avale une autre bouchée de son plat en m'adressant un regard qui appuie davantage ses propos.

Personne ne sait ce qui s'est passé avec Sebastian. Jamie ne m'a même pas demandé de ses nouvelles quand je l'ai eu au téléphone, et j'ai juste dit à ma mère que j'étais venue pour récupérer quelques affaires à la maison, sans trop rentrer dans les détails.

Je regarde Savannah, ma meilleure amie, celle à qui je racontais absolument tout à une époque. Je déglutis péniblement en me préparant à lâcher la bombe.

— C'est fini avec Sebastian, je l'ai quitté.

C'est la première fois que je le dis à voix haute.

—Oh, Cass…

Elle couvre ma main de la sienne et la serre fort avant d'ajouter :

—Mais c'est plus un break ou c'est vraiment fini de chez fini ?

—Fini de chez fini.

En fait, maintenant que je l'ai avoué à quelqu'un, que j'ai retranscrit mes pensées en paroles, je me sens plus légère, comme si on m'avait ôté un énorme poids.

—Qu'est-ce qui s'est passé ?

Je tourne le regard vers l'extérieur en jouant avec l'anse de ma tasse.

Le *Sunrise* a une petite cour arrière avec des tables en bois. La terrasse dallée de brique est entourée d'une herbe verte et rase. Il n'y a personne, il fait trop chaud pour s'asseoir dehors, et la quiétude de l'endroit m'apaise. Il me donne l'illusion d'une certaine intimité, d'une tranquillité qui peut, malheureusement, être chamboulée à tout moment, tout comme une vie. Ma vie.

—Ça ne collait plus entre nous, réponds-je.

—Pourquoi est-ce que tu ne m'as pas appelée ?

Je hausse les épaules, résignée.

—Je sais pas… J'ai décidé de tout plaquer ici pour le suivre à Londres sur un coup de tête. Je devais donc assumer mon choix et mes problèmes toute seule, comme une grande.

—Non, Cassie, non, réplique Savannah en secouant la tête et en faisant danser ses boucles blondes autour de son visage. Tu n'es pas toute seule, je suis là. Les amis, ça sert aussi à aider à traverser les moments difficiles.

—Oui, mais je me sentais coupable envers toi. On n'a plus trop gardé contact, et c'est principalement ma faute. Je ne me voyais pas t'appeler, après un an de silence radio et dire : « Coucou, c'est moi ! Écoute, bon, on ne s'est pas parlé depuis un moment, mais, bon, j'ai un gros problème et j'aurais besoin de ton aide. »

Savannah éclate de rire.

—Tu viens de résumer la majorité des appels que je reçois de mes clients.

—Justement, raison de plus pour ne pas t'appeler. Je ne voulais pas être comme un de tes clients que tu dois tirer d'affaire.

—Cassie, déclare Savannah en croisant les bras sur la table, la différence entre toi et mes clients, c'est que toi, primo, tu es mon amie et, deuxio, tu es tout à fait capable de t'occuper de toi-même. Tu te souviens de la fois où Natalie Burch t'a volé ton cahier de chimie à la fin de l'année et l'a rendu à la prof comme si c'était le sien ?

—Punaise, j'avais complètement oublié cette histoire !

—Eh bien, pas moi. Natalie était ma partenaire de labo, et c'était une véritable catastrophe en chimie, elle ne pigeait rien. Mais, étrangement, elle a eu un A pour son cahier.

—Et moi, j'ai dû me retaper le boulot de toute une année en seulement deux semaines pour ne pas être recalée.

—Oui, et tu as refait un cahier nickel, me rappelle Savannah en pointant sa fourchette vers moi.

—C'est vrai. Et Natalie s'est fait choper.

—La connaissant, elle n'a pas dû aller loin dans la vie. Je parie qu'elle a atterri dans une prison pour femmes, qu'elle triche aux cartes et qu'elle essaie d'arnaquer ses codétenues dès qu'une occasion se présente.

—Je crois pas, non, gloussé-je. Je pense même qu'elle est mariée et mère de trois enfants, et qu'elle habite à Hog Mountain.

—Oh, c'est pratiquement la même chose ! observe Savannah avec un petit geste dédaigneux de la main. Tout ça pour dire que tu sais te démerder quand il le faut.

—Oui, mais là il n'est pas question de refaire un cahier de chimie, mais de reconstruire ma vie.

—Tu vas y arriver, je n'en doute pas une seconde. Tu es une femme pleine de ressources. Regarde, Jamie a fait une bêtise, tu voles à son secours. Tu as même réussi à négocier avec Ryder Cole pour ton frangin.

Le serveur réapparaît à notre table et nous ressert du café.

—On ne négocie pas avec Ryder Cole. Et, si quelqu'un a déjà essayé de le faire, je doute qu'il soit encore de ce monde pour en témoigner.

J'écarquille les yeux, et même le serveur lui adresse un regard interdit.

—Ça va, c'était une blague ! s'exclame-t-elle.

Le serveur esquisse vers elle un sourire forcé et s'en va.

—Je pense que tu lui as fait peur, dis-je.

—Je lui laisserai un gros pourboire.

Je pousse un léger soupir. Le fait d'avoir avoué la vérité à Savannah a quelque peu dénoué la tension qui ne me quitte pas depuis un certain temps. OK, elle ignore les véritables raisons qui m'ont poussée à quitter Sebastian, mais je ne suis pas encore prête pour en parler.

— Je suis désolée de ne plus t'avoir donné de nouvelles, marmonné-je en passant la main dans ma queue-de-cheval.

— Moi aussi, j'ai des torts dans cette histoire. Ces dernières années, j'ai accordé la priorité à mon travail.

— Et moi, à Sebastian.

— Mais j'aurais dû t'appeler, se lamente Savannah. Ma meilleure amie s'est barrée vivre sur un autre continent avec un mec qu'elle connaissait depuis six mois à peine, et je n'ai même pas eu le réflexe de venir aux nouvelles, au moins pour savoir si tu as eu droit à ton « et ils vécurent heureux et eurent beaucoup d'enfants », dont rêve toute femme qui se respecte.

— Eh bien, non ! Comme tu as pu le constater, mon histoire n'a pas connu de fin heureuse.

— C'est pas grave, rétorque-t-elle d'un ton résolu. Il est temps d'en écrire une autre : *La Fabuleuse Nouvelle Vie d'une célibataire à Atlanta*. Et j'ai déjà ma petite idée pour le premier chapitre...

Trois heures plus tard, je me regarde dans la glace du salon de coiffure et peine à me reconnaître.

Au revoir, Cassie aux longs cheveux blonds, et bonjour, nouvelle Cassie brune avec une coupe au carré et une frange sur le côté qui, selon la coiffeuse, est « très stylé et met en valeur les pommettes ».

Savannah a réussi à convaincre Willow, la fille de l'accueil du salon de coiffure, de me caser dans l'agenda pour que je puisse me faire coiffer en même temps qu'elle.

— Oh, mon Dieu, Cassie! s'exclame Savannah en venant se placer derrière moi et alors que nos regards se croisent dans le miroir. On dirait un top-modèle!

Je lui souris et regarde de nouveau mon reflet. Pour la première fois de ma vie, je me sens libre, adulte. Je tourne légèrement la tête à gauche puis à droite, et passe une main dans mes cheveux courts. C'est vrai que cette coupe me va super bien. J'ai toujours eu les cheveux longs et blonds même s'ils n'étaient pas «assez blonds» à en croire Sebastian. J'ai même dû me les teindre en plus clair pour lui faire plaisir.

«Oui, c'est beaucoup mieux comme ça, tu ressembles à un ange. Mon ange», me disait-il après chaque coloration.

Je suis née blonde, mais ce brun chocolat me correspond plus. Et je ne suis pas un ange, encore moins celui de Sebastian, je n'ai jamais prétendu en être un. Je suis… moi, tout simplement. Il m'a fallu du temps pour le comprendre, mais comme on dit: mieux vaut tard que jamais.

Soudain, Savannah saisit une pleine poignée de cheveux dans ma nuque et tire dessus.

— Hé! Qu'est-ce que tu fais?!

— Je voulais vérifier un truc, répond-elle en relâchant sa prise.

Elle se penche alors vers moi, ses boucles blondes mettant davantage en valeur ma nouvelle coloration, et, toujours en me regardant dans le reflet du miroir, me chuchote:

—C'est parfait, ils sont courts mais longs juste ce qu'il faut pour qu'on puisse les agripper dans certaines situations, si tu vois ce que je veux dire.
—Ça aussi, c'est censé figurer dans *La Fabuleuse Nouvelle Vie d'une célibataire à Atlanta*? m'esclaffé-je.
—Je l'espère pour toi, ma cocotte.

Je finis de nettoyer la cuisine et regarde l'horloge sur le mur. Il est 20 heures, et je suis déjà crevée. Je secoue la tête en fermant la porte de la cuisine à double tour. Je me suis levée à midi et j'ai déjà du mal à garder les yeux ouverts.

J'éteins la lumière et décide de monter me coucher – top, la nouvelle vie d'une célibataire à Atlanta, surtout pour un samedi soir –, quand la sonnerie du téléphone fixe retentit.

—Allô?
—Salut, ma puce. Enfin, on est sur le même fuseau horaire!

Je souris en entendant la voix joyeuse de ma mère.

—Oui, ça faisait longtemps.
—D'habitude, quand je t'appelle, tu t'apprêtes à aller au lit alors que moi, je n'ai même pas dîné.

Je réprime un gloussement pendant que je monte l'escalier pour rejoindre ma chambre.

—Eh bien, je ne sais pas si tu as déjà mangé, en tout cas moi, je vais me coucher.
—Déjà? Comme on est samedi soir, j'étais persuadée que tu allais faire la bringue avec ton frère et qu'il allait frimer devant ses amis avec sa globe-trotteuse de sœur.

Jamie.

Je me fige sur le seuil de ma chambre.

Elle n'est donc pas au courant des dernières frasques de son casse-cou de fils. Ça ne devrait pas me surprendre plus que ça. Quand on contracte une lourde dette de jeu auprès d'un bookmaker, ce n'est pas sa mère qu'on appelle en premier. On ne l'appelle même pas du tout afin de ne pas s'attirer davantage d'ennuis.

— Alors, vous rattrapez le temps perdu, mes enfants ? demande-t-elle.

— Ouais, ouais, c'est super de se retrouver, réponds-je avec une moue coupable.

Je déteste mentir à ma mère.

« Si les rôles étaient inversés, est-ce que ton frère ferait la même chose pour toi ? »

La question de Ryder me taraude depuis l'instant où il a eu le malheur de me la poser.

Bien sûr qu'il ferait la même chose pour moi ! Il mentirait à notre mère pour me protéger et bosserait en tant que serveur pour éponger ma dette. Bon, il le ferait surtout parce qu'il pourrait consommer à l'œil, mais là n'est pas la question. Oui, il ferait tout ça pour moi, sauf qu'il n'y serait pas contraint parce que jamais je ne placerais Jamie dans une telle position.

J'aime mon frère, mais force m'est de reconnaître qu'il est vraiment très, très con.

— Je suis tellement contente de vous savoir ensemble. Tu as toujours eu une bonne influence sur lui. Tu sais, j'étais vraiment inquiète après qu'il s'est fait arrêter pour conduite en état d'ivresse, au début de l'année. J'imagine qu'il a dû te raconter cette histoire.

Je roule des yeux exaspérés et j'articule :
— Bah, non.

Jamie ne me dit plus rien. Et, la dernière fois qu'il m'a appelée, étonnamment c'était pour ne rien me dire.

— C'est tellement dur pour moi d'être loin de vous, poursuit ma mère. Je ne peux plus m'occuper de vous comme avant.

— Ne t'en fais pas pour nous, maman. Toi et papa avez fait du bon travail avec nous. Jamie restera toujours Jamie, mais moi, je sais parfaitement prendre soin de moi.

Je rentre dans ma chambre et contemple mon reflet dans le miroir fixé au-dessus de ma commode. Je souris malgré moi en passant une main dans mes cheveux.

— Je n'en doute pas, ma chérie. Et sinon c'est bon ? Tu as trouvé les affaires que tu es venue chercher ? J'espère que ton frère ne les a pas stockées dans le garage quand tu es partie vivre en Angleterre.

— Non, non, c'est bon. J'en profite pour faire un peu de tri.

Quand j'ai appelé ma mère, la semaine dernière, j'ai prétexté que je rentrais à Atlanta pour récupérer quelques souvenirs d'enfance qui me tenaient à cœur. Je n'ai pas eu le courage de lui dire la vérité : que je rentrais pour récupérer ma vie.

Ma mère me soutiendrait dans ces moments compliqués, je le sais ; néanmoins, je ne veux pas l'inquiéter inutilement. Elle a déjà tellement souffert avec la mort de papa, et, apparemment, Jamie lui a donné des cheveux blancs dernièrement. Je préfère ne pas en rajouter une couche. Comme je l'ai dit, je n'aime pas lui mentir, mais je le fais dans le but de lui épargner des souffrances inutiles.

Quelque part, cette situation m'arrange un peu. Je commence à peine à sortir la tête de l'eau, mais je veux y aller doucement, prendre le temps d'apprécier chaque petit plaisir que m'offre la vie. Ma nouvelle vie.

— Dommage que Sebastian n'ait pas pu venir avec toi, dit ma mère. Il aurait pu t'aider, parce que, connaissant ton frère, il ne doit pas trop mettre la main à la pâte.

— T'inquiète, je me débrouille très bien toute seule. En fait, ça me fait du bien d'avoir un peu de temps à moi. Tiens, j'ai même trouvé un job temporaire de comptable.

— Bravo, ma puce ! Tu l'as trouvé comment ?

Euh…

— Un ami de Jamie cherchait un remplaçant provisoire.

Techniquement, ce n'est pas un mensonge.

— Je suis fière de toi, Cassie. Ça ne fait même pas une semaine que tu es rentrée et tu t'es déjà dégotté un petit boulot.

Sans parler d'un patron qui fait des cunnis comme personne.

Horrifiée de penser à ça alors que je suis au téléphone avec ma mère, je pose une main sur mon front, luttant laborieusement contre le sourire qui menace de se transformer en fou rire.

— Ça te fait un peu d'argent de poche pour ton séjour ici, enchaîne ma mère. J'espère que Jamie n'en profite pas trop.

Je hausse les sourcils devant l'ironie de la situation.

— Non, non, pas trop.

— Tu vas y travailler pendant combien de temps ?

— Je ne sais pas, ça dépend de leurs besoins.

— Je suis sûre qu'ils ne pourront plus se passer de toi. Tout le monde a besoin d'une jeune femme belle, intelligente et drôle dans son équipe.

— Telle mère, telle fille.

— Exactement.

Je papote avec ma mère encore quelques minutes avant de lui souhaiter une bonne nuit et de raccrocher.

Je me glisse dans le lit et rabats le drap sur moi, puis tourne le regard vers la fenêtre qui donne sur le jardin. J'ai laissé les volets et les rideaux ouverts, et d'où je suis je vois la lune baigner la cime des arbres d'une douce lumière argentée. Malgré ce spectacle reposant, je n'arrive pas à trouver le sommeil.

« On n'est pas là pour rigoler, mais pour bosser », m'a dit Ryder la veille, avant notre rapprochement dans son bureau.

Pourquoi ai-je de plus en plus l'impression que tout est ma faute, alors qu'il est au moins aussi coupable que moi ? Jusqu'à preuve du contraire, il faut être deux et pleinement consentants pour faire ce qu'on a fait. Néanmoins, je pense que mon boulot est sur la sellette. C'est Ryder le patron, comme il me l'a si bien fait comprendre hier.

« Tu es une distraction, Cassandra ».

Sebastian me le disait sans cesse lorsqu'il travaillait depuis la maison. Au début, je trouvais ça très flatteur. J'avais le pouvoir et les moyens de capter son attention juste par ma présence. Il me désirait, j'étais le centre de son attention.

Souvent, il s'accordait de longues pauses et venait me rejoindre au salon pour « profiter d'un max de temps avec moi ». Mais, rapidement, ce geste d'affection est devenu difficile à supporter. Il ne voulait pas passer du temps avec moi, il voulait surtout me contrôler, maîtriser chaque aspect de ma vie.

La situation avec Ryder est différente, mais tourne quand même à mon désavantage. Ryder est mon patron et, d'une certaine façon, il me contrôle, mon travail dépend de lui. Si lui aussi estime que je suis une « distraction », s'il me considère comme une faiblesse dans sa cervelle de macho, un danger pour son business, je ne vais pas rester très longtemps à *Altitude*.

Je soupire, brusquement indignée par la décision qu'il risque de prendre à mon sujet. J'en ai plus qu'assez des hommes qui essaient de me gâcher la vie par tous les moyens possibles et imaginables. Je dis stop ! Si Ryder compte vraiment me virer ou annuler notre accord à cause de ce qui s'est passé hier, il a intérêt à y réfléchir à deux fois parce que je ne vais pas me laisser faire.

Ce n'est pas moi qui l'ai poussé sur son bureau avant de lui retirer son jean pour faire plus ample connaissance avec son entrejambe.

Non, mais ! Tu vas voir de quel bois je me chauffe, Ryder Cole !

12

Ryder

La petite clochette suspendue au-dessus de la porte d'entrée de la librairie retentit en même temps que je passe le seuil de l'espace, désormais vide, suivi de Jackson.

Pendant plus de trente ans, la librairie *Ogden* a été l'un des lieux emblématiques du quartier de Five Little Points. C'était le genre de librairie où l'on aimait prendre le temps de flâner et où l'on pouvait trouver de tout : des ouvrages dans leur édition originale, des exemplaires rares aux best-sellers récents. L'endroit avait même survécu à l'avènement du livre numérique, mais les propriétaires ont fini par vendre, animés par l'appât du gain. Heureusement pour nous, l'agent immobilier qui s'est occupé de l'estimation du bien est une connaissance de Jackson et il nous a tout de suite mis sur le coup. La question ne s'est même pas posée – un local d'une surface de deux cent quatre-vingts mètres carrés de deux étages reliés par un vieil escalier en colimaçon, avec d'énormes baies vitrées qui occupent toute la largeur des murs, situé à l'angle de deux rues passantes –, on a immédiatement fait une offre pour racheter l'endroit. Il ne nous reste plus qu'à en faire le nouveau bar à cocktails le plus branché du quartier.

— On pourrait l'appeler le *Fitzgerald*, déclare Jackson en déroulant un plan sur le comptoir au fond de la salle. C'est mon écrivain préféré.

Jackson est sans doute le mec le plus intelligent que je connaisse, mais je ne l'ai jamais vu tenir un livre dans les mains.

— Cite-moi un seul de ses ouvrages, hormis *Gatsby le magnifique*, et j'y réfléchirai sérieusement.

— Je me souviens plus du titre exact. Quelque chose avec des taureaux et des matadors.

— Ah oui, bien sûr ! *Mort dans l'après-midi*, de Hemingway.

— T'es libraire, toi, maintenant ? s'enquiert Jackson, visiblement offusqué.

— Non, mais je traînais souvent ici après le lycée, réponds-je en regardant les étagères vides encastrées dans les murs autour de moi. J'ai lu *L'Attrape-cœurs* en un jour, dans le coin là-bas.

— Putain, Ryder ! Ne me dis pas que tu étais un de ces pauvres binoclards au lycée.

— Non. La nana qui bossait ici était super bonne, et c'est elle qui m'a recommandé le livre. D'ailleurs, je me rappelle qu'on en a bien discuté après, en se bécotant dans l'arrière-boutique.

Jackson hoche lentement la tête puis dit :

— Je me demande si Cassie l'a lu, elle aussi.

L'image de Cassie, les cuisses écartées de chaque côté de ma tête, s'impose aussitôt à mon esprit, et je réprime un sourire pour ne pas alimenter les moqueries de Jackson même si je sais que je n'y échapperai pas.

— Je suis censé le savoir ? demandé-je, l'air détaché.

—Pourquoi pas ? Vous avez appris à vous connaître assez bien durant ces derniers jours, surtout avant-hier soir, dans le bureau.

Et voilà, ça va être ma fête, je le sens !

—Oui, et, en parlant de ça, sache que ton timing était très mal choisi.

Quand je pense que Cassie était sur le point de s'occuper de ma queue, tendue comme un arc dans mon jean, lorsque cet abruti a fait irruption dans le bureau…

Putain de merde !

—Tiens, je ne t'ai toujours pas remercié pour ça. Merci, mec, vraiment, marmonné-je en lui décochant un solide coup de poing dans l'épaule.

—Tu as toujours un excellent crochet du droit, commente-t-il en frottant l'endroit où je viens de le frapper.

—Ça y est, on peut se remettre au travail et cesser de parler de mes petites affaires ?

—On est partenaires, mon pote, réplique Jackson, vraisemblablement bien décidé à ne pas changer de sujet. Tes petites affaires me concernent aussi, surtout lorsqu'il est question de l'une de nos employées.

—Il n'y a rien de sérieux entre nous, Jack, assuré-je. Tu peux dormir sur tes deux oreilles cette nuit.

—OK, tant mieux. Du coup, ça ne te dérange pas si j'ai un rencard avec elle ce soir ?

Quoi ?!

—Quoi ?! C'est prévu depuis quand, ça ?

—Depuis jamais, s'esclaffe-t-il, fier de lui. Je te connais, Cole, tu te mets sur la défensive chaque fois qu'on parle d'une nana qui te plaît vraiment. Tu réagissais pareil pour Caroline, je t'ai grillé un mois avant que vous vous mettiez ensemble.

— Ouais, et regarde où ça m'a mené, rétorqué-je avant de lui tourner le dos.

En me dirigeant vers l'avant de la salle, je longe une des imposantes bibliothèques encastrées dans le mur et passe l'index sur une étagère poussiéreuse avant d'essuyer la saleté avec mon pouce.

— Qu'est-ce que tu penses de cette bibliothèque ? lui demandé-je.

Il me rejoint et la contemple pensivement quelques secondes avant de répondre :

— Je l'ai retirée des plans, mais, tout compte fait, on peut la garder et équiper les étagères de barres de lumière LED.

— Oui, et laisser les étagères du bas vides pour que les clients puissent y poser leurs verres ou leurs affaires.

— Ouais, pas con. L'une des règles d'or en architecture, c'est que la forme suive la fonction, sauf que, ici, c'est le contraire.

Je le regarde, amusé. Jackson, l'architecte accompli, reprend le dessus.

— Waouh, tu es donc prêt à bafouer le principe sacro-saint du fonctionnalisme pour le club ? le taquiné-je. J'espère qu'on ne va pas te retirer ton accréditation à cause de ça. Ça va ? Pas trop stressé à l'idée de sortir du rang ?

Je m'engage dans l'escalier en colimaçon, et Jackson m'emboîte le pas.

— Non, et, même si ça arrivait, j'ai un pote qui a non pas une mais deux chambres d'amis dans son penthouse et qui m'aidera sûrement à me remettre sur pied et à trouver une nouvelle voie professionnelle, annonce-t-il en me donnant une tape dans le dos.

On s'appuie sur la rambarde en bois de la mezzanine, et je plonge le regard à travers la baie vitrée. La rue est calme. En même temps, ça n'a rien d'étonnant pour un dimanche après-midi. Les gens doivent toujours être en train de dormir ou de récupérer de leurs soirées de la veille. Cette nuit, il était 3 h 30 lorsqu'on a enfin fermé *Altitude*. Cela dit, je ne me plains pas ; au contraire, ça veut dire que les affaires marchent très bien.

— Même pas en rêve, mec, répliqué-je. Après que Caroline a déménagé, je me suis juré de ne plus jamais vivre avec qui que ce soit. Je t'aime comme un frère, mais tu devras trouver une autre solution.

— Tant pis pour toi, tu ne sais pas ce que tu rates.

On reste silencieux quelques instants à contempler la rue, puis Jackson me demande :

— Tu as de ses nouvelles ?

Je suis du regard un groupe d'ados gothiques qui se passent une cigarette sur laquelle ils tirent à tour de rôle avant de porter mon attention sur un couple qui promène son chien. Celui-ci s'arrête devant la porte de la librairie, renifle et poursuit son chemin.

— Non. À mon avis, elle doit être trop occupée à tromper son nouveau mec.

— Shelby ne l'a jamais aimée.

— Normal ! En plus d'être plus intelligente que nous tous réunis, elle est également très douée pour cerner les gens.

— En revanche, poursuit Jackson, elle trouve Cassie très cool.

— Cassie est cool. Elle est cool, intelligente et bonne, surtout. En revanche, elle cache quelque chose.
— Son frangin ?
— Oui, aussi, mais il y a autre chose. En plus, elle me jure qu'elle n'a aucune idée de l'endroit où se trouve Jamie.
— Tu la crois ?

Une partie de moi s'en fiche complètement, de savoir si elle me ment ou pas. Tout ce que je veux, c'est finir ce qu'on a commencé vendredi soir. On ne peut pas laisser cette affaire en suspens.

Ça fait déjà deux jours que je pense sans cesse à son corps de rêve, à ses gémissements extasiés, à la moiteur sucrée de son sexe... Mon cerveau est prêt à lui accorder le bénéfice du doute le temps que ma queue fasse ce qu'elle a à faire. Néanmoins, il y a un truc qui me chiffonne, et je n'arrive pas à passer outre à l'impression qu'elle cache quelque chose.

« Je suis une personne de confiance », m'a-t-elle dit quand elle m'a convaincu de l'embaucher.

Je peux lui faire confiance avec la compta d'*Altitude*, mais ça ne veut pas pour autant dire qu'elle joue franc jeu avec moi et que c'est quelqu'un d'intègre. Je me suis déjà fait avoir une fois, et comme on dit : « Trompe-moi une fois, honte à toi. Trompe-moi deux fois, honte à moi. »

— Je ne sais pas, dis-je en tournant la tête vers mon pote. Elle m'a expliqué qu'elle est revenue d'Europe y a pas longtemps et qu'elle n'était pas au courant des frasques de son frère.
— Qu'est-ce qu'elle faisait là-bas ?
— Ça, elle n'a pas voulu me le dire.

Je me retourne et m'adosse à la rambarde.

Il fait assez chaud aujourd'hui, et je porte un tee-shirt qui, du coup, ne couvre pas les tatouages de mon bras droit. J'en ai pas mal, je me suis fait faire la plupart pendant que je sortais avec Caroline, mais, Dieu soit loué, j'ai eu la présence d'esprit de ne pas me faire tatouer son prénom. Un tatouage, c'est pour toujours, comme le véritable amour, celui avec un grand A. Caroline n'était pas la bonne, et je pense même qu'une partie de moi l'a toujours su.

—J'ai eu ma dose de cachotteries, reprends-je en soupirant. Les secrets et les mensonges finissent toujours par provoquer un retour de flamme.

—C'est vrai. D'ailleurs, ça avait l'air très… « enflammé » entre Cassie et toi quand je suis arrivé.

J'éclate de rire.

Tu n'imagines même pas à quel point, mon pote.

—Ouais, on peut dire ça.

—Tiens, au fait, avant que j'oublie, il faut absolument qu'on passe à la quincaillerie quand on aura terminé ici.

—Pourquoi ça?

—Pour acheter une poignée de porte avec une serrure, répond Jackson. Quand je vois ton visage s'illuminer comme un sapin de Noël chaque fois qu'on parle de Cassie, je pense que ça évitera plein d'autres incidents de ce genre à l'avenir.

13

Cassie

Bon, ce serait mentir que de dire que je n'ai pas apprécié ce qui s'est passé vendredi, mais je n'accepterai pas d'être punie pour cet écart de conduite dont tu es également responsable. Mon travail est irréprochable, la dette de Jamie diminue lentement mais sûrement, et le fait que tu me trouves irrésistible, ce n'est pas mon problème. Tu n'as pas de motif valable pour me virer, et si tu décides tout de même de le faire je ne vais pas te rendre la tâche facile, ça, tu peux en être sûr.

Pour la centième fois, je révise le discours que j'ai préparé pour Ryder hier soir, pendant que j'éminçais des légumes pour me faire une salade. Peut-être que le fait de manier un couteau comme une folle à lier – ces pauvres tomates et concombres ne m'ont rien fait, après tout – me donnait plus d'assurance parce que là je sens mon aplomb vaciller à vitesse grand V.

Il y a un truc qui bloque dans mon discours. C'est présomptueux de ma part de penser qu'il me trouve « irrésistible », mais Ryder est très arrogant, donc je me dis que, si je le suis aussi, il me respectera un peu plus. Et ne me foutra pas à la porte.

Je pénètre dans *Altitude* avec le peu de courage qui me reste. Cette fois-ci, je me suis habillée pour l'occasion, j'ai opté pour une robe-chemise blanche, sobre et chic à la fois, dans l'espoir de mettre toutes les chances de mon côté ; néanmoins, maintenant que je suis dans le club, à quelques mètres du bureau de Ryder, je pense que mes chances sont minces. Très minces.

L'ambiance du bar n'est pas étrangère à ma crise de panique. C'est bizarre de le voir vide après l'avoir vu blindé de monde, vendredi soir. Certes, il est encore très tôt. Mais les discussions joyeuses des clients se mêlant à une musique entraînante, le rythme soutenu et euphorisant que j'ai su garder pour servir les boissons, l'ambiance en général…, tout ça m'a énormément plu. En fait, j'adore bosser ici. Ça fait des années que je ne me suis pas autant amusée. En travaillant, qui plus est.

C'est encore une raison pour laquelle Ryder ne peut pas me virer juste comme ça. En plus d'aider Jamie à rembourser sa dette, j'aime venir ici, ça me donne la motivation dont j'ai besoin pour me reconstruire, l'envie d'avancer.

Vendredi soir, le fait de passer de table en table, de discuter avec les clients, de faire la connaissance de Shelby et de ses copines ou encore de plaisanter avec Cash m'a donné l'impression de faire partie d'un groupe. Je n'étais plus seule et renfermée sur moi-même.

Cette réflexion me remonte le moral, cependant celui-ci retombe presque aussitôt quand je vois l'expression qu'affiche Cash qui surgit des cuisines en portant deux gros sacs de glaçons.

— Ryder veut te voir, m'annonce-t-il.

— Bonjour à toi aussi, Cash.

Sans même lever le regard vers moi, il pose les sacs sur le comptoir avant d'en ouvrir un, puis l'autre.

OK...

—Il t'a dit pourquoi ? lui demandé-je quand il se retourne pour verser les glaçons dans le gros bac prévu à cet effet dans un bruit assourdissant.

—Hein ? fait-il en daignant enfin me regarder.

—Est-ce que Ryder t'a dit pourquoi il voulait me voir ?

—Non, répond-il avant de bâiller.

Le voyant faire, l'impression que j'ai de l'ennuyer se transforme en une certitude.

—Tu ne vas pas tarder à le savoir de toute façon, ajoute-t-il.

—Merci, Cash.

Vraiment, merci beaucoup !

Je me dirige vers le couloir menant au bureau de Ryder, à gauche du bar. J'y vais à reculons, une tortue atteindrait la porte avant moi. La tâche s'annonce beaucoup plus difficile que prévu.

—Qu'est-ce que t'as fait à tes cheveux ? s'enquiert Cash.

Je tourne la tête vers lui. Je me suis habituée tellement vite à ma nouvelle coupe que j'ai oublié que personne au bar ne l'avait encore vue.

—Ça ne se voit donc pas ? répliqué-je.

—Bah, ils sont plus courts, marmonne-t-il en bâillant de nouveau. Et plus foncés, non ?

—Tu t'es enquillé combien de shots ce week-end ?

—Désolé, je suis hyperlent au démarrage les lundis matin. Bref, Ryder t'attend.

Je hoche la tête. C'est vrai qu'il n'a pas l'air dans son assiette. Peut-être qu'il est vraiment fatigué et grincheux parce qu'il n'aime pas les débuts de semaine. Ou peut-être qu'il connaît la raison pour laquelle Ryder veut me voir, mais préfère ne rien me dire.

Je prends une profonde inspiration et m'avance vers la porte fermée du bureau. Je frappe deux ou trois fois avec fermeté avant d'ouvrir la porte.

— Tu voulais me voir ? demandé-je, la main sur la poignée.

Tiens, la poignée a été changée et la porte a désormais une serrure. Est-ce Ryder qui en a eu l'idée ? Ou Jackson peut-être ? En tout cas, je pense qu'on va entendre parler de cette histoire encore longtemps. Une idée dérangeante prend alors forme dans mon esprit. Et si je m'étais fait tout un film pour rien ? Peut-être que je ne suis pas la seule à bénéficier du traitement de faveur signé « Ryder Cole ». Il est beau et célibataire, et, de ce que j'ai pu voir vendredi, il a la cote auprès de la gent féminine. Il a l'embarras du choix, aucune femme saine d'esprit ne refuserait un petit coup rapide avec Ryder Cole, sur son bureau.

Je crispe les doigts sur la poignée en l'imaginant en train de… satisfaire une autre femme sur ce même bureau où il m'a fait voir des étoiles. Pourquoi est-ce que ça me touche autant ? Ce n'est pas mon mec, ni même un plan cul. Je m'en fiche, s'il se tape d'autres nanas ; c'est son droit.

Ah ouais, tu t'en fiches vraiment ?

Bon, là n'est pas la question. Pour l'instant, tout ce qui m'importe, c'est de garder mon travail. Il n'a pas le droit de me virer à cause de ce qui s'est passé vendredi, surtout si je ne suis qu'un simple nom sur son tableau de chasse. C'est son problème, pas le mien, et j'en ai plus qu'assez d'être blâmée pour les problèmes des autres.

Je redresse la poitrine et relève le menton au même moment où Ryder m'aperçoit. Son bureau est quasi impeccable. Merci qui d'avoir mis de l'ordre dans le fouillis qui régnait dessus ? Merci, Cassie. Bref…

Il me fait signe d'entrer, et je m'exécute en détaillant du regard les vêtements qu'il porte aujourd'hui : un jean noir et une chemise blanche qui lui va comme un gant. Ses manches ne sont pas relevées, mais boutonnées, et je distingue ses fameux tatouages sous le tissu d'une blancheur presque éclatante.

Ryder se lève et prend une chaise posée dans le coin du bureau, à côté du portemanteau.

— Assieds-toi, dit-il en l'installant devant le bureau, en face de son fauteuil.

— Non, merci. Je préfère rester debout.

Je croise les bras, essayant de renvoyer une image plus assurée de moi-même qu'elle ne l'est en réalité. Ce mec me trouble, et le fait de revoir le bureau sur lequel on a… il a… Non, ce n'est pas le moment de penser à ça.

— OK, comme tu veux.

— Exactement.

Du calme, Cassie.

Il reprend place derrière son bureau et se laisse aller contre le dossier de son fauteuil, les jambes légèrement écartées.

— Bon, concernant vendredi soir…

— Écoute, le coupé-je, je le reconnais : je ne suis pas entièrement innocente dans cette histoire, mais je ne suis pas l'unique responsable, non plus. Je n'ai rien demandé, et c'est…

— C'est qui le responsable alors, selon toi ?

— Eh bien, vu que c'était un peu ton idée, annoncé-je en m'avançant avant de poser les paumes à plat sur le bureau, je dirais… : toi.

Affaire classée : on passe à autre chose.

— En fait non ! À vrai dire, c'était l'idée de Jackson. Tu peux le remercier, lui, et Cash aussi.

OK, je suis déroutée par cette information à laquelle je ne m'attendais pas du tout. Donc, tout cela n'était qu'un jeu, un pari ? Ils ont dû faire une partie d'Action ou Vérité, et Ryder a sûrement choisi « action ». Et de l'action, il en a eu. De l'action… et une multitude de réactions.

Mon Dieu !

Je ne sais pas s'il m'a dit ça pour me déstabiliser, en tout cas ça marche. Pas de panique. Je dois juste entrer dans son jeu. Et « remercier » Jackson et Cash après.

— Ah, OK ! Ce sont donc eux qui t'ont convaincu de le faire ?

— Non, pas « convaincu », mais j'avoue que, quand ils m'en ont parlé, je me suis dit : « Pourquoi pas, après tout ? »

« Pourquoi pas, après tout » ?!

Je vois rouge.

— C'est bizarre, parce que tes propos contredisent quelque peu la réaction de ta queue, vendredi soir.

Ryder hausse les sourcils et passe une main dans ses cheveux. Il tourne la tête sur le côté et, lorsqu'il croise de nouveau mon regard, un sourire amusé joue sur ses lèvres.

—Je pense qu'il y a un léger malentendu, déclare-t-il en se levant avant de contourner le bureau pour venir se placer à côté de moi. Tu parles de quoi, toi ?

Je me tourne vers Ryder en gardant une paume sur le bureau, et il se penche vers moi en posant une main en face de la mienne, frôlant mes doigts des siens. À ce simple contact, je ressens comme des papillons dans le ventre. S'il ne fait pas allusion à ce qui s'est passé entre nous, alors…

Merde !

—De vendredi soir, bafouillé-je.

—Moi aussi. Tu es partie avant que Cash ait pu te filer tes pourboires.

À ces mots, il sort trois billets de 100 dollars de sa poche et les lève devant mon visage.

—Tu as eu du succès, tigresse, ajoute-t-il.

Oups !

—Je… je pensais que cet argent servirait également à rembourser la dette de Jamie.

—Oui, c'est ce qui était prévu, mais, comme tu nous as rapporté pas mal de fric, Jackson et Cash ont plaidé ta cause. Et c'est vrai que tu les mérites amplement.

—Oh ! fais-je en me mordant la lèvre inférieure avant de baisser la tête. Merci, c'est gentil.

—C'est la moindre des choses, réplique-t-il.

Je relève les yeux vers lui, submergée par un sentiment de culpabilité.

On a tendance à dire que les gens au physique avantageux se révèlent souvent des cons, parce qu'ils sont beaux et donc automatiquement inaccessibles et nombrilistes. Et Ryder n'est pas juste beau, il est magnifique avec ses cheveux foncés, qui font ressortir ses yeux d'un bleu intense, sa mâchoire bien définie... Si l'on ajoute à tout cela quelques muscles, des tatouages et une réputation assez particulière, on pourrait penser qu'il n'y a pas une once de bonté en lui.

Je m'en veux vraiment. Il n'est pas blanc comme neige, mais il n'est pas non plus la brute que je m'entête à voir en lui.

— Merci, murmuré-je en tendant la main pour prendre les billets.

Mais il les range dans la poche de sa chemise avant que je puisse les attraper.

— En fait, dit-il, je ne suis plus trop sûr de ma décision. Je n'apprécie pas trop ton attitude, ce matin.

Voilà qui me force à revoir mon jugement le concernant. Quelle brute, décidément! Néanmoins, j'essaie de prendre sur moi.

Allez, tu peux le faire...

— Excuse-moi, Ryder. Merci beaucoup de ta générosité.

— Redis mon nom, et peut-être que je reverrai ma décision.

Sa voix calme et résolue me fait presque vaciller.

Je m'avance, de nouveau, sur un terrain glissant et dangereux.

— Ryder, chuchoté-je, un petit sourire en coin.

Je n'y peux rien, il faut croire que mes lèvres – et mes hormones – n'en font qu'à leur tête.

—Encore une fois.

Je sens alors sa main sur la mienne qui est toujours posée sur le bureau. D'une lenteur que je sais délibérée, il fait remonter sa paume chaude le long de mon bras, jusqu'à mon épaule et mon cou. Je ferme les yeux et réprime un frisson au contact de ses doigts qui caressent ma nuque.

Non, Cassie, tu sais comment ça va finir !

Oui, je le sais, et justement j'espère que cette fois-ci on ira jusqu'au bout.

Ryder enfouit les doigts dans mes cheveux et plaque son autre main sur mes fesses, me pressant ainsi contre lui. Nos corps sont désormais serrés l'un contre l'autre, et je presse une paume sur son torse ferme. J'arrive à sentir les battements de son cœur sous mes doigts, telle une bombe sur le point d'exploser.

Nos regards sont comme aimantés, et je refuse d'être la première à détourner les yeux. Pas cette fois.

—Ryder…

Lorsqu'il presse ses lèvres contre les miennes, je sens mes dernières défenses tomber.

Et voilà : je viens officiellement de glisser sur le terrain glissant et dangereux. Tant pis.

Ryder se tourne de sorte à s'appuyer contre le bureau en m'attirant avec lui. Puis il ouvre la bouche, et notre baiser se fait plus pressant, plus torride. Quand il prend une de mes fesses à pleine main, une moiteur chaude inonde aussitôt mon entrejambe.

—J'aime beaucoup ta nouvelle coupe, marmonne-t-il en m'agrippant les cheveux et en me tirant la tête en arrière pour avoir un meilleur accès à mon cou.

—Merci, soufflé-je. La plupart des mecs préfèrent les cheveux longs.

Je vais devenir folle s'il ne cesse pas immédiatement ce qu'il fait, mais je risque aussi de devenir folle s'il arrête de me malaxer la fesse ou qu'il retire les lèvres de ma gorge.

—Il faut croire que je suis différent des autres, susurre-t-il contre ma poitrine.

Comme il s'approche dangereusement de mes seins, j'entreprends de déboutonner sa chemise. Je ne veux surtout pas être à la traîne. Après avoir défait deux boutons, j'écarte les pans de sa chemise et remarque deux tatouages sur ses épaules : un petit papillon sur la droite et une abeille en plein vol sur l'autre. Je fais courir mes doigts dessus, puis glisser mes mains sur son torse afin de défaire les boutons restants, lorsque je sens quelque chose sous ma paume, dans la poche de sa chemise.

Ah oui, c'est vrai! Si Ryder voulait me voir, c'était pour ça, à la base.

—Déduis-le de la dette, dis-je en tapotant les billets par-dessus le tissu.

—Mon cœur! Ça risque d'être compliqué.

Il fait remonter la paume le long de mon dos avant de m'attirer davantage contre lui.

—Non, idiot, mon pourboire.

—Tu peux le garder, tu le mérites vraiment.

Il pose les lèvres sur la courbe de mon sein, juste au-dessus de la dentelle de mon soutien-gorge, et je sens mes tétons se tendre douloureusement.

—N... non, ça ne ferait que ralentir le remboursement de la dette.

—Tu sais, murmure-t-il en se redressant et en rencontrant mon regard, je suis sûr qu'on peut s'arranger autrement pour le remboursement de la dette.

Pendant qu'il parle, il enfonce les doigts dans la chair de ma fesse, et, l'espace d'une seconde, je me raidis sur place avant de le repousser brusquement.

J'ose espérer qu'il plaisante, même si je sais que, dès que ça touche au sexe, un homme ne plaisante jamais. Et s'il a le moyen d'exercer un quelconque pouvoir sur la femme il le fera sans hésiter parce qu'il est son patron ou son mec ou encore son mari. Il aura toujours une bonne excuse pour faire ce qu'il veut. Je ne supporte pas ces mecs qui se croient tout permis. Le pire, c'est que la plupart cachent bien leur jeu, et on s'en aperçoit lorsqu'il est trop tard. Je n'ai rien contre l'idée de passer quelques bons moments avec Ryder, mais hors de question que je le fasse pour éponger la dette de mon petit frère.

Je me sens humiliée et trahie.

Quel enculé!

—C'était donc ça, ton idée, depuis le début?! m'exclamé-je en remettant ma robe en place. Que je me prostitue pour payer cette dette? Et ça aurait duré combien de temps, ça, hein?

J'ai du mal à assimiler les mots qui sortent de ma bouche. Je fais plusieurs pas en arrière, choquée par le revirement de situation.

Ryder écarquille les yeux et se redresse, les pans de sa chemise écartés et la large bosse de son érection visible à travers son jean. Il s'avance vers moi, l'air perdu. Il va probablement essayer de se rattraper.

— Cassie, je…

— Non, je ne veux rien entendre.

Je pivote sur mes talons et me dirige vers la porte. Je dois sortir d'ici. Tout de suite.

À peine ai-je attrapé la poignée que Ryder arrive derrière moi et tourne la clé dans la serrure. Il pose ensuite une main sur ma taille, je sens la chaleur émaner de son corps, mais refuse de la laisser m'envelopper, de laisser son odeur virile me troubler.

— Je rigolais, Cassie.

Je me retourne pour lui faire face et plaque le dos contre la porte.

— Oui, bien sûr. En revanche, si j'avais accepté, tu aurais probablement entériné notre nouvel arrangement en me pelotant les fesses ou les seins.

Il hausse un sourcil amusé et se penche vers moi.

— J'avoue, ça aurait été une façon sympa de sceller notre accord.

J'ai dû mal entendre.

Non, il n'a pas dit ça.

Piquée au vif et incapable de me maîtriser, je le gifle.

Le claquement résonne dans le bureau, et on se regarde quelques instants en silence avant qu'il porte la main à sa joue. Ma gifle n'était pas forte, mais assez pour effacer son sourire irritant.

J'ai l'impression qu'il a du mal à prendre conscience de ce qui vient de se passer. Moi aussi, d'ailleurs. Je ne suis pas quelqu'un de violent, mais pour m'être déjà trouvée confrontée à une situation de violence je sais que, quand tu portes le premier coup, tu vas probablement recevoir le deuxième très rapidement.

Cependant, Ryder ne bouge pas. En fait, il ne semble même pas contrarié. Un sourire réapparaît sur son visage, et j'ai envie de hurler.

Non, mieux vaut garder mon énergie pour le boulot qui m'attend étant donné que je ne suis apparemment pas virée.

Je me retourne, tourne la clé dans la serrure pour ouvrir la porte, et, cette fois, Ryder ne fait rien pour m'en empêcher. Je traverse le couloir qui mène vers la salle, les jambes encore flageolantes.

Heureusement, j'ai une pile de factures à entrer dans le tableau comptable. Je ne pouvais pas demander mieux pour me changer les idées. Voilà pourquoi j'adore les maths et les chiffres : tout est logique. Les règles ne changent pas dans telle ou telle situation, et il n'y a pas d'exception. Si seulement la vie pouvait être aussi simple…

14

Cassie

Il est bientôt 17 heures, et même si les événements du matin ne cessent de me revenir en mémoire je n'ai pas pris de retard dans mon travail.

Cash se penche par-dessus mon épaule pour vérifier une facture de l'un des fournisseurs d'alcool lorsque Ryder surgit des cuisines.

— Mieux vaut pour toi que tout soit en ordre au niveau des commandes, Cash, dit-il. Cassie a une sacrée droite et elle n'hésitera pas à t'en foutre une si tu la contraries.

Je ne lève même pas la tête de l'écran de l'ordinateur.

— De quoi est-ce qu'il parle ? m'interroge Cash quand Ryder disparaît dans le couloir menant à son bureau.

— De rien ! Il raconte des conneries.

— Ça sent la querelle d'amoureux, ça.

— Là, c'est toi qui racontes des conneries, répliqué-je, sentant le rouge me monter aux joues.

— Ryder ne passe jamais autant de temps avec Jackson ou moi dans son bureau. Après, il faut dire que nous, c'est uniquement pour parler boulot.

— Et tu crois que moi, c'était pour faire quoi ?

— Je préfère ne pas prononcer mes doutes à voix haute. Beurk, rien que d'y penser…

Il accompagne ses propos d'une moue de dégoût, et je secoue la tête.

— T'es vraiment un gamin parfois, Cash.

— C'est celui qui le dit qui l'est! s'exclame-t-il en me faisant un clin d'œil avant d'aller en cuisine.

La semaine s'annonce longue et difficile.

Bien évidemment, j'ai vu juste. Entre Ryder qui cherche à rétablir le contact et Cash qui ne cesse de me taquiner à ce sujet, les jours qui suivent, j'ai l'impression d'être retournée au collège.

Vendredi midi, je suis installée à ma place habituelle au bar, en train de mettre à jour le tableau comptable quand, soudain, Shelby s'assied sur le tabouret à côté de moi.

— Coucou, j'avais un rendez-vous avec un client dans le coin et je me suis dit que j'en profiterais pour saluer mon grand frère, déclare-t-elle en posant son sac sur le comptoir.

J'étais tellement absorbée par le boulot que je ne l'ai même pas entendue arriver.

D'après ce que m'a dit Cash, Shelby est récemment passée d'assistante à responsable marketing de l'équipe de football des Falcons d'Atlanta. Et elle n'a que vingt-quatre ans. Moi, à son âge, je venais de fermer le garage familial, qui marchait encore très bien pourtant, malgré le décès de mon père, afin de suivre Sebastian à Londres parce que la banque pour laquelle il travaillait voulait qu'il revienne au siège social.

À chacun ses priorités comme on dit, qu'elles soient judicieuses ou pas.

—Je n'ai pas vu Jackson aujourd'hui.

—Tant pis pour lui alors, ça me laisse plus de temps pour papoter avec toi, rétorque Shelby en me donnant un léger coup d'épaule. Je valide totalement ta nouvelle coupe de cheveux.

—Merci.

—Je pense que je ne suis pas la seule.

Elle désigne d'un mouvement de tête la vitre qui sépare les cuisines de la salle, derrière le comptoir, et je suis son regard avant de croiser celui de Ryder.

—Il n'arrête pas de te reluquer depuis que je suis arrivée, marmonne Shelby en prenant un air conspirateur.

—Ouais, mais je pense que ça n'a rien à voir avec ma nouvelle coiffure.

—T'as raison, c'est un mec. Il doit probablement mater tes nibards.

J'explose de rire, et je m'aperçois que c'est la première fois de la semaine.

—Ça m'étonne quand même, enchaîne Shelby, étant donné qu'il les a déjà vus de plus près.

Je m'arrête pour l'observer un instant, prise au dépourvu.

—Les nouvelles vont vite à ce que je vois, marmonné-je.

—Ouais, il n'y a pas de secrets dans notre groupe. Alors raconte ! Qu'est-ce qui se passe exactement entre vous ?

Bonne question.

—Plus rien. Enfin, rien… Je ne sais pas. Bon, on s'est un peu tournés autour, et puis il m'a fait une proposition indécente et je l'ai giflé. Voilà, voilà.

—Tu as giflé Ryder ? s'étonne Shelby en souriant.

—Oui, mais c'est parce qu'il était tellement… (Je ferme les yeux en crispant les paupières pour trouver le bon mot.) arrogant.

—Du Ryder tout craché, observe Shelby.

—Peut-être, mais je n'aurais pas dû le gifler. En plus, il m'a assuré qu'il plaisantait.

—Oui, sans doute. Néanmoins, je sais que ces mecs ont souvent des plaisanteries d'un goût douteux. Et c'est relou, parfois, surtout lorsque tu n'es pas en position de force. Je veux dire : c'est ton patron, et il a sa main sous ton tee-shirt et…

—Sous ma robe, la corrigé-je avant de couvrir la bouche de ma main.

—Oh là là, la vérité est bien plus croustillante que les potins ! s'extasie Shelby en se frottant les paumes.

Je suis sur le point de poursuivre, lorsqu'une assiette avec un burger, qui semble être sortie tout droit d'une pub, garnie de plusieurs accompagnements apparaît devant moi, à côté de mon ordi. Je me tourne vers la personne qui me l'a servie.

Bien sûr ! Qui d'autre ?!

—Je n'ai pas commandé de burger, dis-je froidement.

—Je sais, réplique Ryder avec un sourire penaud. Je l'ai préparé pour toi comme tu n'as toujours pas pris ta pause-déjeuner.

—Merci, mais je n'ai pas faim.

— Cassie, marmonne-t-il en se laissant tomber sur le tabouret à ma gauche, je suis sincèrement désolé pour ce que je t'ai dit. Mon but n'était pas de te blesser, vraiment.

— Mmmh mmmh.

Il pousse un soupir en passant une main dans ses cheveux d'un geste nerveux. Comme les manches de sa chemise sont retroussées, je ne peux m'empêcher de jeter un coup d'œil à ses tatouages : un oiseau et des fleurs rouges et orange qui forment une sorte de labyrinthe complexe autour de son avant-bras. Je détourne le regard et retiens ma respiration pour ne pas me laisser submerger par son odeur, que je reconnaîtrais entre mille.

— Tu veux ou pas ? s'enquiert-il en faisant un signe en direction du burger.

Une question très simple, mais qui peut se référer à tellement de choses : ce boulot, notre accord pour rembourser la dette de Jamie, ses excuses… Lui.

— Je m'en fiche, dis-je en fixant le tableau sur l'écran de mon ordi et en faisant mine de ne pas voir mon patron, de le bannir de mon champ de vision.

— Ryder, je sais que ça ne t'arrive pratiquement jamais, intervient Shelby, mais il faudrait pourtant que tu apprennes à accepter un refus.

— Elle n'a pas refusé le burger, se défend-il.

— T'es vraiment con ou tu le fais exprès ? demande-t-elle.

Sans dire un mot, Ryder reprend l'assiette puis retourne en cuisine, et je le suis du regard.

Il est sans doute l'homme le plus insolent de la galaxie tout entière, mais il est également l'homme le plus sexy que j'aie jamais rencontré. Je laisse mon regard voguer sur son dos large avant de baisser les yeux sur ses fesses fermes parfaitement moulées dans son jean. Sa démarche ne fait que renforcer son aura virile et sensuelle, et je…

— Bon, et sinon ? lance Shelby. Mis à part te toucher en pensant à lui, qu'est-ce que tu as prévu d'autre pour demain ?

Je glousse, vaguement irritée contre moi-même et la voie que s'entêtent à prendre mes pensées.

— J'ai une montagne de lessive à rattraper et je dois aussi faire des courses. Je n'ai plus de nettoyant pour la salle de bains.

— Tout un programme, dis donc ! Je pense que ça va être difficile de te convaincre, mais que dirais-tu d'une virée shopping avec les filles et moi ?

Dévaliser les boutiques du centre-ville avec Shelby, Avery et Ruby me fait tout de suite revoir mon planning du samedi. Mince, je regrette de ne pas avoir gardé les 300 dollars de pourboire ! Cependant, il me reste toujours un peu d'argent sur le compte que j'ai ouvert ici, et puis qui dit nouvelle coupe de cheveux dit nouvelle garde-robe, forcément.

— Avec plaisir, dis-je.

— Génial ! Tiens, voici ma carte. Y a aussi mon portable dessus. Envoie-moi un message afin que j'enregistre ton numéro et je t'appelle demain matin.

Elle glisse de son tabouret et passe la bandoulière de son sac sur son épaule.

— Enfin, quand je dis matin, je veux plus dire midi, ajoute-t-elle en s'accoudant au bar. J'ai une règle concernant les samedis matin : je les ignore, c'est mieux pour tout le monde.

Il est midi passé lorsque Shelby m'appelle pour me donner le lieu du rendez-vous, et, deux heures après, je rejoins les filles dans le quartier de Virginia Highland. La journée est magnifique et il fait très chaud, mais cela ne nous empêche pas de faire le tour de toutes les boutiques du quartier, sans exception. On avait prévu d'aller au centre commercial ; cependant, on a rapidement toutes convenu que ce serait du gâchis par un temps pareil.

Nous sommes dans un magasin de chaussures, en train de siroter les citronnades qu'Avery nous a offertes pour nous désaltérer mais aussi « pour faire le plein de vitamine C » en vue de la suite de notre séance de shopping, lorsque j'entends la voix de Ruby :

— Vous en pensez quoi, les filles ?

Je me retourne et j'étudie la paire d'escarpins rouges vernis qu'elle brandit devant elle.

— J'adore, déclare Avery.

— Moi aussi, dit Shelby.

— Je pense que je suis amoureuse, minaudé-je à mon tour.

— Tiens, essaie-les alors.

À ces mots, elle me les tend, et je les prends, confuse.

— Je ne voudrais surtout pas gâcher ce qui pourrait être le début d'une grande histoire d'amour, ajoute-t-elle.

Avery et Shelby échangent un regard entendu avant de partir dans un fou rire.

— Bah, quoi ? s'enquiert Ruby, l'air vexé.

— Ce n'est pas toi qui, la semaine dernière, as failli frapper une nana parce qu'elle a pris, sous ton nez, la dernière paire de sandales à ta pointure que tu voulais absolument ? lui fait remarquer Avery.

Ruby tourne la tête, faisant ainsi bouger sa crinière rousse coiffée en queue-de-cheval.

— Pour ma défense, elle portait des sandales orthopédiques avec des chaussettes ! Clairement, cette femme ne sait ni discerner ni apprécier les bonnes choses de la vie.

Shelby roule des yeux.

— Mon Dieu, on croirait entendre Jackson la fois où il a vu qu'un de ses potes s'était acheté une Maserati ! Il l'a testée et m'a affirmé après que la voiture le préférait, lui.

— Il est bien conscient que *Cars*, c'est un dessin animé et que les voitures, ça ne parle pas ? demande Ruby. En plus, il n'a pas de quoi être jaloux, il roule en Porsche !

— Ah, tu connais nos garçons ! se lamente Shelby en secouant la tête.

— Rien n'est jamais assez bien pour eux. Ils veulent toujours ce qu'ils n'ont pas, conclut Avery en examinant une paire d'escarpins à imprimé léopard sur une des étagères.

— Ou ce qu'ils ne peuvent pas avoir, ajoute Shelby. Surtout ce qu'ils ne peuvent pas avoir.

— Pourtant, ils n'ont pas trop de quoi se plaindre, observe Ruby. Personne ne leur refuse rien, à ces trois-là !

Shelby enfile des escarpins en peau de serpent noire et s'avance vers le miroir pour s'y regarder.

— Jackson a toujours été comme ça, marmonne-t-elle en étudiant les chaussures sous tous les angles. Chaque fois qu'il fait une connerie, et, croyez-moi, il en fait un tas, il suffit d'un sourire pour qu'il retourne la situation en sa faveur, c'est hallucinant. Ça marchait avec notre mère, les profs à l'école, la baby-sitter… Avec tout le monde, quoi.

— Vous vous rappelez la fois où Cash sortait avec cette nana et qu'il a flashé sur sa colocataire aussi ? dit Avery.

— Oh ouiiii ! s'exclame Ruby avant de se pencher vers moi. Un soir, il était en train de peloter la colocataire dans un des box à *Altitude*, comme ça, devant tout le monde, quand l'autre nana est arrivée.

— Meeerde, soufflé-je. Il a dû passer un sale quart d'heure !

— Détrompe-toi, très chère, réplique Ruby en secouant la tête.

— Il a joué de son charme et hop ! Il est rentré chez lui avec les deux nanas, révèle Avery.

— Une autre soirée ordinaire à *Altitude*, où ces messieurs y repoussent les limites et où personne ne leur résiste, annonce Shelby en se dirigeant vers un présentoir de robes.

— Ils auraient dû appeler le bar *Sexy Bastard*, ça collerait plus à l'esprit de l'endroit, leur dis-je.

Les filles pouffent en chœur.

— Pas bête, observe Shelby. Je pense qu'ils n'ont toujours pas trouvé le concept de leur nouveau club. Tu pourrais leur soumettre ton idée.

Je souris et regarde Ruby essayer une paire de spartiates, dont la couleur met en valeur ses mollets hâlés et bien dessinés.

— C'est fou, quand même, râle-t-elle. Je ne sais pas comment ils font, on dirait qu'ils exercent un pouvoir de suggestion sur les femmes.

— Non, ils sont ultracanon, tout simplement, grommelle Avery.

— En tout cas, enchaîne Ruby, ils savent s'y prendre avec les femmes. Je n'oublierai jamais la fois où Ryder a réussi à embobiner une policière. Je l'ai vu en pleine action et je n'en croyais pas mes yeux. Il venait tout juste de récupérer le business de l'entrepôt, et la nana est venue fouiner, bien décidée à le coffrer. Ryder a réussi à la faire sortir, et, après quelques minutes, elle donnait l'impression de n'attendre qu'une chose : que ce soit lui qui lui passe les menottes.

— Connaissant Ryder, glousse Avery, il l'a certainement fait.

À mon tour, j'essaie les escarpins rouges et me dirige vers le miroir, une main sur la hanche.

— Ça fait combien de temps que Ryder s'occupe des combats clandestins ? demandé-je en pivotant sur les talons aiguilles.

— Deux ans, répond Avery. Il a racheté l'affaire quand il a arrêté de combattre.

— Il participait à des combats clandestins avant ?

Quoique, ça ne m'étonne même pas. Ça explique son attitude, sa forme physique et son esprit de compétition, souvent mal placé.

Trois robes à la main, Shelby se place à ma hauteur.

— Il ne faisait pas que participer, déclare-t-elle en plaçant chaque robe devant elle puis devant moi. Il régnait en maître sur le ring. Il n'a pas perdu un seul combat.

— Pourquoi il a arrêté alors ?

— À cause d'une femme, m'informe Ruby.

— Ryder Cole a renoncé aux combats à cause d'une femme ? répété-je, surprise.

Cette femme devait sans doute beaucoup compter pour lui. Renoncer aux joies de la vie d'un champion de *free fight* pour s'établir et mener une vie rangée, je me demande ce…

— Oui, pour sa copine, enfin son ex, annonce Shelby en mettant l'accent sur le mot « ex ».

— Quand ils ont rompu et qu'elle a déménagé de son appart, il a repris le business et s'est jeté dans le travail pour essayer de l'oublier, brode Ruby. Ça l'a occupé et ça lui a permis d'évacuer sa colère sans avoir à se servir de ses poings.

Ryder Cole s'était engagé dans une relation sérieuse. Tellement sérieuse qu'il avait emménagé avec sa copine. Il était tellement amoureux de cette femme qu'il a renoncé aux combats pour elle. Ou, plutôt, à cause d'elle.

Ryder Cole m'apparaît soudain sous un autre jour. Je croyais l'avoir cerné et l'avoir catalogué dans la catégorie des brutes, mais, là, j'ai l'impression d'avoir cherché à faire entrer une mauvaise pièce dans un puzzle. Pourtant, je n'arrive tout simplement pas à utiliser les mots « Ryder » et « vulnérable » dans une seule et même phrase.

—Et c'était du sérieux, entre eux ? demandé-je à mes nouvelles copines.

—Ryder pensait que oui, marmonne Shelby. Elle un peu moins étant donné le nombre de mecs qu'elle s'est tapés pendant qu'ils étaient ensemble.

Ryder Cole, cocu !

Je laisse le puzzle se remettre en place tout seul dans ma tête. Tout s'explique à présent. Voilà pourquoi il veut toujours avoir le dernier mot et tout contrôler. Ça a son charme, je l'admets, mais c'est aussi pénible, surtout quand il est présomptueux à en devenir insupportable, ce qui est le cas, la plupart du temps.

—Celle-là, dit Shelby en me tendant une des trois robes qu'elle tient dans la main. Je pense qu'elle est faite pour toi.

J'examine le vêtement qu'elle me tend : une petite robe noire à bretelles avec une fermeture Éclair dorée à l'avant. Le genre de robe qu'on met dans le seul but de se la faire enlever.

—J'aime beaucoup, mais je ne sais pas à quelle occasion je pourrais la porter.

Elle est trop habillée pour faire de la compta au club ou encore mater des séries sur Netflix, le soir, dans mon lit. Dieu, que ma vie est triste ces derniers temps !

—Tu peux la porter ce soir, à l'entrepôt, parce que tu viens assister aux combats avec nous, annonce Shelby avec un sourire malicieux.

—Ah bon ?

—Sauf si tu as déjà un rencard avec un bellâtre, me taquine Shelby.

—Pas du tout.

—Avec un petit chauve bedonnant ?

—Encore moins, gloussé-je.

—Avec ton petit copain alors, le père de tes enfants, celui qui partage ta vie ?

—Non, non et non. En fait, je sors à peine d'une relation.

Waouh, j'ai pas eu tant de mal que ça à le dire, cette fois ! C'est sorti tout seul.

—Super, tu n'as donc aucune excuse, m'informe Shelby. C'est réglé.

—Mais je n'ai pas été invitée, il doit sans doute y avoir une liste ou…

—Tu seras avec nous, m'avise Avery. Et nous, on est au-dessus de la liste.

—OK, cela dit, Ryder risque de ne pas être content en me voyant débarquer. On est un peu en froid.

—On s'en fiche de Ryder, proteste Shelby. Il est parfait pour un petit flirt, mais rien de plus. Pense plutôt aux autres beaux gosses qui seront présents.

—Considère Ryder comme ta première crêpe : toujours ratée mais nécessaire, observe Ruby. Elle absorbe la graisse afin que les autres crêpes soient réussies.

Avery la considère d'un air étonné.

—Tu veux dire que Cassie a de la graisse ?

Ruby se lève et lui donne une petite tape sur les fesses.

— Non, bien sûr que non ! répond-elle. Justement, elle n'a pas du tout besoin de s'abstenir pour consommer sans modération les crêpes qui suivent la première.

On rigole toutes, puis je me dirige vers la cabine d'essayage pour enfiler la robe et voir ce que ça donne avec les chaussures rouges que j'ai toujours aux pieds.

Je suis en train de remonter la fermeture Éclair quand j'entends mon portable sonner dans mon sac. Je sors le téléphone et regarde l'écran.

Appel masqué.

C'est bizarre, pratiquement personne n'a mon nouveau numéro. Personne, sauf…

Jamie.

Mon Dieu, oui, c'est sûrement lui qui m'appelle depuis une cellule de prison dans une ville paumée au milieu de nulle part ou depuis le coffre d'une voiture qui se dirige vers le Mexique ou…

Stop !

Je décroche à la troisième sonnerie, la voix chargée d'appréhension.

— Bonjour, mon amour, me salue une voix grave à l'accent anglais.

Non…

C'est impossible…

Sebastian.

Ma gorge se serre, et je raccroche avant de jeter le téléphone dans mon sac. Je remonte le reste de la fermeture d'une main tremblante. Le sang bourdonne dans mes tempes, et j'ai l'impression que toute la boutique peut entendre les battements de mon cœur.

Je suis partagée entre le choc et la panique, et des centaines de questions affluent à mon cerveau.

Comment a-t-il eu mon nouveau numéro ?

Pourquoi est-ce qu'il m'appelle ?

Où est-il ?

Le téléphone sonne de nouveau.

Comme paralysée, je l'observe, osant à peine respirer.

— Montre-nous la robe, Cass ! s'exclame Shelby de l'autre côté de la porte.

J'entends Avery et Ruby rire et chahuter, et je repense aux heures insouciantes que je viens de passer. Une nouvelle fois, tout s'écroule douloureusement autour de moi.

J'espérais vraiment que Sebastian passerait à autre chose. Loin des yeux, loin du cœur. Évidemment, au fond de moi, je savais pertinemment que ça ne risquerait pas d'arriver, mais on peut toujours rêver, non ? Il sait pourquoi je suis partie, il n'est pas stupide. Il ne veut peut-être pas l'admettre ; cela dit, il en est conscient.

Le téléphone portable fait entendre le petit « bip » qui indique un message vocal sur mon répondeur, et je tressaille. Je n'ai pas envie de lui parler ; néanmoins, sans surprise, lui semble avoir des choses à me dire, et ce n'est pas un raccrochage au nez qui va l'en empêcher.

Sebastian est très obstiné. C'est un trait de caractère que j'admirais chez lui et grâce auquel il a réussi à faire une brillante carrière de banquier. Il ne recule devant rien. Jamais un homme ne m'avait fait la cour comme lui : il était toujours plein de petites attentions pour moi, et ça faisait très plaisir d'être choyée et cajolée par quelqu'un d'aussi prévenant et galant. Mais tout cela, les cadeaux, les dîners romantiques, faisait partie d'un jeu diabolique qu'il avait instauré afin de prendre le contrôle sur ma vie. Derrière le masque du prince charmant se cachait un manipulateur jaloux et dominateur.

Je me laisse tomber sur le tabouret derrière moi et j'appuie la tête contre le mur en fermant les yeux parce que, quand on appréhende quelque chose, c'est ce qu'on fait. On ferme les yeux et on essaie de mettre de la distance, de bloquer la source de notre peur parce que, si on ne la voit pas, elle n'existe pas. Seulement voilà : rien n'est jamais aussi simple, et la source de ma peur est bien réelle. Elle m'a même laissé un putain de message sur mon répondeur.

Poussant un profond soupir, je saisis mon sac et sors le portable. Je suis tentée par l'idée d'ignorer son message, mais je n'y arrive pas.

Comment a-t-il obtenu mon numéro, merde ?!

J'appuie sur la touche « Écouter le message » et je porte l'appareil à mon oreille.

« Il semble qu'on ait été coupés, mon amour. Quel dommage, surtout après tout ce temps. Je n'ai pas cessé de penser à toi depuis que tu es partie. Mon cœur s'emballe dans ma poitrine chaque fois que j'entends un bruit dans le couloir de l'immeuble ou que mon téléphone sonne. Cassie, ma chérie, il est temps que tu reviennes à la raison et me reviennes tout court. Je commence à me languir de toi. Jamais je ne renoncerai à toi, à nous. Je suis prêt à me battre jusqu'à la mort pour toi, tu me connais. Allez, je te dis à très bientôt, ma beauté. »

Écœurée, j'efface le message.

Ma mère m'a dit une fois que la colère et la peur sont deux sentiments indissociables. Si on est en colère, c'est surtout parce qu'on a peur de quelque chose. Selon elle, notre fureur, notre rage, nous donne l'illusion de maîtriser la situation afin de surmonter notre crainte.

Chez moi, c'est l'effet inverse qui se produit. La nuance de menace qui perçait dans la voix de Sebastian me fait peur, ce qui me met en colère. J'ai peur de lui et de ce dont il est capable pour parvenir à ses fins, mais je suis également exaspérée par la panique qu'il suscite en moi.

J'en suis là de mes pensées lorsque j'entends Shelby s'impatienter.

— Cassie, si tu ne ramènes pas tes jolies petites fesses rapidement, je viens te chercher, je te préviens !

Je déglutis, essayant de ravaler la boule qui s'est formée dans ma gorge, et me lève avant d'ouvrir la porte pour sortir dans le couloir.

Shelby se tient debout, sur le seuil de la cabine d'essayage en face de la mienne. Elle porte une des robes – la noire avec un décolleté plongeant et le bas à effet drapé –, qu'elle a sélectionnées dans la boutique.

— Mon Dieu, Cassie, tu es subliiime ! s'extasie-t-elle en me voyant.

Je me compose un sourire, et elle fronce les sourcils.

— Ça va ? Tu es toute pâle. Tu as vu un fantôme ou quoi ?

Je ne l'ai pas vu, mais il m'a appelée.

J'élargis mon sourire en espérant qu'il réussira à déloger une partie de cette anxiété qui me ronge.

— Non, non, c'est juste que je n'ai plus l'habitude de porter ce genre de vêtements, balbutié-je en tirant machinalement le bas de la robe.

— On dirait qu'elle n'attendait que toi, réplique-t-elle en me prenant par la main pour m'entraîner devant le grand miroir à triple volet.

Waouh !

Elle n'a pas tort. La robe épouse les formes qu'il faut. Ma poitrine a l'air ferme sans pour autant être compressée, mais ce qui fait incontestablement son charme, c'est son dos nu.

Je me tourne sur le côté pour mieux admirer les fines bretelles en croix au niveau de mes omoplates, qui retiennent le vêtement sur mes épaules.

Avery et Ruby apparaissent alors derrière moi.

— Parfaite, observe Avery. Tu vas mettre tous les mecs KO, ce soir.

— Oui, j'avoue, elle est pas trop mal, marmonné-je en me tournant de l'autre côté, les mains sur les hanches.

— Pas mal du tout, tu veux dire, me corrige Shelby en croisant mon regard dans la glace et en posant les paumes sur mes épaules.

— Ryder risque d'avoir la surprise de sa vie, s'esclaffe Ruby.

— Oh ouais ! s'écrie Avery. J'ai hâte de voir sa tête.

Je saisis la tirette de la fermeture Éclair avant de la baisser légèrement pour dévoiler davantage mon beau décolleté en esquissant une petite moue coquine.

—Moi, j'ai plutôt hâte de voir la réaction de son entrejambe.

Shelby éclate de rire.

—J'aime ta façon de penser, déclare-t-elle. Le pauvre homme n'est pas au bout de ses peines !

Je me retourne, et mon regard se porte sur mon sac, posé par terre, à côté du tabouret. Je n'ai plus entendu mon iPhone sonner et j'essaie de me convaincre que c'est une bonne chose. Je dois penser au présent, pas au passé.

Décidée à reprendre les rênes de ma vie et à ne plus jamais les lâcher, je redresse la poitrine et confie à Shelby en passant un bras autour de son épaule :

—Lorsqu'il a affaire à une femme déterminée, aucun homme n'est au bout de ses peines.

15

Cassie

Talons aiguilles pour ces dames, costards chics et boutons de manchette pour ces messieurs, une bonne dose de sang et un paquet de fric : un mélange intéressant qui a pris tout son sens lorsque j'ai pénétré dans l'entrepôt. Les soirs de combats sont à la fois plus raffinés et sauvages que je ne le pensais.

Une odeur, un mélange de sueur et de parfum, me chatouille les narines, et la musique jouée par le DJ pulse autour de moi.

— Quelle violence ! s'exclame Savannah qui me tient par le bras.

Je hoche la tête, le regard rivé sur les deux hommes en plein combat. Voilà ce qui s'appelle s'en mettre plein la gueule.

— J'adore ! s'exclame mon amie, tout sourires.

Je lui ai proposé de venir avec nous parce que je savais qu'elle allait tout de suite bien s'entendre avec les filles et puis je voulais qu'elle partage cette expérience avec moi. Je me suis dit aussi que c'était plus simple de lui montrer plutôt que de lui faire un débrief lors de notre brunch dominical. Après tout, une image vaut mille mots.

Il est déjà minuit passé, mais la foule s'étoffe et l'ambiance devient de plus en plus électrifiante.

Je déplace mon poids d'un pied sur l'autre et baisse les yeux sur mes nouveaux escarpins rouges et ma petite robe noire, les deux derniers arrivants dans ma garde-robe. Et, à en croire la façon dont Ryder m'observe, je pense que c'est de loin le meilleur achat que j'aie pu faire.

On n'a pas encore eu l'occasion de se parler depuis que je suis arrivée. Il était à l'entrée, en pleine discussion avec un mec, quand on a débarqué, avec les filles. Comme à mon habitude, mon premier réflexe a été de détailler ce qu'il portait : une chemise blanche et un costume semblable à celui qu'il avait le soir où il s'est invité chez moi. C'était il y a quelques semaines à peine, et pourtant j'ai l'impression que ça fait une éternité.

—Tu es la dernière personne que je m'attendais à voir ici ce soir, a-t-il déclaré quand je suis entrée dans l'entrepôt, derrière les filles.

—Cache ta joie, surtout, ai-je rétorqué en roulant des yeux.

—Ne tire pas de conclusions hâtives, tigresse. Est-ce que ça veut dire que tu me pardonnes pour ce que je t'ai dit, l'autre jour ?

Je lui ai adressé mon plus joli sourire avant de répondre :

—Ne tire pas de conclusions hâtives, patron. Le pardon, ça se mérite.

—Confucius a dit : « Le sage a l'humilité de reconnaître ses torts. »

— Waouh, merci pour cette pensée profonde ! l'ai-je taquiné.

— Imagine alors la profondeur de mes pensées obscènes quand il s'agit de toi, m'a-t-il murmuré.

À ces mots, il m'a attrapé la main en nouant ses doigts aux miens et a plissé les yeux, comme pour mieux m'observer. Son contact et son regard pénétrant m'ont fait frissonner.

— Nouvelle robe ? a-t-il demandé en reculant d'un pas sans me lâcher la main.

— Tu es très observateur, décidément.

Il m'a ensuite attirée vers lui, et j'ai dû lutter de toutes mes forces pour ne pas poser une paume contre son torse musclé.

— Et tu l'enlèves comment si la fermeture Éclair se coince ? s'est-il enquis.

Sa proximité a failli me priver de ma faculté de repartie.

Même avec mes talons aiguilles, il me dépasse presque d'une tête.

— En la passant par-dessus la tête. Ou, alors, je demande de l'aide à mon cavalier de la soirée.

J'ai profité de son silence pour retirer ma main de la sienne et aller rejoindre Savannah près du ring. J'ai eu l'impression d'avoir joué avec le feu, mais sans me brûler.

Un coup retentissant asséné par un des combattants à l'autre bout me fait brusquement revenir à l'instant présent.

Force m'est de reconnaître que Ryder a fait du très bon boulot ici, il gère son business d'une main de maître et il est parfaitement dans son élément. Toujours en retrait, il est pourtant sur tous les fronts. Je le sais parce que je ne peux m'empêcher de le chercher du regard chaque fois que l'occasion se présente.

Cette fois, je l'aperçois tout de suite. Il se déplace d'invité en invité, discutant avec tout le monde et gardant toujours un œil sur le ring et sur moi. Surtout sur moi.

Une barbe naissante assombrit sa mâchoire et lui donne l'air plus viril.

Tout ce qu'il fait est calculé, ça crève les yeux, les miens du moins. Il rôde autour de moi, tel un chasseur guettant sa proie. Il pense que c'est lui qui contrôle tout et semble oublier que si je suis là, dans cette position, c'est parce que j'en ai envie. C'est moi qui lui laisse une occasion de m'attraper.

Je reporte mon attention sur le ring. Les yeux dans les yeux, les deux combattants se tournent autour, agitant leurs poings devant eux par petits mouvements. Je repense à mon frère et remercie le ciel qu'il ne se soit pas essayé lui-même au combat. S'il avait également pu éviter de parier, ça aurait été parfait. Avec des si… Cela dit, je comprends l'attrait du danger, du défendu, qu'il a dû ressentir, la tension qui monte au fil des secondes. Le spectacle qu'offrent ces deux hommes, qui ne reculent devant rien dans le but de gagner, est palpitant tout comme les encouragements frénétiques du public, qui applaudit chaque coup porté avec enthousiasme. L'énergie et le dynamisme ici sont incroyablement contagieux.

— Alors, tu as parié sur qui ? me demande l'homme à côté de moi.

Je le contemple à la dérobée quelques instants. Il est pas mal, vêtu d'une chemise impeccablement repassée et d'un jean qui lui va à ravir.

— Je ne parie pas, je ne suis pas ce genre de filles, répliqué-je en secouant la tête.

— Et quel genre de filles es-tu alors ? s'enquit-il en se rapprochant davantage.

Je m'humidifie les lèvres avant de sourire.

— Le genre qui a soif.

— Je vais arranger ça tout de suite, déclare-t-il en nous regardant tour à tour, Savannah et moi. Deux bières ?

— Minute papillon. Je n'ai pas dit que j'étais le genre de filles à se faire offrir un verre par un inconnu, rétorqué-je en me dirigeant vers le bar. Surmonté de dais d'où pendent des rideaux noirs qui rappellent un peu ceux d'un théâtre, il est installé à côté de l'entrée.

Je me retourne et lorsque je vois l'homme nous suivre, derrière Savannah, j'ajoute :

— En revanche, je n'ai rien contre payer un coup à un étranger.

— Une bière pour moi et des *body shots* pour vous ? hasarde l'individu.

— Il est peut-être déjà tard, mais il n'est toujours pas si tard que ça, mon coco, rétorque Savannah.

En voyant le bar de plus près, je me dis que les employés de Ryder doivent le construire et le démonter après chaque soir de combat. Forcément, il faut faire les choses bien, faire plaisir aux invités, mais ne jamais laisser de trace derrière. On se glisse discrètement dans un univers parallèle, le temps d'une soirée, et on en ressort tout aussi secrètement.

Je me fraie un chemin dans la foule jusqu'au comptoir et me penche par-dessus en levant un bras pour attirer l'attention du barman qui est à l'autre bout du bar. Bien évidemment, il ne me calcule pas. Génial, ça commence bien !

— Si même une femme aussi belle que toi n'arrive pas à capter l'attention du barman, il ne reste plus aucun espoir pour ce monde, constate une voix masculine derrière moi.

Je lui jette un coup d'œil par-dessus mon épaule.

Mon nouvel interlocuteur est grand et beau. Ses cheveux blonds lui arrivent aux épaules et encadrent son visage bien modelé.

— Je pense surtout qu'il a oublié que le bar avait deux côtés. Tu sais siffler ?

— On fait comme si on voulait embrasser quelqu'un en faisant un « O » avec les lèvres ?

— Oui, du moins c'est comme ça que je fais, moi.

Il coince quelques-unes de ses mèches derrière son oreille.

— Je paierais cher pour voir ça, commente-t-il.

Je considère sa réponse comme un défi. Je pose une main sur son biceps et me penche davantage par-dessus le bar en me hissant sur la pointe des pieds. Je siffle alors à l'intention du barman, mais, sans trop de surprise, celui-ci m'ignore toujours. Il y a trop de brouhaha autour de nous pour qu'il puisse discerner mon sifflement à peine audible.

Le barman se fiche peut-être pas mal de moi, mais pas Ryder qui m'observe, les bras croisés et les jambes légèrement écartées, un peu plus loin. Il sait que je sais qu'il me regarde, qu'il me désire et qu'il est contrarié de me voir flirter avec un mec qui me tient désormais par la taille. Cependant, je ne pense pas qu'il soit jaloux. Après tout, il ne me possède pas. Du moins, pas encore, pas comme je le veux. Sebastian est le seul à penser qu'on peut posséder une personne en l'apprivoisant et en l'enfermant comme un animal dans une cage, la privant de toute liberté. Ryder, lui, ce qu'il veut, c'est me faire céder à la tentation, voir si je peux résister à l'inévitable.

Eh bien, vas-y, Cole ! Qu'est-ce que tu attends ? J'ai hâte de voir comment tu vas t'y prendre.

16

Ryder

Cassie McEntire a des fesses d'enfer : parfaitement rondes, fermes et dessinées. Et, peu importe ce qu'elle porte, son derrière est toujours à son avantage. J'ai envie de le toucher, de le caresser, de le malaxer, de le mordre, de sentir ses fessiers se contracter sous mes doigts. Ce qui m'embête, c'est que je ne suis pas le seul.

Je regarde la main du minet qui semble tout droit sorti d'un boys band glisser à quelques centimètres des fesses de Cassie et serre les dents.

Plus rien n'a d'importance à cet instant, ni les deux gars qui sont en train de se rouer de coups derrière moi ni les bénéfices qu'on a encaissés sur les paris, rien. Tout ce qui m'intéresse désormais, c'est de découvrir de quelle couleur est la petite culotte de Cassie et si elle irait bien – une fois roulée en boule et jetée au sol – avec la couleur de la moquette de ma chambre.

Je repense à ce qui s'est passé dans mon bureau, à ce que je lui ai dit, plus tôt dans la semaine. J'ai vraiment été con et maladroit, mais c'était une blague, je ne voulais pas la blesser. Tout ce que je voulais, c'était enfin la prendre sur mon bureau, me glisser en elle et me noyer dans sa chaleur. Je me suis tout de suite excusé, mais elle n'a rien voulu entendre, chose que je peux comprendre. Je veux revenir dans ses bonnes grâces, et elle m'a bien fait comprendre que je devrais ramer pour ça.

Son prétendant, Boucles Blondes, n'est qu'un pion sur son échiquier. Elle joue à un jeu cruel et dangereux, et j'adore ça.

J'adore les regards pleins de sous-entendus qu'elle me lance, la manière dont elle se sert de l'autre zigoto pour me faire comprendre qu'elle plaît aux hommes et que je ne suis pas le seul à vouloir m'attirer ses faveurs, ça me rend fou de désir. Néanmoins, j'ai beau apprécier ce petit jeu tordu, celui-ci ne peut pas durer éternellement. L'un de nous va devoir capituler, se soumettre à la volonté de l'autre.

Et comme je l'ai dit plein de fois : je gagne toujours.

Boucles Blondes tente vainement d'attirer l'attention du barman et ne me voit pas m'approcher d'eux.

Ça, c'est une grave erreur de ta part, mon pote.

Je m'accoude au bar, de l'autre côté de Cassie, au même moment où elle tourne la tête vers moi. Elle esquisse un petit sourire en coin, et je lui replace délicatement une mèche de cheveux derrière l'oreille.

— Il est temps de partir, tigresse, lui murmuré-je.

— Ah bon ? s'étonne-t-elle en penchant la tête sur le côté. Et qui en a décidé ainsi ?

— Ton patron.

— Je ne suis pas ton employée. Du moins pas ce soir.

— Peut-être, mais tu es quand même à moi, chuchoté-je en promenant les doigts le long de son bras, jusqu'à sa main. Ou tu le seras bientôt.

Je glisse ensuite la main sous le bas de sa robe pour caresser la peau sensible de l'intérieur de sa cuisse, et elle inspire en se redressant légèrement et en plissant les yeux.

— Hé, mec, je peux t'aider ? s'enquiert Boucles Blondes.

Il m'examine de haut en bas, et je comprends alors qu'il ne sait pas qui je suis. Il ignore que je peux le dégager d'ici d'un simple claquement de doigts.

Erreur numéro deux, mon vieux. Mais, en bon joueur, je te laisse une dernière chance.

Il y a encore quelques années, une telle attitude m'aurait fait sortir de mes gonds, et j'aurais réglé le problème avec lui sur le ring. Cela dit, j'ai changé depuis, je suis un homme d'affaires respectable, je ne peux plus me permettre un tel écart de conduite.

— Relax, mec, dis-je en retirant discrètement la main de sous la jupe de Cassie avant de nouer mes doigts aux siens. On allait partir, c'est tout.

— Tu connais ce type ? lui demande Boucles Blondes.

— Oui, je travaille pour lui.

— Et on va faire plein d'heures sup cette nuit, assuré-je.

— Écoute, mec, elle est avec moi, annonce le gars en attrapant Cassie par l'autre bras.

Erreur numéro trois, l'ami, et celle-là, je ne peux pas la laisser passer.

Je saisis la main de Boucles Blondes et la retire du bras de Cassie, puis me place entre eux.

— Écoute, mec, je te conseille de lâcher l'affaire, OK ? En plus, mate ses chaussures.

Il se penche sur le côté et fait ce que je lui dis avant de me jeter un regard perplexe.

— Le rouge, expliqué-je en posant une main sur son épaule, ça ne va pas trop avec les cheveux blonds. Heureusement pour moi les miens sont foncés. Du coup, ses jambes nouées autour de ma tête, ses magnifiques escarpins aux pieds, feront une très belle image, dans ma chambre, sur mon lit. Tu saisis, mec ?

Je lui souris, et Boucles Blondes recule d'un pas.

Ça, c'est fait.

Je me retourne vers Cassie qui hausse un sourcil, comme pour me défier de prouver ce que j'avance. Elle fait un au revoir rapide de la main à Boucles Blondes, puis je presse la paume dans le bas de son dos pour la guider vers la sortie.

Ses fesses sexy, mon nouveau péché mignon, sont à quelques millimètres de ma main, et je dois faire appel à toutes les ressources de ma volonté pour ne pas l'entraîner dans un coin sombre de l'entrepôt avant de tomber à genoux devant elle, de lui relever sa robe jusqu'à la taille et d'insinuer ma langue en elle tout en prenant ses fesses à pleines mains.

Pourquoi me priver, nous priver, de ce petit plaisir tout de suite ?

Je l'imagine déjà pousser des petits cris contre le mur et planter ses doigts dans mon cuir chevelu avant de poser une cuisse sur mon épaule. Je sens la saveur enivrante de son sexe contre ma langue. J'entends sa respiration haletante pendant qu'elle jouit jusqu'à en perdre raison.

À la réflexion, je préfère attendre qu'on soit chez moi.

Je ne sais pas ce qui m'arrive. J'ai trop envie d'elle. Je veux m'enfoncer entièrement en elle pendant qu'elle crie mon nom encore et encore. Je veux qu'elle me chevauche pendant que j'admire ses seins tressauter à chaque mouvement, leurs pointes durcies réclamant mon attention. Et, comme je suis un gentleman, je ne les laisserai pas languir longtemps. Je me redresserai et saisirai un téton entre mes doigts et l'autre entre mes lèvres. Je les titillerai sans relâche, jusqu'à ce qu'elle n'en puisse plus, mais je ne m'arrêterai pas pour autant.

Je vais emprisonner son corps sous le mien, nos souffles courts et nos sueurs mêlées, et je vais la baiser comme si ma vie en dépendait. Tout ce que je souhaite, c'est que nos corps se fondent l'un dans l'autre, qu'on finisse enfin ce qu'on a commencé.

Cassie passe devant moi et s'avance vers la porte en ondulant des hanches sur ses talons vertigineux. Sa robe bouge légèrement à chacun de ses pas, mettant à mal mon sang-froid. Je pense que je n'ai jamais bandé aussi dur de ma vie.

J'inspire profondément, ne pouvant m'empêcher de penser à toutes les choses que je vais lui faire, une fois chez moi. D'ailleurs, je pourrais retourner son petit jeu contre elle, la faire désirer un peu. La faire me supplier.

Après tout, il n'y a rien de plus beau et stimulant qu'une ravissante femme nue dans mon lit, me demandant gentiment de la faire grimper aux rideaux.

17

Cassie

J'ignore comment et depuis combien de temps on a atterri sur le balcon du penthouse de Ryder. La vue doit être magnifique, avec les lumières de la ville scintillant dans la nuit, et si je n'étais pas trop occupée à embrasser Ryder j'y accorderais sans doute plus d'attention.

Tout ce que je sais, c'est qu'une belle lune brillante est suspendue dans le ciel noir, au-dessus de nos têtes, que je suis adossée contre la balustrade qui protège le balcon et que nos langues ne cessent de se chercher et de se tourmenter dans une urgence croissante.

Je sens les muscles du dos de Ryder se contracter sous mes doigts, et il étouffe mon petit cri d'un baiser lorsqu'il prend mes seins en coupe avant de pincer mes tétons par-dessus ma robe. Il me mordille la lèvre inférieure en roulant les pointes sensibles de mes seins entre ses doigts, et je suis comme portée par la houle de notre propre tempête, celle que nos corps sont en train de faire naître, au trente et unième étage du paradis terrestre.

La tempête n'est pas près de s'apaiser, et peu importe.

Le fait qu'on soit toujours habillés relève du miracle. Je porte encore mes escarpins, mais je n'arrive pas à déterminer s'ils me font mal aux pieds ou pas.

La pression entre mes jambes est telle que les autres parties de mon corps semblent engourdies.

Ryder rompt le baiser et approche les mains de la fermeture Éclair de ma robe. Je tressaille d'anticipation quand il commence à la faire glisser lentement tout en semant une myriade de baisers sur ma peau exposée. Il libère mes seins et prend un téton dans la bouche pour le sucer et le mordiller avant de faire de même avec l'autre.

Je ferme les yeux, incapable de retenir le gémissement qui monte dans ma gorge, et je plaque ma paume sur son érection avant de la caresser en essayant d'imaginer ce que je ressentirai une fois qu'il sera en moi.

— Si tu veux le savoir, susurre-t-il contre ma peau, comme s'il avait lu dans mes pensées, tu devras me le demander gentiment, tigresse.

— Je suis toujours gentille, voyons, fais-je remarquer en accentuant la pression de mes caresses.

Il souffle sur la pointe de mon sein humide puis trace des cercles autour à l'aide de sa langue avant de l'engloutir avidement.

— Et c'est parce que tu es gentille que tu avais prévu de rentrer avec le blondinet à 2 balles ?

— Jamais je ne serais rentrée avec lui, répliqué-je en enfouissant une main dans la chevelure de Ryder, dont les lèvres chaudes descendent sur mon ventre. Je savais que j'allais finir la soirée avec toi.

— Mmmh, pour mieux commencer ta nuit, je parie, déclare-t-il entre deux baisers. Je préfère te prévenir tout de suite : elle risque d'être très mouvementée.

À ces mots, il se redresse brusquement et me prend par la taille pour me retourner, dos à lui. Les lumières d'Atlanta brillent par milliers à l'horizon. Il doit être 3 heures du matin, et un vaste silence règne sur la ville.

Ryder pose les paumes sur mes épaules et les fait glisser le long de mes bras pour refermer mes doigts sur la balustrade du balcon. Je sens mon cœur battre à grands coups et j'ai l'impression qu'il va jaillir hors de ma poitrine quand il attire mes hanches vers lui. Il glisse ensuite une main vers l'intérieur de ma cuisse pour m'inciter à écarter les jambes, ce que je fais aussitôt.

— Il y a une chose que j'apprécie plus que tout dans cet appartement en cet instant, annonce-t-il derrière moi en s'agenouillant avant de relever ma robe au-dessus de mes fesses.

— C'est… quoi ? soufflé-je, en sentant mon ventre se contracter de plaisir.

Je m'agrippe à la balustrade. Je me sens forte et faible à la fois. Je tremble d'appréhension, et, en même temps, une vague de chaleur m'envahit.

— La vue, répond-il en faisant glisser ma petite culotte le long de mes jambes jusqu'au sol. Elle en vaut vraiment la peine.

Il plante les doigts dans la chair de mes fesses, ses pouces écartant mes replis intimes. Dès que sa langue effleure mon sexe, je renverse la tête en arrière et pousse un soupir sonore qui résonne dans la nuit.

Ryder se met à me lécher avec fougue, et j'ondule des hanches au rythme des caresses brûlantes de sa langue, qui travaille en tandem avec ses pouces. Puis il retire les doigts et presse mon clitoris de la pointe de la langue avant de le titiller et de souffler dessus tour à tour. Quand il commence à le lécher en petits cercles, je suis comme traversée par une puissante décharge électrique. Je cambre le dos en penchant la tête en avant et me mords la lèvre inférieure.

Il me travaille sans relâche, et, rapidement, ses coups de langue experts ne me suffisent plus. J'ai envie de plus. J'ai besoin de plus. Je suis un bâton de dynamite dont il vient d'allumer la mèche.

Ryder a dû sentir mon besoin, parce qu'il se redresse et me retourne brusquement vers lui avant d'écraser les lèvres sur les miennes. Le goût de mon plaisir envahit ma bouche, et je prends son visage entre mes mains pour approfondir le baiser.

Soudain, il me soulève en me prenant par les fesses, et je noue les jambes autour de ses hanches, le bas de ma robe à moitié ouverte remontant davantage sur ma taille. J'enfouis la tête dans son cou, et il me porte à l'intérieur de l'appartement éclairé par les seuls rayons de lune.

Enfin.

Je sens son érection entre mes cuisses frotter contre mon sexe et suis prise d'un besoin aussi urgent que violent.

— Libère ta queue, marmonné-je en déboutonnant sa chemise.

— Les filles gentilles ne parlent pas comme ça, d'habitude, observe Ryder en me plaquant contre le mur de ce qui semble être sa chambre, alors qu'un de mes pieds bute contre une commode, à côté de nous.

— Peut-être que j'en ai marre d'être une fille gentille, rétorqué-je en m'arquant vers lui.

— Peut-être que tu ferais mieux de le rester, marmonne-t-il en enfonçant les doigts dans mes fesses. Tu sais… afin d'éviter d'éventuelles représailles.

— Ryder, puis-je sortir ta queue ?
— Tu as oublié quelque chose, me réprimande-t-il.
— S'il te plaît…

Ses doigts se rapprochent de plus en plus de mon sexe, mais pas assez vite à mon goût.

— Ryder, s'il te plaît, est-ce que je peux la sortir ? S'il… te… plaît.

Il sent mon désespoir, c'est obligé.

— Ouvre le tiroir du haut de la commode, me chuchote-t-il à l'oreille. Dépêche-toi.

J'obéis et je tire sur la poignée du tiroir, puis tâtonne dedans d'une main tremblante. J'en sors un préservatif et j'appuie le dos contre le mur afin d'ouvrir la braguette de Ryder et de baisser son pantalon et son boxer. Je déchire l'emballage et déroule le préservatif le long de son sexe rigide.

Nos regards se croisent, il me soulève les hanches et me pénètre d'un vif coup de reins.

Je contiens un cri de plaisir, et Ryder commence à aller et venir en moi en s'enfonçant chaque fois un peu plus. Je resserre les jambes autour de lui, contractant les parois de mon vagin autour de son sexe. Voilà ce dont je rêvais depuis notre première « discussion » dans son bureau : le sentir contre moi, en moi.

— Putain, c'est trop bon ! halète-t-il. Trop, trop bon.
— Oui… Ne t'arrête pas.

J'appuie la tête contre le mur. Mes yeux se sont habitués à la pénombre, et je le regarde, j'étudie les expressions qui paraissent sur son visage. Nos corps se meuvent en rythme, et j'ai l'impression de sombrer dans un abîme de sensualité.

— Tu aimes me regarder en train de te baiser ? demande-t-il.

— Oui, soufflé-je, sentant son gland toucher un point sensible au plus profond de moi.

— Ça tombe bien, parce que moi, j'aime te regarder jouir.

Il accélère la cadence de ses coups de reins et, alors que je ne m'y attends pas du tout, me soulève davantage contre le mur pour entrer encore plus en moi.

Dieu. Tout-puissant.

— Cassie, dit-il d'une voix rauque à mon oreille en frottant son pelvis contre le mien.

Mon nom n'a jamais été prononcé d'une manière aussi sexy.

Je l'attire contre moi pour couvrir son cou de baisers et mordiller la courbe de ses épaules musclées, mais il ne m'en laisse pas le temps. Brusquement, il m'attrape par les cheveux et me ramène la tête en arrière pour m'embrasser avec tant de passion que j'en ai le souffle coupé. Sa barbe naissante me picote les joues, et je me noie en lui, oubliant complètement le monde extérieur.

Mon orgasme commence à monter par vagues, et sa puissance m'arrache un cri. J'enfonce les ongles dans les épaules de Ryder et je laisse libre cours à ma jouissance pendant qu'il plonge en moi, encore et encore.

Ryder, Ryder, Rydeeeeer !

J'ignore si je hurle son nom à voix haute ou dans ma tête, néanmoins une chose est sûre désormais : rien que d'entendre son prénom me fera rougir pendant un long moment.

18

Cassie

J'ai encore rêvé de Londres cette nuit. Je ne me souviens plus de quoi exactement, mais je sais que Ryder était avec moi; on était heureux, ensemble. Et Sebastian n'est pas venu tout gâcher, pour une fois.

J'ouvre les yeux et je cligne des paupières dans le soleil qui m'aveugle. Les rideaux de la porte-fenêtre sont grands ouverts, laissant apercevoir le balcon, où ma petite culotte doit être en train de bronzer tranquillement.

Sans bouger afin de ne pas réveiller Ryder, je balaie la pièce du regard. Voici donc à quoi ressemble sa chambre. La décoration est classique et minimale, mais de bon goût. La moquette bleu ciel s'accorde bien avec les meubles et les murs blancs.

Doucement, je me recroqueville sur le lit, tirant sur un coin du drap. Le soleil perçait déjà l'horizon quand on s'est couchés, nus et vidés de toute énergie. La dernière chose que je me rappelle, avant d'avoir sombré dans un sommeil profond, c'est le corps chaud de Ryder, son torse contre mon dos et une de ses mains posée contre mon cœur.

Je n'ai pas beaucoup dormi, néanmoins je ne suis pas du tout fatiguée, au contraire. Je me sens super bien, légère comme une plume, comme si je venais de renaître. Cet état, je le dois à la partie de sexe époustouflante de cette nuit. Ça fait un moment que je n'ai pas ressenti autant de plaisir, de sensations intenses, pendant un coït. C'est comme si on m'avait ôté un voile de devant les yeux et que je voyais enfin la réalité de la chose. D'ailleurs, j'espère sincèrement qu'on aura l'occasion de recommencer.

Tout de suite, pourquoi pas, tiens.

Je repousse ma frange sur le côté, en espérant que mon maquillage, ou du moins ce qui en reste, n'a pas trop souffert cette nuit et que je ne ressemble pas à un panda, et me retourne vers Ryder en tendant la main pour lui donner une petite tape sur ses belles fesses bien fermes. Sauf que ma paume n'atterrit pas sur son derrière, mais sur le matelas.

Ryder n'est pas là, et je constate qu'il a même pris le temps de tapoter son oreiller pour le regonfler avant de partir. Je me redresse, laissant le drap retomber à la hauteur de ma taille.

—Ryder ?

Rien.

—Y a quelqu'un ?

Bon…

Je fronce les sourcils. Le lendemain d'un coup d'un soir, ce n'est pas plutôt à la personne qui ne vit pas dans «l'endroit du crime» disons de quitter les lieux sur la pointe des pieds, la tête baissée ? La fameuse marche de la honte, c'est à l'invité(e) de la faire, pas l'inverse.

Peut-être qu'il est au travail.

Un dimanche matin ? Laisse-moi rire.

OK, à la messe alors ?

Ryder ? Dans une église ? Sérieux ?

Il ne me reste plus qu'une chose à faire. Elle risque d'être périlleuse : la marche de la honte avec mes escarpins rouges.

Je me lève en soupirant et j'enroule le drap autour de moi avant de jeter un regard circulaire à la chambre, à la recherche de mes affaires.

J'aperçois ma pochette en premier et j'en sors mon portable.

Ouf, pas d'appels manqués venant d'un appel masqué, juste deux textos, un de Shelby et un de Savannah. Je les lis et ne peux réprimer un sourire. Ces filles sont vraiment dingues. Elles m'ont vue quitter l'entrepôt avec Ryder la veille et tenaient à me donner quelques petits conseils de dernière minute. Trop tard. Non pas que j'en aie eu besoin.

Soudain, une pensée moins drôle me traverse l'esprit.

Je n'ai toujours aucune nouvelle de Jamie. Il ne répond ni à mes appels ni à mes SMS. Pourquoi n'ai-je pas eu une petite sœur à la place ? Je suis persuadée que ça aurait…

Mon attention est alors attirée par ma robe, parfaitement pliée, sur la commode en face du lit. Je m'avance vers le meuble et remarque qu'il y a quelque chose, un bout de papier, sur le vêtement. Je vois également mes escarpins, posés au pied de la commode.

Waouh, Ryder a soit des TOC soit un sens du rangement que je ne désapprouve pas du tout !

Je prends la feuille et la déplie.

Je m'entraîne à la salle de sport, en bas, bouton B de l'ascenseur. Viens jouir du spectacle et/ou jouir tout court, tigresse.

R.

Un soulagement immense s'empare de moi. En plus, il y a quelque chose de très intime dans son mot, une légèreté et une confiance surprenantes. C'est comme si notre relation, ou ce qu'il y a entre nous, avait passé un cap et qu'elle allait en passer encore plein d'autres. J'ai hâte de le retrouver, de le voir, mais j'appréhende également, maintenant que les choses sont… ce qu'elles sont.

Qu'est-ce qu'elles sont, d'ailleurs ?

Il n'y a qu'une manière de le savoir.

On peut dire que Ryder Cole sait se défendre sur un ring, et il le fait avec une telle élégance et virilité que je le considère un long moment, les yeux écarquillés.

Il esquive habilement les coups de son entraîneur, et, chaque fois qu'il se baisse ou qu'il décoche une droite à l'autre homme, ses muscles jouent sous sa peau humide de sueur. Il est tout simplement splendide.

Au bout de quelques minutes, je me rends compte que je me tiens toujours sur le seuil de l'entrée de la salle de sport. Je referme lentement la porte derrière moi, ne voulant pas faire de bruit et interrompre ou perturber l'entraînement de Ryder.

La salle de sport est assez grande et bien équipée : des machines, un sac de frappe et un ring au milieu, bien sûr. Je remarque aussi qu'il n'y a personne d'autre hormis nous trois.

Le regard rivé sur Ryder, je m'adosse contre le mur. Je me demande s'il sait que je suis là. Son entraîneur et lui portent des gants. L'homme fait un pas en arrière, et Ryder l'imite, les poings levés devant le visage. Ils se tournent autour en sautillant, puis l'entraîneur place une nouvelle droite. Ryder pare agilement le coup avant de lui administrer un coup dans les côtes puis la tête.

—Putain, Ryder ! s'exclame l'homme en souriant et en se frottant la cage thoracique. Tu cherches à impressionner quelqu'un ou quoi ?

Oui, il sait que je suis là.

Ils échangent encore quelques coups, et l'entraîneur se retire en saluant Ryder. J'attends que l'homme quitte la salle pour m'avancer vers le ring et monter dessus, pieds nus. Il enlève ses gants, et je remarque qu'il s'est protégé les poings en enroulant une sorte de bande élastique blanche autour.

—C'est mon tee-shirt, ça, non ? s'enquit-il en me reluquant.

Forcément, je ne pouvais pas venir ici vêtue de ma robe. Aux grands maux les grands remèdes. J'ai donc piqué un de ses tee-shirts et un bas de survêtement qui est encore trop grand, malgré les ourlets que j'ai faits.

—Ne t'en fais pas, dis-je, j'en prendrai le plus grand soin.

Il s'approche de moi et passe un bras autour de ma taille pour m'attirer vers lui. Machinalement, j'inspire son odeur, un mélange enivrant de sueur et de déodorant.

— Peut-être qu'il serait mieux que tu l'enlèves, propose-t-il.

— Quelqu'un est d'humeur exhibitionniste aujourd'hui, on dirait, fais-je remarquer.

— Non. J'ai réservé la salle pendant encore une heure.

Voilà qui change tout.

Je presse les mains contre son torse musclé et humide, et lève les yeux pour croiser son regard.

— Dans ce cas, murmuré-je, j'enlèverai le tee-shirt à condition que tu m'apprennes quelques rudiments de la boxe.

— Tu envisages un changement de carrière? me taquine-t-il.

— On ne sait jamais ce qui peut arriver. Le secteur de la comptabilité est assez précaire ces derniers temps.

— OK.

Il fait quelques pas en arrière et dit :

— Essaie de me mettre un coup.

— Un « coup » ? Un coup comment ?

— Comme ça.

Il accompagne sa réponse d'un mouvement de bras vers moi, le poing serré. Je l'imite, mais il secoue la tête et saisit mon poignet. Il le secoue et je desserre le poing.

— Sinon, tu risques de te casser le pouce, tigresse, explique-t-il en me repliant les doigts avec le pouce à l'extérieur. Voilà. Maintenant, écarte les jambes.

— Mmh mmh, ça, c'est après la leçon de boxe.

Il part d'un petit rire et s'agenouille devant moi.

— Oui, aussi, mais si tu veux que je t'apprenne à frapper correctement tu as intérêt à m'écouter.

En parlant, il plaque les mains sur l'intérieur de mes cuisses, me forçant à écarter les jambes. Puis il me saisit une cheville et pousse mon pied légèrement vers l'arrière.

— C'est mieux, commente-t-il en se redressant. Maintenant que tu as la bonne position, avant de porter le coup dis-toi que ton énergie vient de tes jambes, pas de tes bras.

Il se place derrière moi et m'attrape par les hanches.

— Sur le côté…, marmonne-t-il en me tournant. Et tu frappes avec tout le haut du corps. Allez.

J'envoie un coup de poing dans l'air.

Ryder vient se replacer devant moi.

— Tu cognes avec tes jointures, pas avec tes doigts, commente-t-il en couvrant mon poing de sa paume. Sinon, c'est pas le nez du mec que tu vas péter mais ta main.

Je hoche la tête et me remets en position pendant que Ryder lève une main devant son visage. Je décoche un coup de poing dans sa paume, puis un autre et un autre encore.

— Pas mal, tigresse. Ça y est, tu sais te défendre même si je ne sais pas comment tu t'y prendrais si quelqu'un faisait ça…

Avant que j'aie le temps de comprendre ce qui se passe, il m'empoigne par le bras tout en bloquant mon mollet droit pour me faire perdre l'équilibre. Je tombe à la renverse, et il me rattrape, amortissant ma chute.

Waouh!

Il s'installe à califourchon sur moi, un genou de chaque côté de mes hanches.

— J'ai gagné, annonce-t-il fièrement.
— Tu réserves le même traitement à tous tes invités ?
— Non, juste à ceux… ou plutôt à celles que j'aime bien voir nues.
— Intéressant… Et combien d'invitées as-tu eues au cours de ces douze derniers mois ?

Il me gratifie d'un sourire qui me fait fondre comme neige au soleil avant de répondre :

— J'ai arrêté de compter parce que je n'ai plus de place sur mon tableau de chasse.
— Ah ouais ? lancé-je en feignant l'indignation et en lui assenant un coup de poing dans l'épaule.

Au moins il a la décence de faire semblant d'avoir mal.

— Bon, OK, j'exagère un peu. En tout cas, je me fais régulièrement tester et je suis en parfaite santé. Tu n'as donc pas de souci à te faire.
— Qu'est-ce que tu attends alors ? Je pensais que tu voulais que j'enlève mon tee-shirt.

Il lève mes deux mains au-dessus de ma tête puis fait glisser les siennes le long de mes bras, de mes épaules, jusqu'à mon visage. Il me caresse les joues du bout des pouces avant de recouvrir mon corps du sien. Quand ses lèvres s'égarent sur ma gorge, je pousse les hanches vers lui et presse mon pelvis contre son érection, qui semble ne réclamer qu'une chose : qu'on s'occupe d'elle.

Ryder se redresse sur un coude, et j'en profite pour explorer son torse avec mes lèvres, savourant le goût de sa sueur. Il glisse une main sous le tee-shirt et titille la pointe d'un sein entre ses doigts avant de faire pareil avec l'autre. Un frisson de plaisir me parcourt tout entière. Néanmoins, je décide de prendre les choses en main. Enfin, en bouche surtout.

Je le repousse sur le côté et m'assieds à califourchon sur lui. Heureusement, il ne fait rien pour m'en empêcher. Je l'embrasse dans le cou et fais glisser les lèvres sur son torse, le long de son ventre, jusqu'à sa ceinture de survêtement. J'insinue les doigts sous l'élastique du vêtement et le fais descendre sur ses cuisses. Je prends ensuite son sexe dans la main et le caresse doucement.

— Oh, putain! souffle-t-il.

Il saisit le tee-shirt et fait passer le vêtement au-dessus de ma tête d'un geste impatient avant de parcourir mon dos de haut en bas avec ses mains. Je recule un peu plus sur lui et me penche avant de lécher toute la longueur de son sexe du bout de la langue.

Ryder gémit et plonge une main dans mes cheveux. Lorsque je le prends entièrement dans ma bouche, il se cambre vers moi.

— Ah oui!

J'entame un mouvement de va-et-vient avec ma tête en enroulant la langue autour de son gland. Je sens une deuxième main dans mes cheveux et j'entends la voix rauque de Ryder.

— Moi aussi, je veux te goûter.

Je me redresse, et il me saisit par la taille, me forçant à me retourner sur lui. Il tire sur mon bas de survêtement, et je lève une jambe, puis l'autre, afin qu'il me le retire. Puis il rapproche son visage de mon sexe pendant que j'attrape le sien pour en prendre l'extrémité dans ma bouche.

Sa langue s'acharne immédiatement sur mon clitoris, et je commence à onduler des hanches en poussant de petits gémissements. Sentant déjà les prémices de mon orgasme, j'accélère le mouvement de ma tête. Une chaleur intense inonde le creux de mes cuisses, et je ferme les yeux, suçant Ryder sans relâche.

Soudain, il insinue sa langue en moi, m'explorant, et presse, en même temps, son pubis contre mon visage. Son mouvement me déconcentre, et je sens que je suis en train de perdre tous mes moyens au profit d'un orgasme aussi intense que foudroyant. Cela dit, je n'arrête pas de le sucer jusqu'à ce qu'il éjacule au fond de ma gorge.

Pendant que Ryder se remet de ses émotions, je me tourne de nouveau et m'allonge contre lui en posant la tête sur son épaule. Je caresse ses lèvres du bout des doigts, et il dépose un léger baiser sur chacun d'entre eux.

— Putain, j'adore le goût de ta chatte! marmonne-t-il, rompant le silence qui s'est installé dans la salle.

— C'est comme ça que tu finis tes entraînements d'habitude? susurré-je contre sa peau lisse et chaude.

— Non, s'esclaffe-t-il, mais je n'aurais rien contre.

Un peu plus tard dans la matinée, je cours dans tous les sens dans ma maison, un gros sac accroché à mon épaule, en dressant une liste mentale de toutes les affaires que je dois emporter.

Avant que je parte de chez lui, Ryder m'a proposé de venir faire du camping au lac Lanier avec lui, Cash et Jackson. Comme il voyait que j'hésitais, il a rapidement précisé que Shelby, Avery et Ruby seraient également de la partie, et cette affirmation a suffi à me convaincre.

—Ça va être marrant, a-t-il dit en surgissant de la salle de bains, une serviette nouée autour de ses hanches étroites et entièrement enveloppé dans un nuage de vapeur. On va y passer la nuit et sécher le boulot demain matin. Katie s'occupera du bar en notre absence.

Je savais qu'il était en train de me parler, mais j'étais surtout concentrée sur ses pectoraux d'acier, ses abdos en tablette de chocolat et la bosse impressionnante que formait son érection sous la serviette.

Il s'est avancé vers le lit, où je m'étais allongée en l'attendant, et s'est installé à côté de moi, soutenant sa tête de la main.

—J'espère que tu n'as rien de prévu parce que je voudrais vraiment que tu viennes avec nous, a-t-il répété comme je ne lui donnais toujours pas ma réponse.

—Non, c'est bon, j'ai rien de prévu. Je suis entièrement libre et disponible.

—Mmmh, les deux qualités les plus importantes chez une femme, a-t-il déclaré.

—T'es vraiment un connard des fois, tu le sais ? ai-je rétorqué en grimpant sur lui.

—Oui, mais tu m'apprécies quand même.

Je soupire, repoussant le souvenir de notre énième partie de jambes en l'air dans un coin de ma tête afin de finir de me préparer.

Je n'ai pas beaucoup de temps. Ryder m'a déposée il y a une demi-heure, avant de retourner en ville pour faire quelques courses puis passer me récupérer. Le lac est à environ une heure de chez moi, et je ne veux pas perdre de temps inutilement. J'ai pratiquement tout, sauf le plus important : un sac de couchage et un maillot de bain. Eh oui, pas facile de retrouver ses marques, et ses affaires, dans un endroit qu'on a quitté il y a deux ans.

J'ouvre tous les tiroirs de la cuisine, à la recherche de je ne sais quoi, et je tombe sur un tube de crème solaire. Je préfère ne pas savoir pourquoi Jamie l'a rangé là, avec les piles et les lampes torches. Je hausse les épaules en prenant le tube et une lampe torche, puis les jette dans mon sac en traversant la cuisine, quand j'aperçois du coin de l'œil, à travers la fenêtre, quelque chose sur le perron de la maison.

Un bouquet de fleurs dans un vase.

Waouh, je ne m'attendais pas du tout à ça ! Sous ses airs de bad boy, Ryder est un véritable gentleman. Le bouquet est ravissant : un mélange de roses et de pivoines aux couleurs flamboyantes – du rouge vif pour les roses, du orange et du rose éclatants pour les pivoines.

C'est adorable. Ça me fait plaisir de savoir que Ryder a pensé à moi en achetant les provisions pour le camping.

Je sors sous le porche et ramasse le bouquet en cherchant Ryder du regard. C'est étrange, il n'est pas là. Il est peut-être retourné à la voiture. En tout cas, je dois vraiment me dépêcher. Je veux profiter à fond de cette journée et de mes nouveaux amis. Et de Ryder. Surtout de Ryder.

Tout comme le bouquet, le vase est magnifique aussi. En verre, il est orné d'un relief crénelé. Je doute qu'il ait acheté le bouquet dans le supermarché. Il a dû s'arrêter chez un fleuriste. Qui a dit que la galanterie était passée de mode ?

Je remarque une enveloppe accrochée à l'une des tiges. Je la prends et me dirige vers l'escalier pour finir de me préparer. Je manque une marche de justesse quand je vois le nom inscrit sur la carte.

Cassandra

Il n'y a qu'une personne qui m'appelle comme ça, et ce n'est pas Ryder.
Je ravale péniblement ma salive en ouvrant l'enveloppe et lis le message à l'intérieur.

Mon amour,

Puisque la montagne ne veut pas venir à Mahomet, il faut donc que Mahomet aille trouver la montagne. Tu es cette montagne, Cassandra, et moi, Mahomet. Comme lui, je ne reculerai devant rien pour te reconquérir. Tu ne m'en crois peut-être pas capable, mais tu sais que je ne renonce jamais. Jamais.
À toi pour toujours,

S.

Des larmes de frustration me piquent les yeux, et je pousse un cri de désespoir en déchirant le message en mille morceaux, mais ça ne m'apaise pas pour autant. Les mots de Sébastian sont gravés dans mon esprit.

« Je ne reculerai devant rien… »

Le fait qu'il pense que son bouquet me fera changer d'avis, que je vais retourner auprès de lui et reprendre notre vie misérable ne fait que renforcer ma colère et ma détermination à ne plus céder à la peur qu'il m'inspire.

Je secoue la tête et j'essuie mes larmes. J'imagine l'expression du fleuriste qui a rédigé le message. Il a dû croire que Sebastian n'était pas tout seul dans sa tête. En tout cas, moi, j'en suis persuadée.

En revanche, il sait aussi où je suis. Ça ne devrait pas me surprendre. Quand il a vu que j'avais quitté notre appartement, il a dû rapidement comprendre ce que cela signifiait. Il connaît mon adresse ici, il est même venu à la maison une fois, il y a deux ans et demi, pour faire un barbecue avec mon frère et moi.

Quelle horreur!

J'ai mis de la distance entre nous – un océan entier, qui plus est –, mais apparemment ça ne suffit pas. Je pensais, à tort, être en sécurité chez moi, dans ma propre maison. Sebastian n'est peut-être pas là, mais il a contaminé, violé mon intimité avec son cadeau empoisonné.

Pleine de dégoût, je retourne dans la cuisine et m'arrête sur le pas de la porte pour étudier le bouquet posé sur le plan de travail. Je le vois sous un autre jour désormais. Les fleurs sont serrées l'une contre l'autre, et le vase semble bien trop petit pour elles. Le bouquet est comme notre relation : épineux et sans intérêt.

Je prends le vase pour aller le jeter dans la benne à ordures qui se situe dans le jardin. Les fleurs s'éparpillent dans la poubelle tandis que le vase atterrit au fond avec un bruit sourd. J'aurais préféré qu'il se brise en mille éclats, mais tant pis! On ne peut pas tout avoir dans la vie, et Sebastian devrait se faire à cette idée.

19

Cassie

Ryder conduit sa voiture comme il fait l'amour : avec passion, détermination, sachant exactement quoi faire au bon moment. Il passe une vitesse et appuie sur l'accélérateur en s'engageant sur l'autoroute.

J'essaie de ne pas penser à Sebastian en me concentrant sur le bel homme viril à côté de moi. Aujourd'hui, il porte un jean et un tee-shirt, et – roulement de tambour – des claquettes ! C'est la première fois que je le vois en tenue décontractée. Sauf quand il est en tenue d'Adam, qui reste de loin ma préférée, bien sûr.

J'admire le paysage qui défile à vive allure sous mes yeux, mon esprit semblant malgré tout vouloir retourner vers Sebastian et le bouquet de fleurs. Je décide alors d'inventer un petit jeu. Chaque fois qu'une image de Sebastian s'impose à moi, je la remplace aussitôt par une image de Ryder avec une serviette de bain nouée autour des hanches ou de Ryder torse nu, en bas de survêtement, ou encore de Ryder avec son jean baissé et moi entre ses jambes, ou dans ses bras. J'adore ce jeu et je constate rapidement que j'y suis plutôt douée.

Tout le monde est déjà là quand nous arrivons à destination.

— Je suis trop contente que tu sois venue, me dit Shelby en m'attirant dans ses bras lorsque je descends de la voiture.

Elle me présente Parker, le quatrième associé d'*Altitude*. Grand, baraqué, le crâne rasé, je me demande s'il fait partie des marines, mais ma supposition se révèle totalement erronée. Il m'explique qu'il vient de rentrer à Atlanta, après avoir passé six mois à New York pour le boulot. Il bosse dans la finance, dans la même banque que Sebastian mais dans un service différent. Une autre image de ce dernier apparaît devant mes yeux, et je la déloge de mon esprit en me repassant le film de mes ébats avec Ryder, dans sa salle de sport. Voilà qui est mieux.

La journée se déroule comme dans un rêve. On mange, on boit, on discute et on chahute, puis Jackson sort un ballon de football de son sac et propose de faire une partie filles contre garçons.

Je pense que je n'ai jamais autant ri de ma vie.

Le match touche à sa fin. Les garçons mènent au score, et c'est nous qui avons la balle en notre possession.

— Je vais faire une passe à Cassie pour qu'elle sorte la balle en touche, murmure Shelby alors que nous sommes toutes regroupées dans un coin du terrain improvisé. Elle est rapide, mais Parker l'est aussi, ça va être difficile de le semer.

— J'ai une idée, souffle Ruby. On fait comme t'as dit, et tu me laisses gérer le reste.

On se met en position, Shelby me fait une passe, et je commence à courir vers la zone de touche. Parker m'a pratiquement rattrapée lorsque Ruby surgit à ma droite.

— Hé, Park! hurle-t-elle en levant son tee-shirt, dévoilant ainsi son soutien-gorge push-up en dentelle.

Son idée fait mouche : Parker s'arrête net en tournant la tête vers elle, et j'arrive à inscrire le touchdown en franchissant la ligne imaginaire d'en-but adverse avec le ballon dans les mains. Je le jette au sol et tombe à genoux dans l'herbe en levant les bras en signe de victoire. Les filles accourent vers moi et se jettent sur moi en criant à tue-tête.

Quand on se relève enfin, on continue de crier en sautillant dans tous les sens.

— Bon, ça va, on a compris, marmonne Jackson, visiblement très déçu de s'être fait battre par des nanas. Vous avez gagné. Pas la peine d'en faire tout un plat.

— En fait, si, lui lance Shelby. Parce que… « ON EST LES CHAMPIONNES, ON EST LES CHAMPIONNES, ON EST, ON EST, ON EST LES CHAMPIONNES » !

On se joint à elle en tapant dans les mains avant de prendre la glacière d'assaut pour savourer une bière fraîche bien méritée.

Plus tard, dans l'après-midi, les garçons préparent des hamburgers au barbecue, et on s'installe tous en cercle pour manger. Rapidement, la conversation tourne autour de la dernière conquête de Cash, une choriste qu'il a rencontrée à *Altitude*, vendredi soir.

— Elle a vraiment une voix incroyable, déclare-t-il.

— Tu lui as donné le *la* ? s'enquiert Avery.

— Non, je lui ai donné quelque chose de bien plus intéressant, répond-il, un sourire badin aux lèvres.

Les filles roulent des yeux pendant que les garçons se tapent dans la main en rigolant ; après quoi on change de sujet. Comme toute cette journée, le reste du repas se passe dans la joie et la bonne humeur.

Le soleil brille haut dans le ciel d'un bleu sans nuages, il fait une chaleur épouvantable, et quand Ryder me propose d'aller se baigner en tête à tête j'accepte sans me faire prier. J'enfile mon maillot de bain, et il m'amène jusqu'à un grand rocher au bord du lac, assez loin du campement, à l'abri des regards indiscrets.

Je pousse un soupir d'aise en m'immergeant dans l'eau fraîche du bassin, avant de grimper sur le rocher et de m'asseoir à côté de Ryder, la chaleur du soleil réchauffant rapidement ma peau humide.

Très vite, je me livre à quelques confidences à propos de mes parents : le décès de mon père et le déménagement de ma mère en Floride, et lui me parle de sa toute première bagarre, au lycée, quand il a pris la défense de Marvin Lutwak, un « gros bébé à sa môman ».

— Je n'exagère pas, explique-t-il tandis que je rigole. En plus, il était gros, petit et hyperchiant. Et il pleurait tout le temps, pour tout et n'importe quoi. Un jour, il s'est mis à chialer pendant le cours d'éducation physique parce qu'il a été choisi en dernier quand il a fallu faire deux équipes. Et, la fois d'après, au cours suivant, il a pleuré parce qu'il n'a pas aimé que le prof demande à l'une des équipes de le choisir en premier pour désamorcer un peu son traumatisme.

Je ris de plus belle.

— OK, je comprends mieux pourquoi personne ne pouvait le blairer, le pauvre.

— Ah, tu vois ! Moi non plus, je ne l'aimais pas, mais je trouve que ce n'était pas non plus une raison valable de s'en prendre constamment à lui. Il était le souffre-douleur de plusieurs gamins à l'école juste parce qu'il était con. (Il marque un temps d'arrêt.) Je le croisais souvent dans le quartier en train de pousser sa grand-mère en fauteuil roulant, reprend-il. Il avait aussi une petite sœur, de deux ans sa cadette, qui allait dans le même lycée que nous. Elle et ses copines vénéraient Marvin, elles le suivaient partout.

— Oui, il avait des personnes qui l'aimaient et pour qui il était important, murmuré-je.

— Exactement. Un jour, après les cours, Patrick Mason, le gars le plus populaire du bahut, a coincé Marvin dans une cour derrière le lycée. Mes potes, qui étaient aussi les potes de Mason, ont remarqué qu'il se passait quelque chose et se sont précipités vers la cour pour assister à la bagarre, et je les ai suivis. Mason exigeait que Marvin lui donne 5 dollars, sinon, il allait lui refaire la tête au carré. (Ryder lève les yeux au ciel en inspirant.) Jamais je n'oublierai la peur que j'ai lue sur son visage. Il était terrifié. Et c'est là où j'ai compris que, tous les matins, il se rendait au lycée avec une énorme boule au ventre, sans jamais savoir ce que la journée lui réservait. Tout ça parce qu'il n'était pas dans le coup.

Je ramène les genoux sous mon menton.

— Que s'est-il passé ensuite ? demandé-je d'une petite voix.

— Marvin a commencé à pleurer en disant à Patrick qu'il n'avait pas d'argent sur lui, il a même retourné ses poches pour lui montrer qu'il ne mentait pas.

Patrick lui a alors donné plusieurs gifles en disant qu'il n'était qu'une mauviette, qu'il ne servait à rien et qu'il finirait par se taper sa propre sœur et éventuellement ses copines, parce qu'il répugnait les autres filles du bahut et que jamais personne ne voudrait de lui.

La voix de Ryder vibre d'émotion, le souvenir qu'il évoque est encore vif.

— Il y avait pas mal de monde qui s'était rassemblé autour d'eux, et personne ne faisait rien, poursuit-il. À un moment, j'ai dit à Patrick de lâcher Marvin étant donné que, de toute façon, il n'avait pas d'argent à lui filer. Patrick s'est retourné vers moi et m'a dit de me mêler de mes affaires et de fermer ma gueule parce qu'il ne m'avait pas demandé mon avis. Je lui ai répondu que c'était tant mieux pour lui parce que, s'il me l'avait demandé, je lui aurais dit que ce n'était qu'un lâche qui ne s'en prenait qu'aux plus faibles pour exister. Ça ne lui a pas plu parce qu'il s'est jeté sur moi, le poing en l'air. Mais j'ai été plus rapide que lui et, avant qu'il ait eu le temps de me cogner, je lui ai foutu mon poing dans la figure. Il est tombé par terre comme une merde.

Je couvre la bouche de ma main.

— Mon Dieu ! En gros, ton tout premier combat s'est soldé par un KO.

Il hoche la tête.

— Après ça, Patrick Mason ne s'en est plus jamais pris à Marvin. Plus personne ne l'a embêté depuis, en fait. Et moi, j'ai commencé à prendre des cours de boxe.

Il s'allonge sur le rocher, ses muscles s'étirant sous sa peau ferme, et je regarde les dernières gouttes d'eau couler sur son torse et son ventre musclé.

— Je me suis battu encore plusieurs fois après ça au collège, continue-t-il. Mais je n'ai jamais pensé en faire mon métier. Et puis j'ai compris que je pouvais vraiment bien gagner ma vie.

— À condition que tu sois très bon.

— Oui, et justement je le suis. Enfin, je l'étais.

— Ça te manque, les combats ? demandé-je en m'allongeant à côté de lui et en caressant avec langueur son torse de haut en bas.

— Non, plus maintenant. L'argent que je me suis fait et la réputation que j'ai acquise m'ont apporté bien plus que le sentiment de quiétude qui me saisissait chaque fois que j'envoyais un mec au tapis. J'ai ouvert mon premier bar pendant que je combattais encore et je croyais qu'il était devenu populaire et branché à cause de qui j'étais et de ce que je faisais.

— Que les gens venaient parce qu'ils étaient animés par une curiosité morbide en quelque sorte ?

— Ouais. Cela dit, après j'ai ouvert deux autres bars, puis *Altitude*, et là on va en ouvrir un autre encore. J'ai raccroché les gants entre-temps, mais tous ces endroits ne désemplissent pas pour autant, au contraire. Je me dis que j'ai quand même réussi à faire un truc bien dans ma vie, monter plusieurs affaires qui roulent, que je ne suis pas qu'un simple abruti sans cervelle qui aime la bagarre.

— Tu pensais vraiment ça de toi ?

Il enroule une mèche de mes cheveux autour de son doigt.

— C'est ce qu'on disait souvent de moi. Et, oui, ça m'arrivait de le penser aussi. (Il tourne la tête et ferme les yeux.) Parfois, j'ai l'impression que c'était dans une autre vie, tout ça, marmonne-t-il. Je m'entraînais tous les jours comme un dingue. Je refusais d'admettre les limites de mon corps. J'étais tellement crevé par le programme que je m'infligeais que je n'ai même pas remarqué ce qui se jouait chez moi pendant ce temps. Je pouvais anticiper et parer chaque coup de mon adversaire sur le ring, mais je n'ai pas été foutu de voir la réalité, la trahison, qui était sous mon nez depuis le début pratiquement.

Après tout ce que les filles m'ont raconté pendant notre virée shopping, je sais qu'il fait référence à son ex-copine.

— Mais, depuis que j'ai ouvert les yeux, j'aime bien ce que je vois devant moi, plaisante-t-il en croisant mon regard.

Je lui réponds par un sourire avant de me lover contre lui, et il passe un bras autour de ma taille. Un silence agréable et reposant nous enveloppe. Je ferme les yeux et m'imprègne du parfum de la nature qui flotte autour de moi en savourant la chaleur du soleil sur ma peau.

J'ai dû m'endormir parce que, lorsque j'ouvre les yeux, j'ai tellement chaud que je transpire dans mon maillot de bain.

En douceur, je me dégage de l'étreinte de Ryder et glisse sur le rocher avant de m'installer dans la partie peu profonde du lac, à l'ombre de la roche. Je me passe de l'eau sur la nuque et le visage, puis m'adosse contre le rocher et commence à jouer avec le sable dans le fond en repensant à tout ce que Ryder m'a dit.

S'il n'avait pas pris la défense de Marvin, ce jour-là, il ne se serait probablement jamais lancé dans les combats clandestins, ce qui signifie qu'il n'aurait jamais racheté l'affaire et que Jamie n'aurait donc jamais croisé son chemin. Et que lui et moi, on ne se serait jamais rencontrés.

Mon cœur se serre immédiatement à cette pensée.

— Merci, Marvin Lutwak, où que tu sois, chuchoté-je en regardant le ciel bleu. Si je suis là aujourd'hui, c'est un peu grâce à toi.

D'un autre côté, si j'envisage les choses sous cet angle, je devrais également remercier Sebastian de m'avoir forcée à quitter Londres pour revenir à Atlanta. Certes, sans ça non plus, je n'aurais jamais rencontré Ryder. J'éprouve un tas de sentiments qui sont inévitables pour Sebastian, mais la gratitude n'en fait sûrement pas partie.

Va te faire foutre, Sebastian, c'est tout ce que j'ai à te dire.

Ryder s'est confié à moi, et je voudrais tant faire de même, lui dire pourquoi je suis revenue, lui parler de Sebastian, mais quelque chose m'en empêche. J'ai surtout envie d'oublier tout ça, de tirer un trait dessus et de passer à autre chose. Et puis je ne veux pas accabler mon entourage avec mes problèmes. J'ai peur qu'ils ne me regardent plus de la même façon s'ils apprenaient la vérité. Ils risqueraient de ne pas comprendre certains choix que j'ai faits, d'autant plus que ces derniers se sont révélés catastrophiques.

Réprimant un soupir, je pose la tête contre la roche et ferme les yeux, bercée par le doux clapotis des vaguelettes. J'ai dû m'assoupir une nouvelle fois parce que je sursaute légèrement lorsque je sens quelque chose de chaud tourner autour de mon mamelon.

La langue experte de Ryder.

Je souris et j'enfouis une main dans ses cheveux avant d'ouvrir les yeux et de croiser son regard. Ses yeux sont d'un bleu doux et intense à la fois.

Il repousse le triangle de mon Bikini, et ses lèvres se mettent à explorer chaque parcelle de mon sein dénudée. Je me cambre contre lui tout en moulant son sexe dans ma paume quand, brusquement, il m'attrape par la taille et me porte hors de l'eau avant de me poser sur le drap de bain qu'il a dû étendre sur le rocher avant de me rejoindre.

Chacun déshabille l'autre en toute hâte, et mes mains tremblent très fort, tellement j'ai envie de lui, besoin de le sentir en moi.

— Ryder...

Il émet un grognement et se retourne d'un geste maîtrisé de sorte que je me retrouve sur lui. Sans perdre de temps, je me redresse sur les genoux et saisis la base de sa verge avant de le guider en moi. L'intensité des sensations qui déferlent en moi quand il m'emplit entièrement est indescriptible.

Je me penche vers lui en ondulant des hanches, sentant mon clitoris frôler sa peau chaude. Nos lèvres se touchent avant de s'unir dans un baiser fougueux qui pourrait déclencher un incendie. On s'embrasse sans discontinuer, puis Ryder pose les mains sur mes épaules et me force à me redresser.

— Je veux te regarder pendant que tu me chevauches, dit-il d'une voix enrouée.

Je commence à aller et venir sur lui, le dos droit, la poitrine en avant, consciente du pouvoir qu'il vient de me donner sur lui.

—Comme ça? chuchoté-je.

—Oui, putain, c'est parfait… Tu es parfaite.

Il se redresse, et je passe les jambes autour de sa taille. Il niche la tête entre mes seins, et je le sens s'enfouir plus profondément en moi. Nos corps s'accordent en rythme, et, dans cette position, la friction de nos sexes est tout simplement délicieusement dévorante.

—Oh oui!… Oui! soufflé-je.

Il m'attrape par la taille, m'immobilise sur lui et accélère ses assauts. J'arrive quand même à arquer les hanches contre lui, et une vague brûlante monte en moi avant de s'amplifier pour, finalement, me submerger entièrement.

—Cassie…

J'appuie le front contre le sien, et nos regards se croisent. Il s'empare alors de ma bouche en un baiser vorace, et je jouis avec force, un plaisir intense se répercutant dans toutes les extrémités de mon corps. Mon orgasme provoque celui de Ryder, et il se laisse tomber en arrière en m'entraînant avec lui. Après avoir repris nos esprits, on reste longuement allongés et enlacés.

Le soleil est presque couché, teintant le ciel de différentes nuances de rose et d'orange, quand on retourne au campement.

On installe les tentes avant que les gars préparent un feu de bois. Puis avec les filles on s'occupe des bières et on embroche les marshmallows sur des baguettes.

— Je t'aurais bien proposé de partager ma tente cette nuit, dit Shelby à un moment, mais je pense que Ryder a dû me devancer.

Son visage s'éclaire d'un large sourire, et elle ajoute :

— Et quelque chose me dit que tu ne vas pas fermer l'œil de la nuit.

Je regarde par-dessus mon épaule en direction de Ryder qui est en train de déplier une couverture à côté du feu avant de s'installer dessus, les bras en arrière. Il est encore plus beau à la lueur des flammes qui forment comme un halo autour de lui. Il respire la force et la virilité. J'ai dû observer ses tatouages des centaines de fois déjà, mais jamais je ne pourrai me lasser de les contempler.

— Quelque chose me dit que tu as raison, répliqué-je en reportant mon attention sur Shelby.

— Ça fait un bail que je n'ai pas vu Ryder aussi détendu, révèle-t-elle.

— Tu sais ce qu'on dit : la nature a un effet apaisant sur l'humain.

— Peut-être, mais, là, ça n'a rien à voir avec la nature. C'est grâce à toi, Cassie ; on est tous d'accord là-dessus. Ne change rien parce qu'on aime bien voir Ryder comme ça.

Elle se penche vers moi, et je tends machinalement l'oreille.

— Et lui, il t'aime vraiment bien, me chuchote-t-elle avant de retourner à ses marshmallows.

Rapidement, on se retrouve tous autour du feu. Je suis assise entre les jambes de Ryder, le dos pressé contre son torse, attirée dans la chaleur de son corps robuste. Je sens les battements de son cœur résonner en moi et je pousse un petit soupir de contentement.

Cash qui a apporté sa guitare pousse la chansonnette. Il nous interprète plusieurs chansons de son propre répertoire qui traitent toutes du même sujet : lui, le sexe et l'équipe de baseball d'Atlanta. Ses chansons sont à se tordre de rire, et il est loin d'être nul en chant.

— J'ignorais que tu savais jouer de la guitare, déclaré-je entre deux chansons.

— Ces doigts savent faire plein d'autres choses, se vante-t-il en les agitant vers moi.

— Oui, bah garde tes talents de magicien pour quelqu'un d'autre, rétorque Ryder en m'attirant davantage contre lui.

— L'homme au doigté magique, s'exclame Avery. Un surnom qui te va comme un… gant !

On éclate tous de rire, puis Cash nous chante une autre chanson.

Je passe toute la soirée – et la nuit –, dans les bras de Ryder, serrée contre lui. Jamais je ne me suis sentie autant en sécurité. Tous mes problèmes se sont envolés, et j'ai l'impression qu'il ne peut rien m'arriver sans son étreinte, avec lui. J'ai atteint le nirvana et je souhaiterais qu'il puisse durer éternellement. Si seulement ça pouvait être vrai…

20

Cassie

Même si j'ai passé les derniers jours plus souvent nue qu'habillée, mardi soir, je constate que je ne peux plus repousser la corvée de lessive. Je fourre un tas de vêtements dans le lave-linge avant de retourner dans la cuisine pour m'occuper de la vaisselle. En descendant l'escalier, je me fais la réflexion que la maison commence à ressembler à un dépotoir. Mais ce n'est pas vraiment ma faute.

Hier, quand on est rentrés du camping, Ryder m'a convaincue de rester chez lui pour la nuit. En même temps, il faut dire que son argument n'était pas du tout convaincant, mais son pouvoir de persuasion, lui, l'était en revanche.

— Il est tard, a-t-il marmonné contre la peau de mon ventre après m'avoir fait un cunni qui a failli me faire tourner de l'œil.

Heureusement que j'étais déjà allongée sur l'élégant canapé en cuir dans son salon.

— Tu ne vas pas prendre le volant à cette heure, a-t-il ajouté en se redressant sur moi de sorte à poser sa tête entre mes seins.

J'ai tourné le regard vers sa grande baie vitrée pour contempler les derniers rayons du soleil couchant en passant une main dans sa chevelure.

— Il n'est même pas 18 heures, papy, me suis-je esclaffée. En plus, ma voiture n'est pas là. Dis plutôt que tu ne veux pas me raccompagner pour te retrouver coincé dans les embouteillages.

— Je déteste les embouteillages. Et puis j'aime bien quand tu es là.

Sa révélation m'a coupé le souffle, et j'ai failli lui répondre que moi aussi, j'aimais bien être chez lui, mais je me suis ravisée au dernier moment. Ce qui se passe entre nous est trop beau pour être vrai, et je ne veux pas parler trop vite et tout gâcher.

Une fois dans la cuisine, j'allume la radio et commence à charger le lave-vaisselle. Il n'y a rien de mieux que la musique pour lutter contre la solitude. Avant, quand on vivait encore tous les quatre ici, la cuisine était la pièce principale de la maison : on y faisait à manger, on y recevait, on y vivait pratiquement. Tous les soirs, en rentrant du travail, mon père préparait le dîner pendant que je faisais mes devoirs, installée sur un coin de la table, et que ma mère « veillait au bon déroulement des opérations », comme elle avait l'habitude de le dire. Mes parents profitaient de ces instants pour discuter de sujets qui, à l'époque, me semblaient trop compliqués ou alors pas assez intéressants pour une gamine de mon âge.

Notre maison était toujours animée, et cette exaltation m'a énormément manqué quand j'ai déménagé à Londres. L'appartement dans lequel je vivais avec Sebastian était confortable et lumineux, mais était rapidement devenu un endroit étouffant et sinistre, dans lequel un quelconque avenir me semblait inacceptable.

Je rince la vaisselle devant l'évier ondulant et en mimant un play-back sur les paroles de la chanson *Respect*, d'Aretha Franklin, lorsque j'entends un bruit.

Je m'arrête net et tourne la tête vers la porte : la poignée bouge.

Quelqu'un essaie de pénétrer chez moi.

Je coupe l'eau et baisse le son de la radio. Le sang bat violemment à mes tempes. Si ça se trouve, c'est juste mon imagination qui me joue des tours.

« Clic, clic, clic ».

Non, quelqu'un essaie vraiment de s'introduire chez moi. Il n'y a pas d'autre explication. Une personne normale – un visiteur – aurait sonné ou frappé à la porte. L'intrus doit croire qu'il n'y a personne à la maison.

Ou alors…

Il sait que je suis là et que je refuserai de lui ouvrir la porte.

Une partie de moi me dit que ça ne peut pas être Sebastian tandis que l'autre est persuadée que c'est lui. Enfant, il chassait souvent le faisan avec son père et son oncle dans la campagne. Il a un œil de lynx, des réflexes vifs comme l'éclair et une patience à toute épreuve. Il sait traquer et garder sa proie bien en vue en attendant le moment opportun pour attaquer. Il parvient même à l'inciter à un faux espoir, à lui faire croire, l'espace d'un instant, qu'il lui laissera la vie sauve avant d'appuyer sur la détente pour l'abattre.

Je refuse d'être sa proie. C'est terminé, tout ça. Je me baisse et passe rapidement en revue mes options, qui sont très limitées. Les couteaux sont rangés sur leur support en bois sur le comptoir en face de moi.

Sebastian risquerait de me voir par la fenêtre si je me redressais pour en prendre un.

Je fouille dans le placard sous l'évier. Je me rappelle que ma mère y rangeait les produits répulsifs contre les insectes, mais ils n'y sont plus. Jamie a dû les foutre autre part. Et, bien sûr, j'ai laissé mon portable au premier.

On secoue de nouveau la porte, et j'étouffe un petit cri.

Pas de panique ! La nouvelle porte est robuste, j'ai encore un peu de temps devant moi pour trouver une solution. D'ailleurs, je devrais remercier Ryder et sa visite surprise, le soir où l'on s'est rencontrés. Sans lui je n'aurais jamais eu à changer de porte, ce qui a renforcé d'autant la sécurité de la maison. Bref, j'y reviendrai une autre fois. Pour le moment…

Une terrible pensée me vient alors à l'esprit. Sebastian est-il au courant pour Ryder ? M'a-t-il vue partir avec lui, dimanche après-midi ? Me surveille-t-il déjà depuis plusieurs jours ? Et si c'était lui qui avait déposé, en personne, le bouquet de fleurs sur le perron de ma maison ? Il dit toujours qu'on n'est jamais si bien servi que par soi-même.

Non, il ne m'aura pas, je ne vais pas me laisser faire sans me battre.

Je rampe jusqu'à l'un des placards et l'ouvre lentement pour prendre la plus grosse poêle qui soit. Toutes les autres portes sont verrouillées, et, au pire, je n'aurai qu'à courir jusqu'à ma chambre pour récupérer mon téléphone et appeler à l'aide, mais mieux vaut être paré contre toute éventualité sans pour autant imaginer un scénario catastrophe.

Je n'entends plus aucun bruit derrière la porte et me demande si c'est une bonne chose ou pas. L'intrus va sans doute essayer de forcer une autre porte, celle de la salle à manger probablement, attenante à la cuisine. Je crapahute jusqu'au seuil qui sépare les deux pièces.

Les rideaux sont tirés devant les portes-fenêtres, et je vois une silhouette apparaître derrière.

Un frisson me parcourt l'échine. À la différence de la porte dans la cuisine, celle-ci est en verre, et le verrou est quasi inexistant.

Je n'ai plus trop le choix à présent. D'un geste vif, je me redresse et me positionne sur le côté de la porte en brandissant ma poêle comme une batte de baseball. J'entends le cliquetis du verrou puis la poignée tourner, une fois, deux fois…

J'inspire profondément, tous mes sens en éveil.

La porte s'ouvre et l'intrus pénètre dans la maison. Je n'attends même pas qu'il surgisse de derrière le rideau et porte un coup de poêle en direction de sa tête. Un bruit sourd résonne dans la maison, et je me prépare à assener un autre coup lorsque…

—Putaaain!! crie l'inconnu.

Sauf que ce n'est pas un inconnu. Ce n'est pas Sebastian non plus. C'est mon frère.

—Jamie?!

—Cassie, t'es ouf ou quoi? T'as failli me péter le nez, bordel!

—Je pensais que c'était quelqu'un d'autre, rétorqué-je en allumant la lumière avant de poser la poêle sur la table à manger.

Je détaille mon frère du regard. Il porte un jean délavé, un tee-shirt jaune et un sweat-shirt à capuche noir. Ses cheveux sont longs et décoiffés, et son menton est couvert d'une barbe de plusieurs jours. Étrangement, je suis rassurée de constater qu'il n'a pas changé depuis la dernière fois que je l'ai vu, il y a deux ans.

— Qu'est-ce que tu fais ici ? demandé-je.

— Je vis ici, pardi, répond-il en se frottant le bras. Putain, Cass, heureusement que j'ai de bons réflexes sinon je pense que je t'aurais embrouillée grave !

— Pardon ?! m'exclamé-je, ayant du mal à contenir la rage qui monte en moi. « Tu m'aurais embrouillée grave » ? Tu m'as fait une peur bleue ! Je pensais que quelqu'un voulait entrer dans la maison !

— T'as changé la serrure de la porte de la cuisine ? Ma clé ne marche plus.

— Eh bien, figure-toi que, quand on a défoncé l'ancienne porte, je me suis dit qu'il fallait quand même que je la remplace.

— On a défoncé la porte ? s'étonne-t-il en se dirigeant vers la cuisine avant d'allumer la lumière et d'ouvrir le frigo.

— Oui. On te cherchait, toi et 10 000 balles, soit dit en passant.

Il prend un yaourt et referme la porte du frigo.

— Je te rembourserai pour la porte, déclare-t-il en prenant une petite cuillère dans l'un des tiroirs.

— Et comment ! Et Ryder, tu comptes lui rembourser ta dette aussi ?

— Ouais.

— Quand ça ?

— Écoute Cass, le prends pas mal, mais ça te regarde pas. C'est mon problème, mon pognon, mon…

— C'est ton problème, ça oui, le coupé-je, mais c'est le pognon de Ryder, pas le tien.

— Attends, tu prends son parti, sérieusement ? T'es censée être de mon côté.

— Je ne suis du côté de personne. Et, pour ton information, pendant que tu étais je ne sais où en train de faire je ne sais quoi, j'ai réussi à négocier avec lui pour qu'il ne prenne pas la maison et te laisse une chance de rembourser ce que tu lui dois.

Jamie me regarde avec des yeux de merlan frit, et j'ai envie de lui tordre le cou.

— Je ne t'ai rien demandé. Je peux me démerder tout seul, merci.

— Oui, je vois ça. Tu t'y prends très bien, d'ailleurs. Putain, Jamie, il est temps que tu grandisses un peu ! Tu ne résoudras rien en fuyant tes problèmes, ils seront toujours là à ton retour.

C'est l'hôpital qui se fout un peu de la charité, tu ne trouves pas, Cassie ?

Moi aussi, j'ai fui mes problèmes. Et qu'est-ce que ça m'a apporté ? Des messages vocaux qui font froid dans le dos et un cadeau empoisonné devant ma porte.

Jamie pose son pot de yaourt sur le comptoir en poussant un soupir.

— Si tout va bien, je pourrai rembourser ma dette d'ici à quelques jours, annonce-t-il.

— Tu dois parler à Ryder. Tu sais, il peut se montrer raisonnable, quand il veut.

— Oui, surtout si son interlocuteur a une paire de nichons et des jambes bien galbées, ironise-t-il. Je ne peux pas aller le voir, pas maintenant.

Il secoue la tête et écarquille les yeux avant de les lever sur moi.

J'étouffe un petit rire agacé parce que je connais très bien ce regard, c'est du cent pour cent Jamie. Je sais exactement ce qu'il va me demander.

— Tu ne vas pas lui dire que je suis là, n'est-ce pas ?

Bingo.

— Je ne l'ai pas encore décidé, rétorqué-je en croisant les bras.

Il prend un air de chien battu et pose les mains sur mes avant-bras.

— Cass, je te jure que je vais le rembourser bientôt, et on pourra oublier cette histoire ridicule. Promis.

Je ferme les yeux.

— Bon, OK, je ne lui dirai pas que tu es revenu. Et j'espère vraiment que tu ne me mènes pas en bateau.

— Merci, frangine, marmonne-t-il en me serrant dans ses bras avant de se tourner pour quitter la cuisine.

— Hep, hep, hep ! Tu n'oublies pas quelque chose ?

Il se retourne vers moi, et j'esquisse un signe de tête en direction du pot de yaourt vide avec la cuillère à l'intérieur.

— Ah non, c'est bon, j'ai fini !

— Dans ce cas, jette le pot dans la poubelle et mets la cuillère dans le lave-vaisselle. J'en ai ras le bol de toujours devoir nettoyer après toi, au sens propre comme au figuré.

21

Cassie

Depuis que j'ai revu Jamie, je suis nerveuse chaque fois que je me trouve devant Ryder, ce qui est très souvent le cas vu que je bosse pour lui. J'ai juste omis de lui dire la vérité concernant mon frère et pourtant j'ai l'impression de lui mentir sans cesse.

Je ne lui ai également toujours pas parlé de Sebastian, mais, là, c'est encore une autre histoire. Bien qu'à sa manière Jamie essaie d'arranger les choses, de résoudre son problème. Sebastian, lui, est mon problème, un fardeau que j'ai moi-même accepté. Je devrais mettre Ryder au courant de la situation, cependant j'estime que rien ne m'y oblige. Pas encore. On n'est pas en couple. On ne fait que coucher ensemble. Tout cela est déjà assez compliqué comme ça, inutile d'en rajouter une couche.

Concernant mon frère, j'ai pris la bonne décision, du moins j'essaie de m'en convaincre. La famille, c'est sacré et ça passe avant tout. Ça fait déjà trois jours que Jamie est revenu et ce n'est qu'hier qu'il s'est rendu compte que je partais de la maison le matin et que je rentrais en début de soirée. Jamie dans toute sa splendeur.

—Dis, tu vas où tous les jours, comme ça ? T'as un boulot ou quoi ? m'a-t-il demandé hier soir quand je suis rentrée.

—Je n'appellerais pas ça un boulot étant donné que, normalement, on te rémunère pour ton travail, ai-je répliqué en posant les sacs de courses sur le plan de travail de la cuisine. Je m'occupe gracieusement de la compta d'*Altitude*.

—Attends, ça fait partie du deal que tu as passé avec Ryder ?

—Bravo, Sherlock ! ai-je déclaré en rangeant les produits surgelés dans le congélateur.

L'air pensif – un air qui n'augure rien de bon quand il s'affiche sur son visage –, Jamie a plié les sacs de courses avant de briser le silence.

—Alors ça veut dire que je lui dois moins de 10 000 balles à présent. Tu as remboursé une partie, donc… Non ?

J'étais à deux doigts de l'étrangler, mais j'ai préféré quitter la cuisine avant de commettre l'irréparable.

Jamie est comme il est, mais il reste quand même mon frère. Et c'est mon rôle de grande sœur de le protéger. Il peut sembler égoïste et stupide parfois – OK, souvent –, mais il n'est pas comme ça, il ne ferait pas de mal à une mouche. Il n'a que vingt-deux ans, l'âge ingrat, et ce n'est sûrement pas la dernière fois qu'il se met dans le pétrin. En revanche, c'est la dernière fois que je l'aide à en sortir. J'aime Jamie, mais je commence aussi à apprécier Ryder…

Correction : à bien l'aimer, me murmure une petite voix dans la tête.

Quoi qu'il en soit, je ne veux plus servir de tampon entre mon frère et lui, cependant je dois essayer d'arranger les choses. C'est pourquoi, vendredi après le travail, je décide de parler à Ryder pour essayer de le convaincre d'effacer la dette de mon petit frère.

Je suis assise sur le bord de son bureau, les jambes croisées, et, pour une fois, je regrette de ne pas porter quelque chose de plus sexy qu'un jean et un tee-shirt. Montrer un peu de décolleté n'aurait pas été de trop. Normalement, je suis contre l'idée d'user de mes charmes pour obtenir ce que je veux, mais, dans ce cas précis, l'enjeu est bien trop important.

—Cassie, je ne peux pas faire ça, répond-il.

—Tu ne peux pas ou tu ne veux pas? C'est toi, le patron; tu peux faire ce que tu veux. En plus, j'ai déjà remboursé environ 3 000 dollars. C'est quand même pas mal…

—C'est même pas un tiers de ce qu'il me doit, rétorque-t-il en faisant rouler la chaise vers moi avant de poser les mains sur ma cuisse. Sans parler des intérêts.

—Je sais, je sais, soufflé-je en décroisant les jambes, le forçant ainsi à retirer ses mains.

Ne sachant plus quel argument avancer pour le convaincre, je tourne la tête et croise les bras.

—Cassie, ça n'a rien à voir avec ton frère ni même avec l'argent, mais je ne peux pas annuler une dette juste comme ça, ce n'est pas comme ça qu'on gère un business.

—Un «business», m'esclaffé-je. Un business illégal, oui.

Ryder se redresse sur sa chaise et fronce les sourcils.

— D'où est-ce que ça sort, ça ?

— Ça quoi ?

Il y a une pointe d'agressivité dans ma voix.

Cette conversation prend une tournure inconfortable, et mon agacement se mue en fureur. Le pire, c'est que je ne sais pas à qui en vouloir le plus : à Ryder parce qu'il refuse d'annuler la dette ou à Jamie parce qu'il n'arrive pas à l'honorer.

Non, tout compte fait, c'est à moi que j'en veux le plus. Comment ai-je pu croire que j'arriverais à trouver une solution qui contenterait tout le monde ? Ça m'apprendra à vouloir à tout prix résoudre les problèmes des autres. J'ai essayé de faire pareil avec Sebastian, sauf que, dans son cas, j'étais la source de son problème, et sa solution.

L'histoire entre Ryder et Jamie est différente, certes, mais la fin risque d'être la même : c'est moi qui vais encore trinquer. Je dois me fourrer dans le crâne une bonne fois pour toutes qu'on ne peut pas changer les gens. Je dois arrêter de jouer au Bon Samaritain.

— D'où vient cette soudaine inquiétude concernant la dette de ton frère ? m'interroge Ryder, l'air grave.

— Il n'a toujours pas l'argent, et je commence à croire qu'il ne l'aura jamais.

— Il n'a « toujours » pas l'argent ? répète-t-il en penchant la tête sur le côté. Tu as eu de ses nouvelles ?

Merde. Merde, merde, merde !

— Non. Mais, le connaissant, je ne sais pas comment il compte rassembler autant de fric.

— Tu es sûre de ne pas savoir où il est ?

La voix de Ryder est tellement posée, égale, que ça ne fait qu'ajouter à mon irritation.

— Je n'en ai aucune idée. Tout comme j'ignore pourquoi tu es aussi buté.

— Je ne suis pas buté, Cassie. Je veux juste récupérer ce qui m'appartient.

— OK. Du coup, je suis supposée travailler gracieusement pour toi jusqu'à ce que tu récupères ton fichu pognon ?

Il lève les mains devant lui, comme pour signifier que ce n'est pas son problème.

— Je te signale que c'était ton idée, pas la mienne.

— Oui, bah je commence à croire que c'était une très mauvaise idée.

Je me laisse glisser du bureau avant de le contourner et passe une main dans mes cheveux. Pourquoi est-ce que je les ai coupés, bordel ? J'aurais bien aimé pouvoir passer ma frustration sur ma queue-de-cheval.

— Tu ne veux plus travailler ici ? demande Ryder.

— Ce que je veux, c'est que tu annules la dette de mon frère.

— C'est impossible, Cassie. Je ne peux pas le faire, pas même pour toi.

Je m'appuie des deux mains sur le bureau et le regarde dans les yeux.

— Pourquoi ?

— Parce qu'il n'est pas question de Jamie ou de toi, répond-il en se levant. Il est question de moi.

— Bien sûr, il est toujours question de toi, marmonné-je en levant les yeux au ciel.

— Je vais t'expliquer quelque chose, Cassie, dit-il sur un ton un peu plus froid, mais toujours posé. Dans le monde des combats clandestins, tu ne sais jamais à quoi t'attendre. Tous les combats, sans exception, ont une issue incertaine. Tu peux en sortir vainqueur, mais tu peux également te réveiller dans un lit d'hôpital. La seule chose qui te reste toujours et que tu peux protéger, que tu te dois de protéger, c'est ta réputation. Et je ne compte pas mettre la mienne à mal parce que ton frère n'arrive pas à assumer sa connerie.

— Mais ça restera entre nous.

— Je te crois, je suis même certain que tu es très forte pour garder les secrets.

Il marque un temps d'arrêt, et je suis persuadée que sa déclaration comporte un double sens.

— En revanche, enchaîne-t-il, je n'ai pas du tout confiance en ton frère. Tôt ou tard, il ouvrira sa bouche, et, de fil en aiguille, on finira par croire que j'efface les dettes de tous les mecs qui ont une sœur canon.

— Je vois. En conclusion, tu peux me baiser, mais tu ne peux pas me faire une faveur.

Ryder esquisse un petit sourire contrit et vient se placer devant moi.

— C'était ça, ton plan ? Me séduire, coucher avec moi et faire en sorte que je t'apprécie dans l'espoir que j'oublie la dette ?

Je suis tellement déçue, tellement en colère, que je réponds sans même réfléchir :

— Franchement, je regrette de t'avoir rencontré et tout ce qui s'est passé entre nous depuis.

—Enfin une chose sur laquelle on est d'accord, réplique-t-il.

Aïe! Ça pique.

Il se dirige vers la porte et l'ouvre en me signifiant de quitter le bureau d'un geste de la main.

Je m'avance vers la sortie, et mon regard se pose sur ses tatouages, plus précisément sur une sirène qui a les yeux fermés et les bras levés, et qui semble se noyer même si elle doit savoir nager. Comme elle, moi aussi, j'ai l'impression de me noyer dans l'océan de mes émotions, lentement et irrémédiablement.

Sans même adresser un regard à Ryder, je sors du bureau et décide de rentrer chez moi.

J'ai presque atteint la maison lorsque je reçois un appel de Savannah. Elle a un rencard demain et elle a quitté son bureau plus tôt pour partir en expédition dans son dressing afin de dégotter la tenue parfaite, elle me propose de venir lui prêter main-forte.

Je ne me suis toujours pas remise de ma dispute avec Ryder quand j'arrive devant chez elle. Ce drame, parce que c'en est vraiment un, repasse en boucle dans mon esprit. J'étais persuadée d'avoir dit ce qu'il fallait, mais, avec du recul, je crois surtout que j'ai dit plein de choses que je ne pensais pas.

—Je te préviens, je ne suis pas de très bonne humeur, annoncé-je quand Savannah m'ouvre la porte.

—C'est pas grave, au moins je sais que tu ne me ménageras pas en me disant que tout ce que j'ai choisi me va à ravir.

Elle commande une pizza et ouvre une bouteille de vin, et je lui raconte rapidement ce qui s'est passé.

Quand le livreur arrive, on va dans la chambre à coucher avec notre dîner, et je m'installe par terre, sur le tapis, à côté de la petite table basse, devant la baie vitrée.

J'ai l'impression de faire un saut dans le passé. C'est comme au bon vieux temps, lorsque Savannah rentrait de l'université, pendant les vacances, et qu'on s'enfermait dans sa chambre ou la mienne pour papoter, rire et se raconter nos vies.

Après plusieurs tenues essayées, je pense qu'on tient enfin la bonne : une robe effet bandage couleur corail.

— Celle-là est bien, dis-je, une part de pizza dans la main. La couleur met en valeur tes cheveux blonds.

— Tu crois ? marmonne-t-elle en relevant sa crinière et en se regardant dans la glace. Elle ne fait pas trop robe décontractée, à porter en journée plutôt ?

— On est en été et il fait jour tard, ça passe nickel.

— Pas faux. Quel esprit pragmatique ! Tu ferais une super avocate. Il n'est pas trop tard pour retourner à l'université et reprendre des études de droit.

— Voyons, Savannah, pourquoi ferais-je une chose pareille alors que je peux bosser gratuitement dans un club huppé jusqu'à la fin de mes jours ? m'indigné-je d'un air faussement solennel.

Savannah enlève la robe et la remet sur le cintre, puis enfile un tee-shirt et un short.

— Tu sais, déclare-t-elle en remplissant de nouveau nos verres de vin, ce n'est pas comme si Ryder pouvait te forcer à rester travailler pour lui. Tu n'as pas de contrat, tu peux te barrer à tout moment.

— Et ne plus jamais le revoir ?

À peine ai-je prononcé ces paroles que je me mords la langue. D'un autre côté, cette idée m'est tout simplement insupportable.

—Ça te ferait chier de ne plus jamais le revoir? demande mon amie.

—Oui… Non. Peut-être. Je sais pas.

Arrgh!

Je me laisse tomber sur le tapis et j'inspire profondément avant de poser les deux mains sur mon ventre.

—Avec Ryder…, commencé-je avant de me taire, essayant de trouver les mots justes pour expliquer ce que je ressens. Avec lui, c'était censé être une passade, une simple aventure post-séparation. On s'amuse un peu et hop, on passe à autre chose.

—Mmh mmh!

Je tourne la tête et passe une main dans les poils doux du tapis.

—Mais, murmuré-je, la gorge soudainement serrée, notre petit jeu a pris des proportions démesurées. J'étais tellement fâchée après lui cet après-midi, mais pas qu'à cause de cette fichue dette. Notre discussion s'est rapidement envenimée, et ça m'a agacée. Ça m'a rendue triste aussi.

—Oui, c'est ce qui arrive quand il y a des sentiments en jeu, ce qui est le cas ici… Je me trompe? observe Savannah d'une voix douce.

—Non, murmuré-je très bas, le regard rivé sur le ventilateur qui tourne au plafond.

—Il est au courant pour Sebastian?

—Non. J'aurais dû lui en parler dès le début, mais je n'arrivais pas à m'y résoudre. Quand je pense à lui, à notre mariage, j'ai une nausée qui me soulève l'estomac.

« Notre mariage. »

Tout comme j'ai essayé d'extirper Sebastian de mon esprit, de mon existence, j'ai voulu faire de même avec l'idée qu'on était aussi légalement unis par les liens sacrés du mariage.

J'ai prévu d'entamer une procédure de divorce à la fin de l'été, une fois que j'aurai repris mes marques ici, trouvé un travail et tout le tralala. Je ne veux pas de son argent ni de l'appartement. Je ne veux rien qui me rappelle ma vie avec lui. Je veux juste reprendre la mienne en main et tourner définitivement la page.

J'étais persuadée que ça n'allait pas être si difficile que ça de redémarrer à zéro et de me reconstruire étape par étape, mais c'était avant que j'apprenne que j'ai failli perdre ma maison et que j'offre mon temps et mes talents de comptable au bookmaker de mon frère. Je parie même que les choses auraient été plus simples si Ryder n'avait été que le bookmaker de Jamie.

Mais Ryder Cole est bien plus que ça. Il est l'homme qui a chamboulé mes projets, ma vie. Celui dont je suis promptement tombée… sous le charme. Même plus que sous le charme.

— Cassie, tu n'as rien à te reprocher. Tu as tout à fait le droit de garder des choses pour toi. Tu sais, quand je défends un client, j'ai juste envie de savoir ce que j'ai besoin de savoir, point. Pas moins et définitivement pas plus.

Je ne peux m'empêcher de rire.

—C'est bien, sauf que Ryder n'est pas mon avocat, lui signalé-je.

—Peut-être, mais ce n'est pas non plus ton mec.

—Mais c'est plus qu'un ami, surenchéris-je.

—Ouais… Et plus qu'un simple plan cul.

Je soupire.

—Ce que j'essaie de te faire comprendre, poursuit-elle, c'est que si tu ne sais même pas ce qu'il est pour toi ni quelle est la nature de votre relation, comment savoir ce que tu peux ou ce que tu dois lui confier à propos de ta vie? Il t'a demandé si tu étais mariée?

Je fais «non» de la tête.

—Nous sommes donc devant un cas d'omission de la vérité, ce qui est nettement moins grave que le mensonge en lui-même. Affaire classée, votre honneur, déclare-t-elle en faisant tinter son verre contre le mien.

J'avale pensivement une gorgée de vin. J'apprécie qu'elle veuille me remonter le moral et me déculpabiliser, sauf que ça ne marche pas. Pas du tout.

22

Cassie

Je le remarque de loin, assis sous le porche de ma maison.

La nuit est noire et chaude, mais je distingue sans peine sa stature, la largeur de ses épaules, ses puissantes jambes écartées.

Ryder Cole, le roi de la nuit. Littéralement.

L'espace d'une seconde, j'ai envie de faire semblant de ne pas le voir : de remonter l'allée de ma maison, de monter les marches, d'ouvrir la porte et de la refermer derrière moi sans un regard vers lui. J'ai envie de prétendre qu'il n'existe pas, qu'on ne s'est pas rencontrés et qu'il ne s'est donc jamais rien passé entre nous. Mais, surtout, je sais que j'essaie de me mentir à moi-même.

Tout ce que je veux, c'est savoir s'il pensait vraiment ce qu'il m'a dit avant que je quitte son bureau.

Dès qu'il me voit arriver, Ryder se lève et s'avance vers moi. Par sa chemise entrouverte, j'aperçois son torse ferme. Ses cheveux sont ébouriffés, il a dû se passer la main dedans une centaine de fois au moins. L'attirance que j'éprouve pour lui est tellement magnétique que j'ai envie de lui sauter au cou et de nouer les jambes autour de ses hanches, comme je l'ai fait hier, quand il m'a prise sauvagement contre le mur de son couloir.

Au lieu de ça, je lève les yeux vers lui, et on se contemple quelques instants en silence.

Je lutte de toutes mes forces pour ne pas succomber à son odeur envoûtante et à la chaleur de son corps, qui m'enveloppent, pour ne pas me dresser sur la pointe des pieds et l'embrasser. Je me sens si proche de lui, mais, en même temps, il y a comme un large fossé entre nous.

— Je suis désolé, dit-il en posant les mains sur mes épaules.

Au contact de ses doigts sur ma peau, une onde de chaleur irradie mon corps entier et hop, le fossé entre nous est brusquement comblé. Je meurs d'envie de me jeter sur lui, d'oublier tout, d'effacer la totalité de notre dernière discussion. Je veux l'attirer dans la maison, dans ma chambre, dans mon lit. Mais ma raison reprend rapidement ses droits. J'ai trop souvent été roulée dans la farine des fausses excuses. Il est facile de se convaincre de ce que l'on veut entendre, néanmoins ça ne veut pas dire que c'est vrai.

— Tu ne devrais pas être au bar ? me contenté-je de demander. Je doute que Cash survive un vendredi soir à *Altitude* sans toi.

— Jackson et Parker gèrent la situation. Pour le moment, j'ai plus important à faire. Il faut qu'on règle ça.

Il souligne ses derniers mots par un geste du doigt de lui à moi.

Je déglutis péniblement, et il couvre la distance qui nous sépare, son torse m'effleurant la poitrine. Décontenancée, je ramène une mèche de cheveux derrière mon oreille pour ne pas le toucher, ne pas faire glisser mes mains le long de son cou, vers…

— Tu es désolé de quoi ? demandé-je d'une petite voix.

Il prend mes mains dans les siennes, et je réprime un frisson.

— De t'avoir dit que, moi aussi, je regrettais de t'avoir rencontrée. Peut-être que toi, tu le penses vraiment, mais pas moi. Je n'ai pas arrêté de ressasser notre dispute depuis que tu es partie de mon bureau et voilà… Je n'aurais jamais dû te dire ça. Je…

Il s'interrompt puis tourne la tête sur le côté, comme pour chercher ses mots, et j'étudie ses traits tendus et sa forte mâchoire.

— J'ai été tellement déçu par le passé, et il m'est difficile de faire confiance aux gens. Mais toi, tu as réussi à percer la carapace que je me suis forgée sans même que je m'en rende compte, et ça m'a mis sur la défensive. J'ai réagi comme un connard. Tu n'as pas mérité la manière dont je t'ai traitée, et je m'en veux terriblement.

Nos regards se croisent de nouveau, et mon cœur manque un battement.

Il est sincère, je le vois dans ses yeux. Il n'essaie pas de m'abreuver de belles paroles, il regrette vraiment ce qui s'est passé. C'est nouveau pour moi, si bien que je ne sais même pas comment je dois réagir.

— Moi aussi, je suis désolée. Je ne pensais pas ce que j'ai dit non plus. J'étais frustrée par rapport à Jamie et à Se…

Je suis sur le point de dire « Sebastian », mais le moment est vraiment mal choisi pour le faire entrer dans l'équation déjà assez compliquée comme ça.

—… ses conneries, lâché-je à la place.

— D'ailleurs, en parlant de lui… j'ai bien réfléchi et je pense que tu ne devrais plus bosser pour rembourser sa dette.

Un affreux doute s'immisce en moi.

— Tu ne veux plus que je bosse à *Altitude* ?

— Non, je veux dire que ton frère doit prendre ses responsabilités. En plus, tu fais du très bon travail, tu devrais garder ton salaire pour toi.

Je fais un pas en arrière. Au même moment, le moteur d'une voiture résonne au loin, mais je n'y prête pas attention.

Si Ryder ne veut plus que je rembourse la dette de Jamie, ça signifie que…

— Ryder, il est hors de question que tu prennes ma maison.

Il fait un pas vers moi et me caresse les cheveux.

— Relax, je ne vais pas te prendre ta maison. J'estime juste que tu ne devrais plus rembourser la dette de Jamie avec ton salaire. Ce n'est pas à toi de le faire.

Derrière Ryder, j'aperçois les phares d'un véhicule qui se rapproche. Tiens, c'est une Toyota Corolla, comme notre…

Oh non ! Merde !

La voiture se gare devant la maison, la portière du côté conducteur s'ouvre, et Jamie en sort. Jamais là quand il le faut, en revanche quand il ne le faut pas…

Il faut croire qu'en plus d'arriver à flairer le danger mon petit frère aime aussi s'y exposer.

Ryder nous regarde tour à tour, et je ferme les yeux.

Putain !

— Je croyais que tu n'avais pas de ses nouvelles, que tu ne savais pas où il était, commente Ryder d'une voix grave et basse.

Je n'arrive même plus à réfléchir, encore moins à parler.

Jamie claque la portière de la voiture et s'avance vers nous. Ryder porte toute son attention vers lui, et mon estomac se tord dans l'attente de ce qui va suivre. Je me demande si Ryder va retirer les excuses qu'il vient de me présenter et, surtout, s'il va plaquer Jamie au sol.

— Ne lui en veux pas, mec, dit Jamie en faisant glisser son sac à dos de son épaule. Elle n'a rien à voir dans tout ça, tout est ma faute. C'est moi qui lui ai demandé de ne rien dire, elle voulait juste me protéger.

Ryder croise les bras et écarte les jambes en fusillant mon frère du regard.

— Oui, bah ça s'arrête maintenant, réplique-t-il. Elle ne pourra pas te protéger éternellement. Où est-ce que tu étais passé ?

— Oh, à droite à gauche ! Mais je suis là, prêt à assumer mes responsabilités.

— Très bien, marmonne Ryder avec un sourire condescendant. J'espère que tu n'es pas revenu les poches vides.

Je m'interpose entre eux et, une main sur le torse de Ryder, je tourne le regard vers lui.

— Il n'a pas encore l'argent. Écoute, je vais continuer à bosser à *Altitude* pour payer progressivement la dette, et dès qu'il aura réuni la somme manquante il te remboursera le reste. Je suis sûre qu'il le fera bientôt. (Je me tourne ensuite vers mon frère.) N'est-ce pas, Jamie ?

Je hausse les sourcils en prenant un air menaçant, comme le faisait ma mère chaque fois qu'on faisait une bêtise et qu'on était à deux doigts de se faire gronder.

Jamie ne répond pas. Il ouvre son sac à dos et en sort un sac de congélation plein de billets.

— Tiens, dit-il à l'adresse de Ryder. Huit mille dollars. Ça ne couvre pas la totalité de la dette, je sais, mais tu auras le reste rapidement.

Je m'attendais à tout, sauf à ça.

Ryder ouvre le sac et effleure les billets des doigts.

— N'oublie pas que tu dois également 3 000 balles à ta sœur, annonce-t-il. Elle a travaillé dur pour te sortir de la merde.

— Je sais, je la rembourserai. Avec intérêts, bien sûr.

Sur ces mots, il se dirige vers la maison.

— Jamie ! m'exclamé-je en lui emboîtant le pas. D'où sort cet argent ?

Il se retourne et répond :

— Je t'ai dit que je le rembourserai rapidement.

— Ça ne répond pas à ma question.

Mon Dieu, faites qu'il n'ait pas contracté une autre dette pour rembourser celle-ci !

— Relax, Cass, tout va bien, je gère la situation. (Il monte les marches et ouvre la porte de la maison avant de se tourner vers moi.) Et, à ce que je vois, ajoute-t-il avec un sourire en coin, toi aussi, tu t'en sors pas mal.

Je regarde la porte se refermer derrière lui puis rejoins Ryder qui est toujours planté au milieu de l'allée, la pochette contenant l'argent calée sous le bras.

— Excuse-moi de ne rien t'avoir dit concernant Jamie, murmuré-je. Je suis vraiment désolée, Ryder.

— Il est rentré depuis combien de temps ?

Les joues brûlantes, je baisse la tête et considère la pointe de mes pieds.

— Plusieurs jours.

— Donc, tu m'as menti.

Son accusation me fait tressaillir, et je lève la tête pour croiser son regard. Plusieurs expressions se succèdent sur son visage : de la colère, de la confusion, mais aussi de la peine.

— Comprends-moi, Ryder. Je ne savais pas quoi faire. Je craignais ta réaction et ma réaction par rapport à ta réaction et…

— Est-ce que tu as confiance en moi ?

Je hoche la tête en répondant :

— Mais j'ai déjà donné ma confiance à quelqu'un qui ne la méritait pas et j'en ai chèrement payé le prix après.

— Cassie, il faut qu'on apprenne à se faire confiance si on veut que ça marche. Donc, fini les mensonges, les rétentions d'informations et tout ça. OK ?

Ce qu'il vient de me dire ne fait que renforcer mon sentiment de culpabilité. Je dois lui en parler, lui dire tout.

— Oui, d'accord, répliqué-je à la place.

— Bien.

Il m'attire contre lui et m'embrasse à me faire perdre haleine. Je noue aussitôt les bras autour de son cou avant de faire glisser les mains le long de ses bras, puis de les remonter vers son torse. Cet homme agit sur moi comme une drogue puissante : il me fait oublier tous mes soucis, et j'en suis rapidement devenue dépendante.

Je décide de chasser Sebastian de mes pensées, mais pour de bon cette fois. Il appartient au passé, je ne lui laisse plus le choix.

On s'embrasse encore et encore, puis Ryder se redresse, mettant ainsi fin au baiser, et je ressens comme un vide soudain en moi.

— Je dois retourner au club, annonce-t-il. J'ai promis à Jackson que j'allais l'aider à fermer.

Main dans la main, on se dirige vers sa voiture, qui est garée un peu plus loin dans la rue. Il s'installe au volant et pose le sac contenant l'argent sur le siège passager avant de refermer la portière.

— Je suis conscient que tu as simplement voulu protéger ton frère, dit-il en baissant sa vitre. Mais je ne veux plus qu'il y ait de mensonges entre nous. Promets-le-moi, Cassie.

La culpabilité, tapie en moi, déferle de nouveau. Je ne peux pas vivre comme ça, je dois lui parler de Sebastian. Je le veux, je le veux vraiment, mais je ne parviens même pas à ouvrir la bouche, je suis incapable de réfléchir. Par où commencer, comment lui annoncer que je suis mariée ?

Au fait, une dernière petite chose : j'ai un mari à Londres, mais c'est fini, je ne l'aime plus, tu n'as pas de souci à te faire.

Non, à la réflexion, je préfère garder cette information pour moi. Sebastian a failli m'achever, et Ryder m'a redonné des ailes, il m'a fait me sentir de nouveau en vie tel un phénix qui renaît de ses cendres.

Je me penche par la vitre ouverte et l'embrasse tendrement.

— C'est promis, susurré-je contre ses lèvres chaudes.

Je ne lui mentirai plus jamais, mais ça ne m'oblige pas pour autant à lui avouer toute la vérité. Je me console en me disant qu'il ne s'agit que d'un mensonge – le dernier – par omission. Ce n'est pas si grave que ça… Si?

23

Cassie

Dimanche soir, les Braves d'Atlanta, l'équipe de la ligue majeure de baseball, jouent un match retransmis à la télé et donc, bien évidemment, diffusé sur l'écran géant d'*Altitude*.

Le bar est bondé de supporters qui encouragent leur équipe à tue-tête, et c'est pour cette raison qu'avec Shelby, Avery, Ruby et Savannah, on a préféré se retirer dans le bureau de Ryder pour que Savannah nous donne un compte-rendu détaillé de son rencard de la veille avec un certain Paul, un avocat brillant mais pas très sûr de lui apparemment.

Installées autour du bureau, cinq verres et une bouteille de whisky à moitié vide entre nous, on éclate toutes de rire, absorbées par le récit de Savannah.

— En plus, il n'a rien avalé de la soirée, raconte-t-elle. Rien de chez rien. Ni les *arancini*, même si c'est lui qui a tenu à les commander, ni la salade, ni le filet de truite ou de saumon ou de je ne sais quel putain de poisson. R-i-e-n. (Elle laisse tomber la tête sur le bureau en saisissant son verre vide avant de me le tendre.) Un autre, Cass, marmonne-t-elle.

J'attrape la bouteille de whisky, un Highland Park de je ne sais pas combien d'années d'âge qui vaut une petite fortune et que Shelby a prise dans la cachette secrète – enfin, connue de mon amie, vraisemblablement – de Ryder et de Jackson.

— Tu n'es pas la seule bonne chose dont Ryder profite sans modération dans ce bureau, a-t-elle déclaré en me donnant une tape sur les fesses après avoir sorti la bouteille de l'un des tiroirs.

Je souris et ressers Savannah avant de me resservir moi-même. J'avale une gorgée du liquide ambré, et je sens une légère chaleur se diffuser dans mon corps.

J'aimerais bien rester papoter avec les filles, mais, comme le bar a été pris d'assaut à cause du match de baseball, Cash m'a demandé de l'aider pour le service ce soir. J'ai accepté en soumettant une condition à Ryder : pouvoir prendre une pause à l'arrivée de Savannah.

— Le bar sera plein à craquer. Ça y est : maintenant que tu couches avec le patron, tu te crois tout permis ? a-t-il répliqué, l'air faussement contrarié en me posant les mains sur les fesses et en m'attirant contre lui.

On était dans un coin sombre du bar, à la vue de tous et, en même temps, enveloppés dans notre petit cocon sensuel.

— Bah oui, c'est la seule et unique raison pour laquelle je couche avec toi, ai-je marmonné en glissant les paumes sous son tee-shirt pour les presser contre ses abdos en béton. Ça et parce que tu as une queue parfaite qui me fait jouir chaque fois.

J'ai glissé une main vers son entrejambe, et il me l'a saisie brusquement en me chuchotant à l'oreille :

— Garde ton énergie pour plus tard, tigresse. Tu en auras bien besoin étant donné que tu rentres avec moi.

Un frisson d'anticipation me parcourt à ce souvenir, et je bois une autre gorgée de whisky.

Je flotte sur un petit nuage depuis que Ryder et moi avons réglé notre différend. Et, cerise sur le gâteau, l'argent que je gagne va désormais directement dans ma poche.

Comme je fais du bon boulot, Ryder a insisté pour que je reprenne officiellement la comptabilité d'*Altitude*. D'ailleurs, je vais devoir bientôt aller effectuer un dépôt à la banque parce que, comme je travaille exceptionnellement en salle ce soir, j'ai déjà une sacrée liasse de pourboires dans ma poche. Les supporteurs des Braves se montrent extrêmement généreux quand leur équipe est en tête du match.

—Il est vraiment chelou, ce Paul, commente Shelby. Pourquoi est-ce qu'il a commandé toute cette bouffe ?

—Aucune idée, marmonne Savannah en haussant les épaules. Mais c'est pas tout ! Quand on a fini, enfin… quand moi, j'ai fini de manger, il m'a proposé de commander un dessert.

—C'est peut-être un grand timide, et il avait le trac, raisonne Avery, assise sur le bord du bureau, exactement au même endroit où Ryder m'a…

Je secoue légèrement la tête en sentant le rouge me monter aux joues.

—Non, il se trouve qu'il était « malade » et n'avait « pas beaucoup d'appétit », rétorque Savannah. Il a fini par me l'avouer pendant qu'on attendait le voiturier, à la sortie du resto.

—Pourquoi n'a-t-il pas annulé le rencard, alors ? s'étonne Ruby en fronçant les sourcils.

—C'est la question à 1 million, ça, dit Savannah en baissant les yeux sur son verre. C'est dommage parce qu'il est vraiment mignon et intelligent.

—Peut-être qu'il voulait te regarder manger, proposé-je. Ça se trouve, c'est un fétichiste de la femme qui mange.

—Oublie ce guignol, lui intime Shelby. Je suis sûre que, quelque part sur cette terre, il y a un mec pour toi qui, en plus, kiffe les *arancini*.

—Le problème, vois-tu, annonce Savannah, c'est que j'ai horreur des *arancini*.

On part d'un fou rire, puis je regarde ma montre.

—Bon, je dois y retourner, les filles, annoncé-je en me levant après avoir vidé mon verre.

—Déjà ? s'indigne Shelby. On n'a même pas eu le temps de fouiller dans le bureau !

—Pourquoi est-ce que tu veux fouiller dans le bureau ? demandé-je, amusée.

—Comme ça, pour trouver des trucs intéressants, des lettres d'amour, un journal intime, des menottes… Quelque chose qui détournerait enfin les commérages de toi et de Ryder.

—Je suis outrée, Shelby, vraiment outrée que nos ébats ne t'intéressent plus et ne suffisent plus à alimenter vos conversations, la taquiné-je avant de leur souffler un baiser de la main.

Je traverse le couloir et, quand j'arrive dans la salle, je ne vois pas Ryder. Il doit sûrement être avec un client ou un fournisseur quelque part. En revanche, le bar n'a pas désempli, et j'ai du pain sur la planche.

J'attrape mon plateau et je me dirige vers un box où sont installés cinq clients, même si la table est prévue pour quatre. Je prends leur commande – trois Heineken, un whisky Coca et un 7&7.

— Tu voudras pas te joindre à nous après ? s'enquiert un des clients avant que je retourne au bar.

— Il n'y a même plus de place pour un chat dans le box, plaisanté-je. Désolée, les mecs ! Je pense que ça ne va pas être possible.

— On peut demander à Joey de dégager, rétorque-t-il en pointant un de ses amis du doigt.

— Hé ! Pourquoi ça serait à moi de partir ? s'offusque le dénommé Joey. En plus, c'est moi qui vous ai proposé de venir voir le match ici.

— Bon, fais-je en riant, je vous laisse voir tout ça entre vous pendant que je vais chercher vos boissons.

J'essaie de me frayer un chemin jusqu'au bar et, quand j'y arrive enfin, je récite la commande à Cash qui s'active derrière le comptoir. Je pose les boissons qu'il prépare sur le plateau lorsque j'entends une voix masculine, sonore et familière.

— Excusez-moi, pourrais-je avoir un bourbon sans glace, le meilleur que vous ayez, s'il vous plaît.

Non…

Non…

Non, non, non !

— Ça arrive de suite ! s'exclame Cash avant de poser les trois bières sur le comptoir devant moi. Voilà, Cass, c'est bon.

Non, c'est pas bon, rien n'est bon!

Je reste longtemps figée. Tout semble se dérouler au ralenti autour de moi, comme si mon cerveau avait du mal à intégrer les informations.

Ça ne peut pas être lui, il est de l'autre côté de l'océan, bon sang!

Mais, au fond de moi, je n'ai aucun doute. Cette voix, l'accent et la politesse avec laquelle il s'est adressé à Cash…

J'ose un regard du coin de l'œil vers l'homme qui se tient à côté de moi, mon cœur battant la chamade.

Si, c'est bien lui.

Sebastian.

Je me retiens au bar pour garder l'équilibre. J'ai l'impression qu'un raz-de-marée vient de me heurter de plein fouet. J'ignore comment j'arrive à rester aussi calme. Mon cœur bat dans ma poitrine comme un tambour, et un frisson glacé me parcourt de la tête aux pieds. Je dois faire bonne figure devant tout le monde.

Qu'est-ce qu'il fout là? Comment il m'a trouvée? Il faut que je réfléchisse vite à un plan pour le faire sortir d'ici avant…

— Bonsoir, Cass, me salue-t-il, ce qui me donne instantanément la chair de poule. En plus d'avoir raccourci tes cheveux, tu as également raccourci ton prénom. Charmant.

— Qu'est-ce que tu fais là? demandé-je dans un murmure.

— Je voulais te faire la surprise, mon amour. Tu ne répondais pas à mes appels. Je n'ai même pas eu un message de remerciement pour les fleurs. Du coup, j'ai décidé de venir ici. (Il s'approche de moi, et je me raidis aussitôt.) En plus, enchaîne-t-il près de mon oreille, j'ai remarqué que tu n'as pas dormi chez toi ces derniers jours, ce qui n'a fait qu'accroître mon inquiétude. (Il fait glisser un doigt le long de mon bras, et je me retiens de hurler.) Tu sais comment je suis lorsqu'il est question de ma femme, conclut-il, un sourire malsain aux lèvres.

Je lui saisis le poignet et le serre très fort, essayant d'évacuer ne serait-ce qu'une petite partie de la colère qui monte en moi. Je le détaille du regard, ses cheveux noirs, ses yeux marron… C'est un bel homme, je ne peux pas dire le contraire, mais c'est également un homme très dangereux, le mal incarné.

Rapidement, je l'attire vers la sortie en priant silencieusement pour que Cash ne nous voie pas et que Ryder ne surgisse pas de nulle part, comme il sait si bien le faire. Sebastian m'a volé deux années de ma vie, mais ça s'arrête là, ce soir, maintenant.

— Tu n'as rien à faire ici ! tonné-je une fois qu'on est dans la rue, à quelques mètres de l'entrée d'*Altitude*. Va-t'en, Sebastian.

— Voyons, Cassie, ne sois pas ridicule. Je n'irai nulle part sans toi. Qu'est-ce qui t'a pris de partir de Londres sans moi ?

Il tend la main pour me caresser le visage, et j'esquisse une moue de dégoût.

— Comment as-tu su que je travaillais ici ? l'interrogé-je, exaspérée. Tu m'espionnes ou quoi ?

Sebastian rit brièvement, et je réprime un nouveau frisson.

— Nous sommes mariés, Cassie. Je n'ai pas besoin de t'espionner pour te voir. Tu m'appartiens.

— Non, c'est fini tout ça. Je t'ai quitté, Sebastian, et je suis revenue vivre ici, à Atlanta. Je… je ne t'aime plus.

— Cesse donc de raconter n'importe quoi, Cassandra. Je sais que tu m'aimes encore. Moi, je n'ai jamais cessé de t'aimer, en dépit de ton comportement de gamine qui fait un caprice.

Je croise les bras autour de moi, comme pour me protéger, pour réprimer mon tremblement. Non seulement mon passé m'a rattrapée, mais il est également en train de m'engloutir à une vitesse désarmante. Je suis retournée à la case départ de l'échiquier maléfique de Sebastian.

Nous sommes désormais tout seuls dans la rue. Il est en position de force et il le sait. Il peut me mettre KO en moins de temps qu'il n'en faut pour le dire, et après… qui sait ce qu'il a en tête. Cela dit, une petite voix se fait entendre au fond de moi, la même qui m'a aidée à prendre la décision de fuir, de me libérer de ses griffes.

— Tu ne me fais plus peur, Sebastian. Je vois clair dans ton jeu, tu as réussi à dissimuler ta vraie nature aux yeux de tous, mais moi, je sais ce que tu es vraiment.

— Ah oui ? chuchote-t-il.

Je ravale la boule coincée dans ma gorge.

— Qui suis-je vraiment, ma douce Cassandra ?

— Un menteur, lancé-je en tentant en vain de refouler les larmes qui perlent à mes yeux. Un tyran, un lâche ! Je veux que tu t'en ailles et que tu me fiches la paix !

— C'est impossible, Cassie. Tu es à moi, on est liés à jamais.

— OK, comme tu veux. Je vais appeler la police, dans ce cas.

Il ne prendra pas ma menace au sérieux. Même moi, je n'y crois pas. Il ne m'a rien fait. Rien qui justifierait l'intervention des forces de l'ordre, du moins. J'aurais dû les appeler quand j'en avais l'occasion, toutes ces fois, à Londres, lorsqu'il…

— Et que vas-tu leur dire ? Que ton mari est venu te retrouver parce que tu es partie sans laisser de traces et qu'il était mort d'inquiétude ?

Il part d'un petit rire ironique et se penche davantage vers moi.

— Ta place est à mes côtés, Cassandra, annonce-t-il en m'attrapant brusquement le bras. Rappelle-toi, ma douce : pour le meilleur et pour le pire.

Comment ai-je pu être aussi bête ? Jamais je ne pourrai échapper à Sebastian. Jamais.

Je suis sur le point de m'effondrer quand j'entends la porte d'*Altitude* s'ouvrir, et une folle lueur d'espoir s'insinue en moi. Nous ne sommes plus seuls, on va nous voir, mais la personne qui apparaît n'est pas celle que je voulais, c'est-à-dire un inconnu qui arrive à point nommé, ma bouée de sauvetage en quelque sorte.

Non, ça ne devait pas se passer comme ça. Non…

— Cassie ? m'interpelle Ryder en descendant les marches. Tout va bien ?

24

Ryder

Quand j'en ai enfin fini avec le fournisseur, je pars à la recherche de Cassie mais ne la vois nulle part. Elle n'est pas en salle ni dans mon bureau.

— Tu cherches Cassie ? m'interroge Katie en plaçant des verres sur son plateau. Je l'ai vue sortir avec un type, et elle n'avait pas l'air dans son assiette.

Un mauvais pressentiment me saisit, et je me dirige vers la sortie.

Je pousse la porte et vois immédiatement Cassie.

— Cassie ? l'interpellé-je en m'approchant d'elle et du mec qui semble l'importuner. Tout va bien ?

Décocher un coup de poing me vient naturellement, comme marcher ou encore respirer, et il est vrai que mon self-control frôle souvent le rouge, mais je ne suis pas une personne violente. Chaque bagarre ou combat que j'ai pu livrer était dans le but de me défendre sur le ring ou de protéger quelqu'un. Quand je cogne, je cogne pour de vrai, et ça fait très mal. Cela dit, comme j'arrive à bien maîtriser cette pulsion, appelons-la ainsi, je n'hésite pas à user de ma carrure pour intimider quelqu'un, surtout lorsque celui-ci s'en prend à un de mes proches. Ce qui me semble être le cas en ce moment.

Cassie tourne la tête vers moi, et une inquiétude étrange passe dans ses yeux.

Je remarque des traces de larmes sur ses joues et détaille rapidement le gars du regard. Il doit faire à peu près ma taille et il est assez maigrichon. Il n'a aucune chance contre moi surtout quand je vois comment il retient Cassie par le bras. Voilà une chose que je ne peux absolument pas tolérer.

Je l'attrape par le col de sa chemise. Pour l'instant.

— Cassie, ce mec t'embête ? demandé-je sans quitter l'individu des yeux.

Cet enfoiré doit vraiment être bête ou suicidaire, parce qu'il ne la relâche pas, et un sourire satisfait apparaît sur ses lèvres fines.

— Non, non, Ryder, tout va bien, balbutie-t-elle hâtivement en tirant sur la manche de ma chemise. Il était sur le point de partir, ne t'inquiète pas.

— Je ne suis pas inquiet, rétorqué-je sans bouger. C'est plutôt lui qui devrait s'inquiéter s'il ne te lâche pas dans la seconde qui suit.

— Ryder, je t'en supplie…

Elle pose la main sur mon avant-bras.

— Je sais comment gérer la situation, poursuit-elle. Je vais bien, promis.

Je tourne mon attention vers elle. Elle semble paniquée, mais pas pour les raisons que j'imagine, parce que ses yeux sont écarquillés comme ceux d'un enfant pris en flagrant délit de vol de biscuits. Quelque chose ne tourne pas rond.

— Tu le connais ? l'interrogé-je.

Elle détourne le regard en poussant un soupir et en secouant légèrement la tête : la même réaction qu'avait Caroline lorsque je lui posais une question à laquelle elle ne voulait pas répondre.

Je lâche le gars, et son sourire ne fait que s'élargir.

— Qui est cet homme, Cassie ?

— Je peux tout t'expliquer, Ryder. Je…

— Il n'y a rien à expliquer, l'interrompt l'homme avec un accent anglais.

Il se redresse en remettant le col de sa chemise en place avant de me tendre sa main, fine et presque osseuse, et d'énoncer :

— Je suis Sebastian Walsh, le mari de Cassie.

« Le mari de Cassie. »

Mari. Mari. Mari.

Ce mot résonne en moi comme un cri dans une pièce vide, et mon cerveau peine – se refuse – à traiter cette information. Une horrible sensation de malaise me gagne si bien que mon souffle se bloque dans ma gorge.

— Tu es mariée ? réussis-je à articuler à l'adresse de Cassie.

Elle opine sans même lever les yeux sur moi.

— C'est donc pour ça que tu étais en Angleterre, marmonné-je en assemblant les pièces du mystère.

— Oui, et c'est d'ailleurs pour la même raison qu'elle va y retourner, annonce Sebastian, en regardant Cassie avec un sourire arrogant que je meurs d'envie d'effacer de sa tronche de cake.

— Vraiment ! lâché-je.

C'est plus une observation qu'une question.

Je prends une profonde inspiration pour m'imprégner de l'air chargé des senteurs d'été et du magnolia au coin de la rue. J'adore cette odeur apaisante et vivifiante à la fois. Je me demande si Cassie et son trouduc de mari peuvent la sentir, eux aussi? Je pourrais leur poser la question, mais à quoi bon? Après tout, vivre dans l'ignorance a ses attraits. Cassie doit en savoir un rayon sur ce sujet, d'ailleurs.

— Oui, sa vie est là-bas, à mes côtés, déclare-t-il en resserrant la poigne autour de son bras et en l'attirant vers lui.

— Arrête, Sebastian, gémit-elle en essayant de se libérer de son emprise.

Je refuse de me mêler des affaires qui ne me concernent pas, surtout lorsqu'il est question d'un de ces mariages passionnels, un peu louches sur les bords, et j'en veux énormément à Cassie de m'avoir caché une chose pareille, de m'avoir vendu du rêve. Cela dit, je ne peux pas non plus rester sans rien faire alors qu'elle ne va clairement pas bien et qu'elle veut que son mari la relâche.

— Bon, allez, lâche-la, mec, marmonné-je.

— Pardon?

— T'es sourd ou quoi? J'ai dit: lâche-la!

— Tu vas peut-être m'apprendre comment toucher ma femme? proteste-t-il.

— Non. Si je dois t'apprendre quelque chose, ce sera le contraire.

Comme il ne bouge toujours pas, je serre les poings et me mets en position de combat en écartant légèrement les jambes, ma nature reprenant le dessus.

— Et je doute que tu apprécies ma méthode, ajouté-je.

Sebastian plisse les yeux et me scrute quelques instants. Il ne semble ni agité ni nerveux, mais je peux pratiquement entendre les rouages tourner dans sa tête. Il est en train de passer ses options en revue. Heureusement pour lui, il choisit la bonne, parce qu'il desserre son emprise sur Cassie. Elle retire aussitôt son bras.

— C'est bien, et maintenant dégage de ma propriété, lui lancé-je en posant une main dans le bas du dos de Cassie pour la guider vers l'escalier menant au club.

— Tu ne possèdes pas le trottoir, que je sache, réplique-t-il.

— Tu serais surpris d'apprendre tout ce que je possède, commenté-je par-dessus mon épaule.

Cassie monte les marches et ouvre la porte, et un flot de conversations animées, de rires et de musique nous frappe. Je la suis à l'intérieur avant de passer devant elle.

Je ne veux plus la voir ni écouter ses excuses bidon. Je suis furieux contre elle, mais encore plus contre moi. Elle s'est jouée de moi alors que je m'étais juré que cela ne m'arriverait plus jamais.

— Ryder, attends !

Je ne réponds pas. Je ne sais même pas où je vais, mais, du moment que c'est loin d'elle, ça me convient.

— Ryder !

Elle m'agrippe par le bras, et je me retourne malgré moi.

— Je suis vraiment, vraiment désolée que tu aies dû voir ça… Lui.

— C'était quoi, ça, dehors, exactement ? ne puis-je m'empêcher de l'interroger, espérant obtenir une explication qui pourrait me satisfaire.

— C'est… compliqué.

— C'est vraiment ton mari ?

— C'est… (Elle ferme les yeux en rejetant la tête en arrière.) Écoute, c'est long à expliquer, allons…

— Non, la question que je t'ai posée est on ne peut plus simple. Es-tu mariée à ce Sebastian Walsh ?

Elle regarde autour d'elle, comme si elle cherchait désespérément la réponse alors qu'on la connaît tous les deux.

— Oui, murmure-t-elle enfin. Mais tu ne comprends pas, il…

— Non, je t'arrête tout de suite. Je comprends tout à fait. C'est clair comme de l'eau de roche. Tu es mariée, tu ne me l'as pas dit et tu t'es fait prendre. C'est fini, Cassie, je ne veux plus jamais te revoir. Sur ce…

Je tourne les talons et fends la foule autour de moi pour m'échapper. Je ne sais même pas ce que je suis en train de fuir : elle ou la colère qui me ronge et menace non seulement de m'emporter, moi, mais tout le club aussi.

Comment ai-je pu être aussi con, aussi aveugle ? Je me suis bêtement laissé attirer dans le même piège émotionnel qu'avec Caroline. Je pensais que Cassie m'aimait bien et qu'on pouvait construire quelque chose, que notre histoire menait quelque part.

Tu parles !

J'ai baissé un peu trop ma garde, et pour la première fois de toute ma vie je me suis pris un coup de poing en pleine figure. Au sens figuré certes, mais qui m'a tout de même envoyé au tapis.

25

Cassie

Inutile de dire que je n'ai pas fermé l'œil de la nuit. J'ai encore du mal à me remettre du contrecoup des événements dramatiques de la veille.

Quand j'ai vu Sebastian, accoudé au bar, j'ai cru que j'allais mourir sur place. Il est comme une mauvaise herbe qui envahirait l'allée de ma nouvelle vie : tenace, et dont on ne peut jamais se débarrasser.

J'aurais dû gérer la situation différemment, mais, sur le coup, partir loin de lui m'a semblé la meilleure solution. La seule solution. Je reconnais que, secrètement, j'espérais que mon départ inopiné allait le faire souffrir, pas autant qu'il m'a fait souffrir, mais quand même. En revanche, je ne m'attendais pas à ce qu'il me suive à Atlanta et me tombe dessus comme il l'a fait. Comment peut-il croire que j'accepterais de retourner vivre avec lui ? Qu'est-ce qui se passe dans sa pauvre tête ?

Mais ce n'est pas Sebastian qui m'inquiète le plus en ce moment, c'est Ryder.

Ryder…

Je roule hors du lit.

L'aube rosit lentement ma chambre, et je descends au rez-de-chaussée. La maison est calme. Son silence n'est rompu que par les chants des oiseaux dans le jardin. Je m'installe dans le fauteuil balançoire à l'arrière de la maison, mon endroit préféré, celui qui m'apaise toujours, sauf que, cette fois, mon agitation est telle qu'elle refuse de céder place à la quiétude.

Pourquoi n'ai-je pas dit la vérité à Ryder ? Pourquoi ne lui ai-je pas parlé de Sebastian ? Il aurait sûrement compris sans former un quelconque jugement. On aurait même pu trouver une solution ensemble. Tout aurait pu se passer autrement si je n'avais pas été aussi stupide et irresponsable.

Hier, après qu'il a été englouti par la foule, j'ai cherché Ryder partout, dans tout le club, mais il n'était nulle part, ni dans son bureau ni dans la cuisine.

— Vous n'avez pas vu Ryder, les filles ? ai-je demandé à mes amies, qui, entre-temps, avaient vidé la bouteille de whisky.

— Si, dans mes fantasmes, a bafouillé Avery, provoquant un fou rire général.

À une heure près, moi aussi, j'aurais éclaté de rire avec elles, mais tout avait changé. Par ma faute.

Quelques heures plus tard, quand j'arrive au travail – parce que oui, je travaille toujours à *Altitude* –, personne ne sait où est Ryder. Ou personne ne veut me le dire.

— Allez, Cash, marmonné-je en me penchant par-dessus le comptoir. Je suis sûre que tu as eu de ses nouvelles depuis hier.

Il secoue la tête.

— Tu as essayé de l'appeler ? me demande-t-il en essuyant un verre à vin.

Quelle question!
—Oui, bien sûr.

J'ai dû l'appeler une centaine de fois, au moins. Sans parler du nombre de SMS que je lui ai envoyés.

Comme Cash ne réplique pas, je hausse les épaules et me concentre sur les factures qui m'attendent.

Les heures passent avec une lenteur exaspérante, et je suis sur pilote automatique. Plusieurs fois, au cours de la journée, je tente de joindre Ryder avec le téléphone du club et même en appel masqué, mais, sans grande surprise, il ne répond à aucun des appels.

Si seulement il me laissait une chance de lui expliquer la vérité! Jamais je ne pourrai oublier son expression lorsque Sebastian lui a dit qu'il était mon mari. Je n'imagine même pas ce qu'il a dû ressentir, je m'en veux terriblement, mais il doit y avoir un moyen d'arranger les choses. C'est obligé…

Mon cerveau tourne et retourne les mêmes pensées quand je rentre à la maison.

Jamie m'a laissé un mot pour me prévenir qu'il était de sortie et qu'il m'avait gardé une part de pizza au frigo. C'est gentil – et étonnant – de sa part, mais je n'ai pas faim. Je suis crevée; cela dit, je n'ai même pas sommeil.

Je pose mon sac sur la table de la salle à manger et sors mon téléphone. Pour la énième fois, je vérifie que toutes les sonneries et notifications de mon portable sont activées. Elles le sont. J'ai reçu quelques textos, mais aucun n'est de Ryder. Dans un geste de défaite, je regarde par la porte-fenêtre, avant de saisir brusquement mon sac et les clés de la voiture qui sont accrochées à l'entrée.

Qui ne tente rien n'a rien.

Je monte dans la voiture et roule jusqu'à chez Ryder. C'est la tentative de la dernière chance pour lui parler, lui expliquer la situation.

Une fois devant sa porte, je l'appelle comme une barge sur son interphone, sans succès. Je suis prête à rebrousser chemin quand un jeune couple, bras dessus bras dessous, surgit de l'immeuble. L'homme me tient la porte, et j'entre dans le hall. Je pénètre dans l'ascenseur et m'apprête à appuyer sur le bouton correspondant à son étage avant de changer d'avis au dernier moment et de presser le bouton B.

Doucement, je pousse la porte de la salle de sport. Celle-ci est sombre, et il n'y a personne, hormis Ryder qui cogne sur le sac de frappe installé dans le coin, ses coups résonnant à travers toute la pièce.

Mon instinct ne m'a donc pas trompée.

Le dos tourné, il est pieds nus, vêtu d'un pantalon de survêtement et d'un débardeur noirs. Il ne me voit pas, mais je suis persuadée qu'il sent ma présence. J'observe ses épaules larges, et les muscles de ses bras aux lignes parfaites qui jouent sous sa peau à chaque mouvement. Il ne porte pas de gants, mais ses poings sont enroulés de bandages blancs. Il frappe le sac sans s'arrêter, et je me demande comment il fait pour ne pas avoir mal. Peut-être qu'il combat le mal par le mal, tout simplement.

J'inspire profondément. Il est là, je suis là. On est là.

J'ai tout préparé dans ma tête et répété en voiture, sauf que, là, mon esprit semble faire un blocage. Comment entamer la discussion dans une situation pareille ?

—Qu'est-ce que tu veux ? me demande Ryder sans même me regarder, en ponctuant sa question par un coup dans le sac.

Comme à son habitude, il prend les choses en main, et, pour une fois, ça m'arrange grandement.

—Il faut qu'on parle, murmuré-je.

—On n'a plus rien à se dire. Ton mari s'est montré parfaitement clair.

« Bim »

Un autre coup retentit dans la salle.

—Ryder, l'imploré-je en avançant vers lui, laisse-moi t'expliquer les choses, s'il te plaît.

—Enlève tes chaussures, gronde-t-il.

—Hein ?

—Enlève tes putains de chaussures, Cassie. C'est écrit sur la porte. Tu ne peux pas toujours faire ce que tu veux.

Je tressaille à ces mots et me penche pour détacher les lanières de mes sandales.

—Ah, pardon, j'ai pas fait attention !

—Évidemment, tu ne fais attention à rien, marmonne Ryder dans sa barbe.

Sa remarque me brise le cœur, mais je ne renonce pas. Je fais encore quelques pas vers lui et pose la main sur son bras. Dès que je le touche, je reçois comme une décharge électrique dans tout le corps, qui fait resurgir des flots de souvenirs insupportables en cet instant.

—Ryder, je suis vraiment, vraiment désolée, répété-je en espérant qu'il décèle la sincérité dans ma voix.

Il dégage son bras et donne un léger coup dans le sac.

—Tu es désolée de quoi ?

Sa question me ramène à la discussion qu'on a eue devant ma maison, il y a quelques jours, sauf que les rôles sont inversés. Et que la situation est bien plus grave. Et que c'est entièrement ma faute.

— Je suis désolée de ne pas t'avoir parlé de Sebastian.

— Tu es désolée de ne pas m'en avoir parlé ou de t'être fait choper ?

— J'aurais dû te dire que j'étais… mariée, mais, je sais pas, j'arrivais pas à trouver les mots…

— C'est pourtant pas si compliqué que ça, raille-t-il. Tu aurais pu dire un truc du style : « Au fait, Ryder, tu n'es pas le seul mec avec qui je couche. Je couche aussi avec mon mari. »

— Non ! m'exclamé-je en nouant les bras autour de moi. C'est faux.

Mon estomac se tord rien qu'à cette idée. Ça fait longtemps que je n'ai pas couché avec Sebastian. Les derniers mois, ce n'était même pas un acte consenti pour ma part.

— Je ne l'avais pas vu depuis plus d'un mois avant hier, continué-je, souhaitant à tout prix bloquer ces horribles souvenirs.

Ryder glousse.

— Et pourquoi est-ce que je te croirais ?

— Parce que c'est la vérité.

— Dans la mesure où tu m'as déjà menti avant, j'ai du mal à avaler ça.

— Ça n'a rien à voir. Oui, je t'ai menti au sujet de Jamie, mais pas concernant Sebastian. J'ai juste préféré ne rien te dire à son sujet.

— C'est censé me réconforter ? rétorque-t-il d'un ton incrédule.

— Non, j'essaie juste de mettre les choses en perspective afin que tu les regardes à travers mes yeux.

À ces mots, Ryder se redresse et immobilise le sac de frappe entre ses mains avant de se tourner vers moi. Nos regards se croisent, et je sens ma gorge se serrer. Son expression est tellement dure et résignée à la fois, et un nerf tressaute dans sa mâchoire crispée.

— Comment réagirais-tu si je te disais que j'avais une femme ou une petite amie ? Que, chaque fois que je suis avec toi, je pense à elle en réalité ?

J'avale ma salive avec difficulté, et Ryder fait un pas vers moi.

— Que, chaque fois qu'on baise, elle est là, dans ma tête, enchaîne-t-il.

Une larme roule sur ma joue.

— Ryder, je...

— Que, m'interrompt-il sèchement, chaque fois que je t'embrasse, ce sont ses lèvres que j'imagine ; chaque fois que je te lèche, ce sont ses jambes qui sont écartées au-dessus de ma tête. Que je compare toujours tout, ton corps, ta voix, tes expressions, ton allure, tout, à elle. Que je pense à elle sans cesse. Comment te sentirais-tu en apprenant ça, Cassie ?

Il plonge son regard sombre dans le mien. Jamais je ne me suis sentie aussi petite et impuissante qu'en ce moment.

— Je serais dévastée, chuchoté-je.

— La voilà, ta putain de perspective ! déclare-t-il en se retournant de nouveau avant de porter un autre coup précis dans le sac.

— Ryder, je t'en supplie…

Les larmes coulent désormais sur mon visage sans que je cherche à les retenir, et je m'approche de lui, éprouvant un irrésistible besoin de le toucher, de humer son odeur.

— Laisse-moi une chance de tout t'expliquer, susurré-je en pressant les mains contre les muscles de son dos avant de déposer un baiser entre ses omoplates. C'est toi que je veux, toi et personne d'autre.

Je le sens se raidir sous mes doigts.

— Fiche-moi la paix, Cassie.

— Ryder…

— Va-t'en.

Sa voix est à peine audible.

— Je sais que j'ai déconné et que je t'ai blessé, murmuré-je contre son tee-shirt humide en resserrant les bras autour de sa taille, mais tu dois m'écouter, savoir pourquoi j'ai…

— Non, m'interrompt-il en se libérant de mon étreinte. Je ne veux rien savoir. Retourne en Angleterre avec ton mari, où vous pourrez librement jouer au jeu du chat et de la souris. Je refuse d'être mêlé à vos histoires.

Il frappe deux coups violents dans le sac, qui retentissent tels des coups de feu dans la salle.

— Ryder, je te jure qu'il n'y a plus rien entre Sebastian et moi. Notre mariage est terminé.

— Sebastian Walsh ne semble pas être de ton avis, pourtant, ironise-t-il.

— On ne partage plus le même avis sur rien. C'est l'une des raisons pour lesquelles je l'ai quitté.

— Tu as entamé une procédure de divorce ?

Je me mords la lèvre inférieure.

— Non, je voulais attendre un peu avant de le faire pour qu'il s'habitue à la situation et qu'il ne soit plus fâché ou contrarié.

— Bien sûr, tu veux lui épargner toute souffrance. (Il donne plusieurs coups successifs dans le sac.) En revanche, ajoute-t-il, moi, tu te fiches pas mal de savoir ce que je ressens.

— Non, tu te trompes ! C'est ce qui m'importe le plus. Toi et rien d'autre. C'est pour ça que je suis là…

Mes paroles se perdent dans l'immensité de la salle.

Ryder demeure silencieux. Il contourne le sac de frappe en sautillant et en alternant les droites et les gauches, comme si je n'étais pas là.

Inutile d'insister : il ne veut clairement plus rien avoir affaire avec moi, et je ne peux même pas lui en vouloir de me rejeter. Je n'ai que ce que je mérite.

Ressentant un vide énorme en moi, je remets mes sandales et me dirige vers la porte. Je tourne la poignée quand j'entends derrière moi :

— Tu sais : si je suis intervenu hier, c'est parce que je pensais que tu avais besoin d'aide.

Je ferme les yeux quelques instants puis les rouvre en me retournant vers lui.

— J'avais comme un mauvais pressentiment et je voulais te protéger, ajoute-t-il en s'avançant vers moi, les bras croisés.

— Je sais…

— Je tiens à toi, Cassie, et je pensais que c'était réciproque.

— Ça l'est, Ryder, ça l'est vraiment, lâché-je d'une voix étranglée. Je regrette la manière dont j'ai géré la situation, j'aurais dû m'y prendre autrement, mais je ne suis pas habituée à l'idée qu'on s'occupe de moi ou qu'on m'aide. J'ai toujours dû me protéger seule.

— Te protéger de quoi ?

— De lui, répliqué-je sans même réfléchir.

Aussitôt, les battements de mon cœur s'accélèrent follement. Ça y est, je l'ai dit.

— Comment ça, de lui ?

Je hausse les épaules et passe une main dans mes cheveux, laissant retomber ma frange devant mes yeux. J'ose un regard vers Ryder puis tourne rapidement la tête. C'est trop dur. Beaucoup trop dur.

— Pourquoi dis-tu que tu devais te protéger de lui ? demande-t-il d'une voix calme, presque rassurante.

— Sebastian peut être parfois un peu… (Je marque une pause pour tenter de trouver un terme approprié.) caractériel, disons.

Je m'oblige à soutenir son regard.

— « Caractériel » ? répète Ryder en fronçant les sourcils. C'est-à-dire ?

— Il se met souvent en colère.

— En colère… Il crie ?

— Non, pas vraiment parce que les voisins l'entendraient sûrement, et Dieu sait ce qu'ils pourraient penser de lui, rétorqué-je avec un brin d'ironie. Pire encore : ils pourraient découvrir la vérité.

— Et c'est quoi, la vérité ?

Je secoue la tête, ma vision brouillée par un nouveau flot de larmes.

— Il t'a frappée ?

Je détourne les yeux et regarde fixement le mur. On reste silencieux quelques instants. À quoi bon éviter l'inévitable ? Si je veux vraiment avancer, que Ryder comprenne et me pardonne, je ne peux pas garder ça éternellement en moi.

— Parfois…, murmuré-je sans le regarder. Parfois, c'était… autre chose.

Cet aveu m'est extrêmement difficile, mais me procure aussi un grand soulagement.

— Je vais le tuer, annonce Ryder d'une voix étonnamment posée. Je vais le défoncer.

J'essuie mes larmes et je prends ses mains dans les miennes.

— Non, Ryder, tu ne vas rien faire. C'est exactement la réaction qu'il cherche : il veut que le monde entier soit en colère, comme lui, et j'en ai plus qu'assez de ses petits jeux psychologiques pervers.

— Il est toujours à Atlanta ?

— Aucune idée. Je ne l'ai pas revu depuis hier soir. Je ne savais même pas qu'il était là avant qu'il se pointe au club.

— Si je le trouve, je vais lui démonter la tronche.

— Il n'en vaut pas la peine. Il adore pousser la provocation. La meilleure façon de lutter contre lui, c'est de faire comme s'il n'existait pas, tout simplement.

Bon, ce n'est peut-être pas la meilleure, mais c'est la seule que j'ai trouvée. Elle m'a valu pas mal d'ecchymoses, mais j'ai fait ce qu'il fallait pour survivre.

— Je veux juste qu'il sorte de ma vie, dis-je en poussant un soupir. Et si, pour ça, je dois l'ignorer, lui et tout ce qu'il m'a fait endurer, ainsi soit-il. Du moins, tant que je n'ai pas trouvé un avocat pour régler le divorce.

— Je peux passer quelques coups de fil, si tu veux, propose Ryder en dégageant la frange de mes yeux. Voir si on peut accélérer les choses concernant la paperasse pour le divorce.

— Tu connais des avocats spécialisés dans le divorce à Londres ?

— Je connais pas mal de monde, tigresse.

Bien sûr. C'est Ryder Cole, après tout.

Un léger sourire se dessine sur mes lèvres, et je renverse la tête en arrière, mon esprit enfin libéré d'un poids qui m'a entravée pendant trop longtemps.

— Merci, chuchoté-je.

Ryder m'attire vers lui, et je pose le front contre son torse en fermant les yeux, cherchant à retenir ce moment pour l'éternité. C'est comme un retour aux sources et ça fait du bien.

— Il ne te fera plus jamais mal, Cassie, promet Ryder. Je sais que tu es plus que capable de te défendre toute seule, mais tu n'as plus à le faire parce que je suis là. Je suis là et je ne te lâcherai jamais.

J'opine, saisie d'une soudaine fatigue, mais qui n'est pas physique. Elle est morale et émotionnelle. Elle est lourde ; néanmoins, je l'oublie presque instantanément maintenant que je suis enfin à ma place, blottie dans les bras de Ryder.

26

Cassie

J'ouvre les yeux et constate que les premiers rayons de soleil entrent par la baie vitrée de la chambre, dont les rideaux sont grands ouverts. À moitié endormie, je roule sur le côté pour me retrouver face à face avec Ryder. Il resserre son étreinte autour de moi, et je me fonds contre son corps puissant.

— Salut, toi, murmure-t-il, les yeux fermés.

Je souris et passe une main sur son visage, puis lui effleure les lèvres de mon index. Quand il dépose des baisers dans ma paume et au bout de chacun de mes doigts, une chaleur soudaine envahit mon ventre. Je pousse les hanches vers lui et sens son érection matinale pressée contre mes cuisses.

Nous sommes tous les deux nus sous les draps, et je me sens à la fois vulnérable et confiante. S'il est toujours facile de faire tomber la barrière des vêtements qui nous sépare, il m'a été un peu plus difficile de franchir la barrière invisible que j'ai dressée autour de moi et mon secret humiliant. Mais, après notre discussion de la veille, je n'éprouve aucun regret de l'avoir fait ; au contraire, j'aurais dû le faire plus tôt.

Je hume l'odeur de sa peau en essayant d'imaginer à quoi on ressemble, vus d'en haut, dans son lit gigantesque, collés l'un à l'autre, nos membres entrelacés dépassant des draps froissés autour de nous.

Ryder passe son bras tatoué autour de mes épaules et me caresse légèrement le dos dans un geste réconfortant et tendre.

— J'aime me réveiller à tes côtés, chuchote-t-il.

— Ça tombe bien parce que moi aussi, répliqué-je en faisant lentement glisser mes paumes vers ses fesses.

— Tu pourrais passer la semaine ici... Tu sais, au cas où...

— Au cas où quoi ?

Je sais ce qu'il va me dire, et mon cœur se serre.

Il ouvre alors les yeux en prenant une expression inquiète et plonge son regard dans le mien.

— On ignore toujours où est Sebastian.

Il n'a plus essayé de me joindre depuis dimanche soir. J'espère qu'il a enfin compris le message et que, cette fois, il tournera enfin, lui aussi, la page du triste chapitre de notre mariage.

Je soupire et j'embrasse le front de Ryder.

— Peut-être, susurré-je contre sa peau, mais on sait déjà avec certitude qu'il ne sera pas à *Altitude*, où je vais passer toute la journée à tes côtés. Je dois juste faire un crochet par chez moi pour me changer avant.

— Tu peux laisser ta voiture ici, et on fera un détour par chez toi en allant au boulot.

— Merci, c'est gentil, mais j'ai prévu de voir Shelby après le travail.

Il se redresse sur un coude, et je ne peux résister à l'envie de dessiner les muscles de son torse du doigt. J'adore son corps.

— OK, dans ce cas, je vais te suivre avec ma caisse et attendre que tu récupères tes affaires chez toi. Je ne veux pas que tu y ailles seule.

Je n'aime pas le voir inquiet, mais il n'a pas tout à fait tort. Connaissant Jamie, il a dû découcher tout le week-end, ce qui signifie que la maison est vide. Cela dit, Sebastian a régi ma vie bien trop longtemps, et je refuse qu'il fasse la même chose avec celle de Ryder. Je me suis enfin libérée de son emprise et je veux que ça reste ainsi. Je n'ai plus peur de lui. Sa vraie nature ainsi que notre secret pesant sont enfin exposés au grand jour.

On fait moins le malin maintenant, connard.

— Tout ira bien, ne t'en fais pas, le rassuré-je en passant une main dans ses cheveux.

Il ouvre la bouche pour protester, mais je me penche sur lui et l'embrasse avidement. Je ne veux plus parler de Sebastian, surtout quand on peut faire d'autres choses bien plus intéressantes.

Comme s'il avait lu dans mes pensées, Ryder approfondit le baiser. Nos langues se mêlent presque furieusement, et je laisse échapper un gémissement lorsque ses mains se referment sur mes seins.

— Monsieur Cole, bafouillé-je avant de mordiller sa lèvre inférieure, nous allons arriver en retard au travail si vous continuez comme ça.

— Un des nombreux avantages quand on est le patron, rétorque-t-il en plaquant les paumes sur mes fesses, c'est que, quelle que soit l'heure à laquelle on arrive, on n'est jamais en retard. Et, comme tu es avec moi, tu peux également jouir de ce privilège, tigresse.

— Très bien, mais je préfère jouir avec toi avant.

— Ça va de soi, lâche-t-il en roulant sur moi.

J'écarte les jambes, et il me pénètre lentement. Je m'arque aussitôt sous lui, submergée par des sensations à la fois familières et nouvelles. Jamais je ne me lasserai de l'admirer, de le toucher, de ses mains, de son corps…, de lui.

D'une seule main, il me saisit les poignets et m'immobilise les bras au-dessus de la tête puis s'enfonce pleinement en moi, avant d'entamer un mouvement de va-et-vient. Je noue les jambes autour de sa taille, essayant d'aller à sa rencontre à chacune de ses poussées. Mon corps, emprisonné sous le sien, s'enfonce dans le matelas, je suis à sa merci, mais je ne crains rien, je suis en sécurité. Il ne me fera jamais le moindre mal, il m'écoute et ne cherche qu'à attiser mon plaisir avant tout.

Je renverse la tête en arrière sur l'oreiller pour lui signifier que je m'abandonne entièrement à lui, et il me relâche les poignets pour m'attraper par la taille. L'instant d'après, je suis à quatre pattes, et Ryder s'introduit en moi par-derrière. Imprimant à ses hanches un mouvement régulier, il titille tour à tour les pointes de mes seins entre ses doigts, et je sens déjà l'orgasme monter en moi.

Sans arrêter ses assauts, il se penche sur moi, et je sens son front, qu'il appuie contre mon dos, et les battements accélérés de son cœur qui se répercutent en moi.

— On va pas aller au club aujourd'hui, je pense, déclare-t-il d'une voix rauque. On a pas mal de boulot qui nous attend ici.

— Me baiser, c'est du travail pour toi ? balbutié-je, l'air faussement vexé, en me redressant sur les genoux, le dos contre son torse.

— Pas du tout, tigresse, me chuchote-t-il à l'oreille en passant un bras autour de ma taille. Te baiser, c'est le paradis.

Quand je sens ses doigts se poser sur mon clitoris, je laisse tomber la tête contre son épaule, et les premières convulsions de l'orgasme s'emparent de mon corps. Ryder accélère le mouvement de ses hanches et de ses doigts et…

— J'ai besoin de toi, l'entends-je dire.

Son aveu, combiné à ce qu'il est en train de me faire, provoque une sensation inédite au fond de mon être, et je jouis avec violence, comme jamais auparavant.

Il m'aura fallu vingt-six ans pour découvrir les bienfaits du yoga.

Je me demande si c'est parce que j'étais un garçon manqué pendant une bonne partie de mon adolescence ou parce que j'ai commencé à bosser assez tôt dans le garage de mon père. Quoi qu'il en soit, je ne regrette pas de m'être laissé convaincre par Shelby.

Après le cours, on décide de déguster un smoothie bien mérité avant de rentrer.

— C'est moi qui régale, pour fêter ton dépucelage spirituel, déclare Shelby.

— Mille mercis, gente dame, m'esclaffé-je en lui tenant la porte du bar à jus.

Elle esquisse une révérence exagérée, et on prend place dans la file d'attente.

—Alors, tu en as pensé quoi ? s'enquiert Shelby. Ça t'a plu ?

—Oui. Jamais je n'aurais cru que mes muscles étaient aussi tendus.

—En même temps, tu as traversé pas mal d'épreuves dernièrement…

J'opine.

Comme tout se sait rapidement dans notre petit groupe, avant le cours de yoga Shelby m'a demandé ce qui s'est passé avec Ryder, dimanche soir. Du coup, je l'ai mise au courant de la dispute avec Sebastian, qui a été la goutte qui a fait déborder le vase et m'a poussée à quitter Londres.

Deux jours avant que je décide de quitter Sebastian, celui-ci m'a fait une réflexion sur la manière dont j'avais plié ses tee-shirts, qui, selon lui, n'était « pas la bonne », avant de m'envoyer valser contre le mur de notre chambre à coucher. Heureusement que j'ai eu le réflexe d'amortir le coup avec mes mains tout en inclinant la tête sur le côté. Je m'en suis tirée avec quelques bleus facilement camouflables sous des vêtements et un peu de maquillage, exactement comme Sebastian le voulait. Tel un criminel, il ne tenait pas à laisser des indices susceptibles de révéler son vrai visage aux yeux du monde. Chaque fois, c'était la même chose : ses coups et ses agissements étaient toujours bien calculés, jusqu'au moindre détail.

Assise sur son tapis d'exercice, Shelby a écouté mon récit, bouche bée.

—Je ne sais pas quoi te dire, Cassie. C'est horrible, a-t-elle juste commenté avant de me prendre dans ses bras.

Je ne peux pas m'empêcher de penser que les choses auraient été différentes si j'avais eu ne serait-ce qu'une seule amie comme elle à Londres, mais, bien sûr, Sebastian a fait en sorte que mon univers soit complètement coupé du monde extérieur.

Après le cours, j'ai vu trois appels en absence en provenance d'un numéro bloqué sur mon portable. C'était lui, j'en suis certaine. L'icone de la messagerie vocale était affiché, mais j'ai préféré l'ignorer et ranger le téléphone dans mon sac.

La file avance encore, et je lève la tête pour étudier la carte des jus suspendue au-dessus du comptoir quand j'aperçois une silhouette familière devant nous, en train de passer commande.

—Qu'est-ce que Cash fout ici ? demandé-je à Shelby.

—Hein ? Où ça ?

—Là, devant, dis-je en le désignant du doigt. En plus, il a commandé un truc un peu trop vert à mon goût. Beurk !

Au même moment, il se retourne et sourit en nous voyant.

—Quelle bonne surprise de vous voir ici, les filles ! nous salue-t-il en s'avançant avant d'aspirer sur sa paille.

—Qu'est-ce que tu fais là, Cash ? lui demande Shelby.

— J'ai entendu dire qu'il y avait un très bon studio de yoga non loin d'ici et j'ai voulu tester un cours.

— Habillé comme ça ? fais-je remarquer en détaillant son jean et son tee-shirt.

— Quoi ? Tu sais, chacun fait comme il le sent, Cassie.

Devant sa réponse aussi inattendue qu'étrange, Shelby et moi échangeons un regard sceptique. Notre tour arrive enfin, et Cash sort du bar pour nous attendre devant pendant qu'on passe notre commande : un smoothie fraise/noix de coco pour Shelby et un myrtille/banane pour moi.

Boisson à la main, on rejoint Cash sur le trottoir et on se dirige tous ensemble vers le parking d'un pas lent.

Il fait encore jour même si le soleil commence déjà à se coucher de plus en plus tôt. L'été va bientôt céder sa place à l'automne, ce qui n'est pas pour me déplaire : le changement de couleur des feuilles dans les arbres, l'air frais et vif chargé d'odeurs de pin, la buée qui sort de ma bouche, les barbecues dans le jardin, sans oublier le coup d'envoi de la saison de football… J'ai hâte !

En Angleterre, je voyais les saisons défiler l'une après l'autre, depuis ma fenêtre, comme une prisonnière qui rêvait de briser les barreaux de sa cellule, en ressentant un soulagement mêlé à de la frustration. Le temps s'égrenait à son rythme au-dehors alors que, dans mon appartement, c'était comme s'il s'était arrêté. Mais tout cela appartient au passé désormais et, si j'ai bien appris quelque chose depuis que je suis revenue, c'est qu'il faut profiter au maximum du moment présent.

On marche tranquillement dans la rue en sirotant nos smoothies et en bavardant de tout et de rien.

— Tiens, j'ai une idée, déclare Cash. On pourrait ouvrir un bar à jus, mais alcoolisés. Vous voyez le genre, des boissons comme celles qu'on boit là, mais relevées avec quelques gouttes d'alcool.

— Comme… une tequila sunrise, par exemple, propose Shelby.

— Ou une piña colada, proposé-je en essayant de garder mon sérieux.

— Je sais! s'exclame Shelby. Un bloody mary!

— Ha, ha, très drôle, les filles! observe Cash en secouant la tête. Je sais que ça existe déjà, mais moi, je peux faire quelque chose d'encore mieux, un nouveau concept de cocktails avec des fruits frais de qualité, sélectionnés avec soin.

— Pour se mettre minable tout en respectant la règle des cinq fruits et légumes par jour? demande Shelby.

— Exactement, répond Cash fièrement.

On arrive devant le studio de yoga, où Shelby a garé sa voiture, et je m'arrête net en voyant Jackson devant la porte.

— OK, que Cash veuille s'essayer au yoga dans le but de pécho, ça ne m'étonne pas plus que ça, dit Shelby avant de se retourner vers son frère. Mais toi, tu ne ferais pas du yoga même si ta vie en dépendait. Qu'est-ce qui se passe?

— Relax, frangine, réplique-t-il en lui faisant la bise avant de m'en faire une aussi. Je passais par hasard.

Heureusement qu'il n'a pas dit que, lui aussi, voulait se mettre au yoga, car j'aurais eu du mal à le croire étant donné qu'il est vêtu d'un costume gris et d'une chemise blanche. Et que, comme Cash, il n'a pas de sac de sport. Cash et lui échangent un regard entendu, et je fronce les sourcils.

— Hé, je vous ai vus ! leur signalé-je.

— Quoi donc ? s'étonne Cash.

— Y a quelque chose qui cloche dans tout ça, lancé-je à Shelby en la prenant par la main pour l'entraîner vers le parking à l'arrière de l'immeuble.

Au détour du bâtiment, j'aperçois Ryder, nonchalamment appuyé contre le capot de la voiture de Shelby.

— Attends, laisse-moi deviner, annoncé-je en penchant légèrement la tête sur le côté. Tu es là pour le cours de yoga aussi, n'est-ce pas ?

— On voulait juste s'assurer que tout allait bien, déclare-t-il en souriant.

Il est magnifique dans son tee-shirt blanc et son jean noir. Comme un mannequin d'une pub pour parfum.

Je roule des yeux, même si je suis extrêmement touchée par leur démarche.

— C'est trop chou, minaudé-je. Tout va très bien, vraiment.

— C'est super sympa de votre part de vouloir protéger Cassie, mais je ne sais pas comment je dois le prendre, marmonne Shelby. Seriez-vous en train de remettre en question mes techniques d'autodéfense ?

— Ouais, sérieux, fais-je en esquissant une petite moue et en passant un bras autour des épaules de mon amie. Nous aussi, on sait se battre d'abord.

Tout en parlant, je lève l'autre bras et contracte mon biceps.

— Impressionnant, observe Ryder en s'avançant vers nous. (Il dépose un baiser sur mon muscle toujours tendu) Mais imagine qu'on fasse ça…

Avant même que j'aie le temps de réagir, Ryder me soulève d'un geste fluide et me passe par-dessus son épaule. Je pousse un petit cri de surprise en gigotant autant que possible et me félicite d'avoir opté pour un pantacourt au lieu du short que je voulais mettre à la base.

— Alors, ils sont passés où, tes biceps, tigresse ? me demande Ryder en me portant vers sa voiture comme si je ne pesais rien.

J'essaie de me débattre encore un peu, mais je finis rapidement par éclater de rire.

— OK, OK, c'est bon, tu as gagné.

— Je gagne toujours, murmure-t-il en me reposant devant la portière du côté passager de sa voiture.

Il prend ensuite doucement mon visage entre ses mains et m'embrasse tendrement sous les vivats enthousiastes de nos amis.

— Ils vont finir par croire que tu m'aimes bien, susurré-je contre ses lèvres chaudes.

— Ils n'auront pas tort, réplique-t-il en me faisant un clin d'œil.

Il m'ouvre la portière avant de m'embrasser une autre fois.

Arborant un sourire jusqu'aux oreilles, je m'installe dans le véhicule, et Ryder prend place au volant avant de démarrer. On salue Shelby, Cash et Jackson de la main et on quitte le parking pour rentrer chez lui.

27

Cassie

Le lendemain après-midi, je m'apprête à prendre ma pause-déjeuner lorsque Ryder arrive vers moi, suivi d'un homme très grand. Immense, même.

— Je te présente Gunner, déclare Ryder. Gunner, voici Cassie.

— Enchantée, marmonné-je en serrant la main qu'il me tend.

Il répond d'un simple hochement de tête.

Pas très bavard, le gars, on dirait.

— Gunner est l'un de mes meilleurs combattants, m'explique Ryder. Il s'occupe souvent aussi de tout ce qui touche à la sécurité de l'entrepôt quand il ne combat pas. Il a des relations au FBI d'Atlanta et peut donc nous aider à savoir où est Sebastian et quel niveau de risque il représente pour toi.

— « Niveau de risque » ? répété-je, surprise. C'est pas un terroriste quand même.

— Il te terrorise, me contredit Ryder. Ça fait de lui un terroriste.

— Il ne faut pas non plus exagérer, marmonné-je, gênée de devoir en discuter devant un étranger.

Gênée par toute cette histoire plutôt, et par le remue-ménage qu'elle est en train de créer parce que j'ai lamentablement échoué à gérer les choses toute seule.

En vivant avec Sebastian, j'ai rapidement dû apprendre à toujours me tenir sur le qui-vive tout en me réfugiant dans un déni profond. Il pouvait se passer plusieurs jours, voire semaines, sans qu'il lève la main sur moi, et, chaque fois, je me berçais d'illusions jusqu'au moment où je faisais quelque chose qui avait le don d'éveiller le pire en lui. Comme, par exemple, la fois où il m'a asséné une gifle magistrale avant de m'enfermer dans la penderie pendant toute une nuit parce que je n'avais pas décroché le téléphone à temps quand il m'avait appelée de son bureau.

« Maintenant, tu vas comprendre ce que ça fait d'être ignoré », m'avait-il dit avant de refermer la porte de la penderie.

Une autre fois, il m'a frappée fort sur la tête parce que j'ai utilisé son ordinateur portable sans permission. L'ironie dans tout ça, c'est que c'était mon propre ordinateur, celui que j'avais rapporté d'Atlanta.

Un soir, il est entré dans une colère noire parce que j'avais « mis trop de temps à faire les courses ». Il m'a violemment plaquée contre le mur de la cuisine alors que je tenais encore les sacs dans les mains. Il m'a dit qu'il allait me priver de sortie si je recommençais avant de décocher un coup de poing dans le mur, à quelques millimètres de ma tête, y laissant un joli trou. Quand il m'a relâchée et que j'ai réussi à me remettre, tant bien que mal, du choc, j'ai rangé les courses avant de cacher tous les objets pointus ou coupants. Cette nuit-là, je n'ai pas fermé l'œil, revivant la scène du coup de poing seconde par seconde. Le lendemain, pour camoufler le trou dans le mur, Sebastian a accroché une photo de nous par-dessus, souriants et enlacés, quand on était partis en week-end en amoureux pour la première fois. On n'a plus jamais parlé de ce qui s'est passé.

C'est tellement plus simple d'accumuler les problèmes en les enfermant dans un coin de la tête et de prétendre que tout va bien alors qu'en réalité rien ne va plus. Sauf que pratiquer la politique de l'autruche n'est pas une solution. Surtout pas pour un homme comme Sebastian. Il ne s'est peut-être pas manifesté depuis dimanche, mais il n'a pas dit son dernier mot : pour preuve les messages sur mon téléphone, que j'ai décidé d'écouter hier soir, pendant que Ryder prenait sa douche. J'essaie encore de comprendre les raisons exactes qui m'ont poussée à le faire : l'inquiétude, l'exaspération, un mélange des deux ? En tout cas, je ne pouvais pas repousser cette épreuve éternellement.

Assise sur le lit de Ryder, j'ai pressé l'icone de la messagerie vocale avant de porter le combiné à mon oreille.

« Cassie, je pense qu'on devrait discuter de ce qui s'est passé dimanche, mon amour. Je ne sais pas ce qui t'est arrivé, je ne te reconnais plus, et nous devons remédier à ça. Tu dois réparer tes erreurs. Jusqu'à ce que la mort nous sépare, ne l'oublie jamais. »

— C'était qui ?

J'ai légèrement sursauté en entendant la voix de Ryder. J'étais tellement absorbée par mes pensées que je n'ai même pas remarqué que l'eau de la douche ne coulait plus.

— J'écoutais juste un message vocal, ai-je essayé de noyer le poisson en me tournant vers lui avec un sourire.

— De qui? a-t-il demandé en venant s'asseoir à côté de moi.

Il connaissait déjà la réponse. Je l'ai immédiatement compris au regard qu'il m'a lancé. Du coup, je me suis juste contentée de hocher la tête.

— Qu'est-ce qu'il a dit?

— Des conneries, ai-je répondu. Je n'ai même pas écouté ses autres messages, ça n'en vaut pas la peine.

— Les «autres» messages? a-t-il répété, surpris. Combien t'en a-t-il laissé?

— Trois.

— Pourquoi tu ne m'as rien dit, bon sang?

Il a posé une main sur ma cuisse, et je l'ai recouverte de la mienne avant de lui caresser le bras, traçant du doigt le contour d'un de ses nombreux tatouages: un navire de guerre avec plusieurs canons sortant de ses flancs.

— Je ne voulais pas que tu te fasses du souci inutilement. Tout le monde s'inquiète pour moi, ce qui ne fait que donner de l'importance à Sebastian, et c'est précisément ce qu'il veut. Il veut me faire peur, il veut que toutes nos conversations tournent autour de lui. Il…

Poussant un soupir, j'ai pris la main de Ryder avant de l'embrasser et de la porter contre mon cœur.

— Il ne m'aime pas, ai-je poursuivi. Tout cela n'est qu'un jeu pour lui, et moi, je refuse d'y jouer.

— Tu as raison, mais ce n'est pas non plus quelque chose à prendre à la légère, a fait valoir Ryder. Il faut qu'on soit préparés au cas où son jeu morbide se transforme en réalité.

—Je sais… Je sais.

—Cassie, dit Ryder d'une voix douce et rassurante, brisant le fil de mes réflexions. On doit savoir à qui on a affaire.

Je cligne plusieurs fois des paupières, regardant tour à tour Ryder et Gunner.

—Plus Gunner en sait sur Sebastian, plus il lui sera facile de le retrouver et de voir ce qu'il mijote, n'est-ce pas, Gun ?

Gunner acquiesce en prenant place sur le tabouret à côté de moi. Ryder me sourit, puis m'embrasse les cheveux et se dirige vers son bureau.

Je le regarde s'éloigner quelques instants avant de me précipiter derrière lui.

— Tu es sûr que c'est vraiment nécessaire ? l'interrogé-je en le rattrapant dans le couloir.

Mon estomac se tord à la simple idée de devoir relater la biographie de Sebastian, de discuter de ses habitudes ou encore de ses préférences alimentaires, de toutes ces choses qu'une épouse est censée savoir parce qu'elle aime et connaît bien son mari, pas parce qu'elle a besoin d'un garde du corps pour la protéger de lui.

—Je l'ignore, mais on doit faire quelque chose. Reconnais que Sebastian a le cerveau un peu dérangé quand même. Mieux vaut prévenir que guérir.

Le regard rassurant de Ryder me détend un peu.

—Est-ce que je dois lui parler des…

… *violences physiques que j'ai subies ?*

Les mots restent coincés dans ma gorge. Je suis une victime de violences conjugales, j'en suis consciente, mais je ne suis pas encore prête à l'avouer à haute voix.

— ... de tout ? terminé-je d'une voix tremblante.

— Non. Tu lui dis tout ce qui, selon toi, peut aider Gunner à cerner le personnage, répond Ryder. Il faut faire sortir Sebastian définitivement de ta vie, mais, pour ça, il faut le trouver avant. Tu ne peux pas engager une procédure de divorce contre un fantôme. (Il m'adresse alors un de ses sourires irrésistibles et m'attire contre lui.) Et puis je te veux pour moi tout seul.

— Merci, chuchoté-je en déposant quelques petits baisers sur sa barbe naissante.

— De quoi ?

— De veiller sur moi comme tu le fais.

Il me répond par un autre sourire et disparaît dans le bureau.

Les lèvres serrées dans une moue résolue, je retourne auprès de Gunner et, pendant l'heure qui suit, je lui fournis toutes les informations que j'estime importantes et pertinentes concernant Sebastian. Et même une fois qu'il est parti, chaque fois que j'ai quelque chose qui me revient en tête, je lui envoie un SMS. Mon passé est lourd et douloureux, mais, s'il peut m'aider à aller de l'avant, je dois surmonter l'échec de ces deux dernières années.

Même si je passe toute la semaine chez Ryder, je pense quand même souvent à mon frère. Ça fait un petit moment que je ne l'ai pas vu et, à en croire les quelques textos qu'il m'a envoyés – j'ai dû insister pour qu'il me donne signe de vie –, il part souvent en vadrouille avec ses amis. Pour une fois, ça me rassure parce que ça signifie qu'il n'est pas souvent à la maison et que Sebastian n'est pas entré en contact avec lui dans le but de lui soutirer des informations à mon sujet.

Gunner, lui, est devenu un peu comme mon ombre, si bien que j'oublie qu'il est là, des fois. Il ne parle pas beaucoup – d'ailleurs ses répliques ne dépassent jamais la monosyllabe – et il se tient toujours en retrait : le profil type d'un garde du corps.

Ma semaine de travail venant de s'achever, je sirote une bière, installée au comptoir avec Ryder. Le happy hour bat son plein, et on regarde les clients se succéder.

— Je vais peut-être avoir besoin de Gunner sur le ring, ce soir, m'informe Ryder à un moment.

Je suis peut-être en week-end, mais lui ne l'est pas parce que, ce soir, c'est soirée de combat.

— Je pensais que tu allais tout miser sur Crutcher, observe Cash en décapsulant une bouteille de bière.

— Ouais, mais apparemment il a une côte cassée, rétorque Ryder. C'est mon meilleur boxeur, mais il est encore jeune, il doit s'endurcir davantage.

— Toi en tout cas, c'est pas une petite côte brisée de rien du tout qui t'empêchait de monter sur le ring, déclare Cash en souriant tout en secouant la tête.

— C'est clair, glousse Ryder.

— Une côte cassée, ça guérit relativement vite d'habitude, en plus, dis-je.

— Ça sent le vécu, ça, annonce Cash.

Hormis Ryder et Shelby, personne n'est au courant des violences physiques que Sebastian a exercées sur moi. Cash l'a donc dit sur le ton de la plaisanterie, sauf que, malheureusement, ce n'en est pas une.

— Je te verrais bien sur un ring, enchaîne-t-il en préparant plusieurs shots de whisky. Tu es petite, mais quelque chose me dit que tu es coriace.

— Elle a un très bon crochet du droit, en tout cas, commente Ryder.

— Tu essaies de me recruter ? plaisanté-je à son adresse.

— Oh ouais, mec, putain, tu devrais ! Les combats entre nanas, c'est une super bonne idée ! s'exclame Cash en toquant son verre contre celui de Ryder avant d'aller servir un client.

— Rassure-moi, il sait que ça existe déjà ? demandé-je à Ryder en haussant un sourcil sceptique.

— Je préfère ne pas savoir ce qui se passe exactement dans la tête de Cash Garner. Prête ?

— Tu pars déjà à l'entrepôt ?

— Ouais. Tyler a trouvé un mec qui pourrait remplacer Crutch si celui-ci se désiste au dernier moment, et j'aimerais voir comment il se débrouille sur le ring.

Je baisse le regard sur ce que je porte : un haut à bretelles, un jean et des claquettes. Ce n'est pas la tenue idéale pour assister à des combats clandestins, surtout pas avec le genre de public BCBG qu'attire l'événement.

— Je pense que je vais passer par chez moi pour me changer, répliqué-je.

— Ah ! lance Ryder en consultant sa montre. OK, je vais prévenir Ty que j'aurai un peu de retard.

— Non, non, je vais m'arranger, ne t'en fais pas pour moi.

Étant donné que Ryder a insisté pour devenir mon chauffeur personnel, et qu'il finit toujours par obtenir ce qu'il veut, hier j'ai déposé ma voiture chez moi et j'en ai profité pour récupérer quelques affaires. D'ailleurs, comment ai-je pu oublier de prendre une robe pour ce soir ?

— Si, tigresse, murmure-t-il en glissant les doigts dans mes cheveux. Je préfère rester avec toi.

Je sais pourquoi il s'obstine à refuser de me laisser seule. Gunner nous a révélé hier que son contact avait réussi à tracer le signal GPS du portable de Sebastian et que celui-ci serait toujours à Atlanta. Je comprends l'inquiétude de Ryder, mais je sais aussi à quel point la soirée de combat de ce soir est importante pour lui. On ne peut pas organiser nos vies autour de Sebastian. Je l'ai fait pendant deux ans, et ça ne m'a valu que des ennuis et un aller simple très, très cher pour Atlanta.

Je prends la main de Ryder et dépose un baiser à l'intérieur de son poignet.

— Non, dis-je d'un ton résolu. Tu as du boulot et tu ne peux pas te permettre d'être en retard cette fois. Je vais demander à Gunner qu'il me dépose chez moi en allant à l'entrepôt, ça ne sera pas un problème pour lui, j'en suis sûre. Je vais me changer vite fait et te rejoindre avec ma voiture, qu'on retournera déposer chez moi demain, si tu veux. On ne va pas le laisser nous pourrir la vie, OK ?

Il semble réfléchir quelques instants.

— Tu l'as garée où, ta caisse ?

— Dans mon garage, qui est fermé à double tour, tenté-je de le rassurer. Il ne peut rien m'arriver. Comme je t'ai dit, je me change vite fait et j'arrive.

— Bon, marmonne-t-il en se levant avant de se pencher vers moi. En revanche, je te conseille de mettre quelque chose que je pourrai t'enlever facilement en rentrant.

Il fait déjà nuit quand Gunner me dépose devant chez moi. La maison est plongée dans l'obscurité, ce qui signifie que Jamie n'est pas là. Au moins, il n'a pas pris la voiture, car je la vois à travers la petite fenêtre de l'ouverture automatique du garage.

Gunner tend le bras pour ouvrir sa portière.

— Ne vous dérangez pas, Gunner, déclaré-je en descendant – en sautant, plutôt – de son gros pick-up. Merci de m'avoir déposée. Et bonne chance si vous montez sur le ring ce soir, même si, bon, vous n'en avez pas vraiment besoin, je pense.

Il hoche la tête, et je vois un bref sourire sur ses lèvres.

Je remonte l'allée de la maison et déverrouille la porte avant d'entrer, puis j'allume la lumière et je salue Gunner de la main. Il démarre avant de quitter la rue dans un vacarme presque infernal, et je secoue la tête en souriant.

Les mecs et les bagnoles, j'te jure!

Je referme la porte et monte au premier en réfléchissant à ce que je pourrais bien mettre pour ce soir. Je n'ai pas beaucoup de vêtements à la base, mais j'espère trouver quelque chose qui fera l'affaire dans mon placard.

Je pénètre dans ma chambre et j'actionne l'interrupteur avant de me diriger vers mon armoire. Si, toutefois, je ne trouvais rien, je pourrais éventuellement passer chez Shelby pour lui emprunter un truc ou encore faire un détour par le centre commercial pour…

J'ouvre les portes de mon placard, et mon sang se glace dans mes veines.

Sebastian. Là. Dans mon placard.

Je me retourne pour m'enfuir, mais il est plus rapide que moi. Brutalement, il enroule un bras autour de ma taille et l'autre autour de mon cou, puis resserre son emprise. Je veux hurler, crier, mais je n'y arrive pas. Je commence même à avoir du mal à respirer. J'essaie de me débattre, en vain.

Mes jambes flageolent, mes bras retombent le long de mon corps, ma vision se brouille puis… plus rien.

28

Cassie

J'ouvre les yeux et je bats plusieurs fois des paupières, totalement désorientée.

Pourquoi est-ce que j'ai un bâillon enfoncé entre les lèvres ?

Sebastian… Dans mon placard.

Je suis allongée dans un espace confiné. J'observe le mur et le plafond, blancs et inconnus. Je veux retirer le tissu qu'il m'a fourré dans la bouche, mais je n'y arrive pas, j'ai les mains liées dans le dos. J'essaie de me tourner sur le côté pour me redresser sur le coude, mais la corde rugueuse me fait mal aux poignets. Je ne peux même pas étendre les jambes.

Mon Dieu, je suis dans une baignoire !

Je remarque un savon emballé posé sur le rebord. On est probablement dans un motel.

La lumière dans la salle de bains est aveuglante, et je ferme les yeux pour essayer de calmer les battements frénétiques de mon cœur.

Où est Sebastian ?

Tant bien que mal, je tends l'oreille pour percevoir le moindre bruit provenant de la chambre.

Rien. C'est le silence total.

Mon sang pulse sourdement à mes tempes, et je déglutis avec difficulté. Pas étonnant, cet attardé a failli m'étrangler.

Combien de temps suis-je restée inconsciente ? Est-ce que quelqu'un a remarqué mon absence à l'entrepôt ?

J'ai dit à Ryder que je ferais vite, mais il doit être tellement occupé à gérer les boxeurs, le public, les parieurs... Il ne verra même pas que je ne suis pas là.

Pas de panique...

C'est fou, les choses arrivent vraiment lorsqu'on s'y attend le moins. Jamais je n'aurais pu imaginer que Sebastian allait s'introduire chez moi pour surgir de mon placard et m'enlever. C'est un peu extrême, même pour un personnage comme lui.

Je me suis fait kidnapper par mon mari et me voilà, ligotée dans une baignoire, Dieu sait où.

J'aurais dû accepter que Ryder m'accompagne.

J'aurais dû laisser Gunner m'escorter jusqu'à la maison.

Oui, j'aurais dû faire un tas de choses autrement, mais ce n'est pas le moment de larmoyer. Je dois garder mon calme, coûte que coûte.

J'en suis là de mes pensées quand j'entends la porte de la salle de bains s'ouvrir et des pas lents résonner sur le carrelage. Je doute que ce soient les secours.

— Tu es réveillée, mon amour, observe Sebastian en se penchant sur moi.

Il porte une chemise blanche boutonnée jusqu'au col et soigneusement glissée sous la ceinture de son pantalon à pinces. Il est bien coiffé et a mis les boutons de manchette qu'il s'était offerts pour son dernier anniversaire. Il a tout de même pensé à se faire beau avant de kidnapper sa femme. Normal, quoi.

Il tient un sac en plastique dans les mains. Je me demande ce qu'il contient, mais, d'un autre côté, je préfère ne pas le savoir.

Sebastian me saisit par les épaules et me redresse en position assise. Je ramène les genoux vers moi.

Tiens, je suis pieds nus.

Je tressaille quand je croise son regard. Il me détaille un long moment avant d'enrouler une mèche de mes cheveux autour de son doigt. Son pouce effleure ma joue, et une nausée violente me soulève aussitôt l'estomac.

— Cette couleur ne te va pas du tout, marmonne-t-il en secouant la tête, l'air désolé. Sans parler du maquillage.

Je ne porte pas de maquillage, espèce de cinglé.

Je baisse la tête, mais il met un doigt sous mon menton pour m'obliger à lever les yeux.

Poussant un soupir, il plonge une main dans le sac et en ressort un kit de coloration Blond Clair ainsi qu'un paquet de lingettes démaquillantes.

— Mais on va tout de suite arranger tout ça, continue-t-il en poursuivant son résonnement, tout en tirant une lingette du paquet. Tu vas voir, tout redeviendra rapidement comme avant.

Il commence à me nettoyer le visage en me frottant le front, les yeux et les joues avec force, et j'esquisse une moue de douleur malgré moi. Il n'a toujours pas compris que je ne portais pas de maquillage ?! En même temps, il ne semble pas comprendre grand-chose dernièrement, donc…

— Peu importe ton apparence, Cassandra, peu importe ce que tu fais, peu importe où tu vas et avec qui, tu seras toujours à moi. Heureusement que je suis là pour remettre un peu de bon sens dans ta cervelle.

Il me retire le bâillon et passe la lingette sur mes lèvres avant de m'embrasser. J'ai envie d'éclater en sanglots, de vomir, de prendre les jambes à mon cou, mais je suis coincée. Acculée dans un coin, comme un animal apeuré.

Je pourrais hurler à la mort, mais, si personne ne m'entend, j'ai peur de la réaction de Sebastian. Je dois plutôt essayer de gagner du temps, de le raisonner.

— Sebastian, balbutié-je, tu dois me laisser partir, s'il te plaît.

Il m'adresse un sourire qui me coupe le souffle, mais pas dans le bon sens du terme.

Je ne reconnais plus l'homme qui se tient devant moi. Ce n'est plus celui dont je suis tombée follement amoureuse et que j'ai épousé sur un coup de tête. La lueur qui brille dans ses yeux noisette n'est plus malicieuse, comme naguère. Elle est malsaine, sinistre. Elle exprime nombre de secrets sombres. Sebastian cache un double visage, une autre personnalité.

Brusquement, il plaque une main autour de mon cou et fouille de nouveau dans le sac pour en sortir un large tee-shirt noir et une grande paire de ciseaux.

— Je ne bougerais pas si j'étais toi, ma beauté.

Il me relâche et saisit le bas de mon tee-shirt avant d'y donner un coup de ciseaux, puis un autre, et encore un autre. J'ignore ce qui est pire, la sensation de métal froid glissant sur ma peau ou le « clac-clac » de l'outil de malheur.

— Pourquoi est-ce que tu me fais ça? lancé-je en essayant de garder mon sang-froid et de contrôler ma respiration.

Ne te laisse pas abattre, ne te laisse pas abattre, pas maintenant.

— Ces vêtements sont de très mauvais goût, répond-il de façon détachée. Ce que je t'ai trouvé à la pharmacie n'est pas très stylé, je te l'accorde, mais ça fera l'affaire.

Il donne un dernier coup de ciseaux, et les pans du haut retombent de chaque côté de mon corps, exposant mon soutien-gorge à sa vue.

Inspire, expire, inspire…

Il pose les ciseaux sur le rebord de la baignoire et m'observe quelques instants, l'air pensif.

— Tu as une si belle silhouette, murmure-t-il. Je pourrais te contempler pendant des heures.

— Peut-être, mais, même comme ça, tu ne me verrais pas, Sebastian.

Il fait claquer la langue en signe de désapprobation.

— Ce n'est pas très gentil, ce que tu viens de dire, Cassandra. J'ai toujours, toujours veillé sur toi.

— C'est faux! soufflé-je en sentant une vague d'indignation monter en moi. Tu n'as pas cessé de me faire du mal, de m'humilier! Je ne t'aime plus, Sebastian. C'est fini. Notre mariage est terminé. (Je me redresse autant que je peux.) Tu ne représentes plus rien pour moi, continué-je de plus belle, et dès que je trouverai un moyen de sortir d'ici j'irai voir les flics, et tu passeras le reste de ta putain de misérable vie en prison.

Il glousse.

— Ma « putain de misérable vie », comme tu le dis si crûment, est auprès de toi, Cassandra.

Il se penche alors vers moi et plonge une main dans mes cheveux pour me renverser la tête en arrière d'un geste brusque.

— Jamais tu ne partiras d'ici, pas sans moi en tout cas.

Son ton est menaçant et résolu si bien que je sens le peu de courage qui me reste m'abandonner aussitôt, et je fonds en larmes. Sebastian inspire bruyamment par le nez et, l'instant d'après, je reçois une gifle en plein visage. Il s'approche ensuite de moi et attire ma tête contre son épaule en me caressant doucement les cheveux. L'odeur nauséabonde de son eau de Cologne manque de m'étouffer.

J'ai l'impression d'entendre des coups au loin, mais ce doit être la claque qui résonne encore dans ma tête, et je ferme les yeux, acceptant mon destin avec fatalité.

Soudain, quelqu'un m'appelle, crie mon nom.

— Cassie !

Mon Dieu, dites-moi que je ne rêve pas !

Ryder, c'est Ryder !

— Cassie, réponds-moi ! Tu es là ? hurle-t-il en donnant des coups sur la porte de la chambre.

Sebastian se redresse et, avant que j'aie le temps de dire quoi que ce soit, me couvre la bouche de sa main. Je tente de bouger la tête dans tous les sens et parviens à écarter les lèvres. Je lui mords la main entre le pouce et l'index, et profite de l'effet de surprise pour me dégager.

— Je suis là !! À l'aide ! Je suis là !! hurlé-je de toutes mes forces.

— Ferme-la ! tonne Sebastian en m'assenant une deuxième gifle du revers de l'autre main.

Cependant, contrairement à la première, celle-ci me fait l'effet d'un seau d'eau froide et me ramène à la réalité. Ça ne marche plus, l'intimidation physique. Je hurle de plus belle et j'entends qu'on force la porte de la chambre.

— Lâche-la, espèce de fils de pute !

Sebastian se relève au moment où Ryder surgit dans la salle de bains avant de se jeter sur lui, tel un fauve bondissant hors de sa cage, et de le faire basculer sur le côté. Les ciseaux tombent sur le sol dans un bruit métallique, et je regarde la tête de Sebastian cogner contre la cuvette des toilettes, puis il s'écroule par terre.

— Ça va ? Tu n'as rien ? me demande Ryder en s'accroupissant devant moi et en me libérant les mains.

Je hoche la tête, et il m'aide à me relever.

— Allez, viens, dit-il en me faisant passer devant lui.

J'ai presque franchi le pas de la porte lorsque j'entends Ryder crier avant de marmonner un chapelet de jurons.

Je me retourne et me raidis sur place.

Ryder est agrippé au lavabo : Sebastian lui a enfoncé les ciseaux dans le mollet ! Et ce cinglé, à quatre pattes désormais, affiche un sourire diabolique en tenant toujours la branche de l'outil dans la main.

— Ne reste pas là, Cassie ! Cours, va-t'en, m'intime Ryder. Je vais m'occuper de lui.

Ses paroles se perdent dans le tourbillon de colère qui déferle subitement en moi. Je regarde tour à tour la flaque du sang de Ryder, qui s'agrandit lentement mais sûrement sur le carrelage blanc, et l'expression triomphante de Sebastian. Puis une montée d'adrénaline me fait bondir en avant, le poing levé, pouce à l'extérieur, comme me l'a appris Ryder. Je vise juste parce que Sebastian reçoit le coup en pleine figure et tombe sur le côté, du sang jaillissant de son nez.

— Alors, ça fait mal, hein ? demandé-je avant de le frapper une deuxième fois. Oui, je sais, c'est désagréable.

Brusquement, il s'allonge à plat ventre et me saisit les chevilles, me faisant ainsi perdre l'équilibre. Je n'ai pas le temps de me rattraper au rebord de la baignoire et je m'écroule par terre, mais me relève aussitôt avant de glisser sur la mare du sang de Ryder. Je tombe de nouveau au sol puis me retourne rapidement vers Sebastian pour m'éloigner de lui en rampant. Il attrape une de mes chevilles d'une main et les ciseaux plantés dans le mollet de Ryder de l'autre. Je secoue énergiquement la jambe pour essayer de me libérer, mais rien n'y fait. Sebastian profite de mon désarroi en me blessant le pied avec les ciseaux avant de se hisser sur moi. Une vive douleur me traverse tout entière, et je crie à tue-tête.

— Puisque tu refuses que je le tue, grommelle-t-il en s'installant à califourchon sur moi, je vais m'occuper de toi déjà. D'une façon ou d'une autre, tu m'appartiendras pour toujours.

— Plutôt mourir ! soufflé-je entre les dents, sentant mon corps se crisper sous le sien.

— Justement, lâche-t-il en brandissant les ciseaux au-dessus de sa tête.

Je ferme les yeux, me préparant au pire, lorsque, soudain, je me sens libérée du poids sur moi. J'ouvre les yeux et je constate que Ryder a plaqué Sebastian contre le mur en l'attrapant par la gorge. Il saisit alors son autre main, le forçant à laisser tomber les ciseaux avant de lui tordre le bras derrière le dos sans ménagement.

— Si quelqu'un doit mourir ici, c'est ni elle ni moi, déclare Ryder.

— Fous-nous la paix, geint Sebastian en donnant un coup de pied dans la jambe blessée de Ryder. C'est ma femme.

— Ne l'appelle plus jamais comme ça, rétorque Ryder en lui envoyant son poing dans la figure, ce qui le fait vaciller.

Il lui balance un autre crochet du droit avant de le relâcher, et Sebastian glisse par terre, la tête sur le côté, les yeux grands ouverts. Il est encore en vie, je le vois à sa poitrine qui se soulève et retombe lentement au rythme de sa respiration, et je pousse un soupir de soulagement en entendant approcher les sirènes de police.

C'est fini, cette fois ; c'est vraiment terminé. Il ne me fera plus jamais de mal.

Je me relève péniblement, le regard rivé sur Ryder. On est tous les deux dans un sale état, nos vêtements tachés de sang, mon haut découpé pendant sur mon corps, mais on est en vie.

On est en vie.

—Allons-nous-en avant qu'il reprenne conscience, murmure Ryder en passant un bras autour de mes épaules.

Je noue les bras autour de sa taille, et on se dirige vers la sortie de la chambre en boitant tous les deux. Comme nos blessures respectives sont du côté opposé, on se sert de béquille l'un pour l'autre, et il adopte le rythme que je lui impose malgré moi.

On est en vie.

Je souris légèrement à cette réflexion. On échange un regard entendu, et il hoche la tête.

—Tu lis dans mes pensées, dis-je.

—Dans ce cas, commence à penser à des choses salaces, tigresse, parce que j'aurais bien besoin d'un peu de distraction.

Je laisse échapper un rire bref mais franc, et il m'embrasse les cheveux avant de sortir dans l'air doux de la nuit.

On est en vie.

29

Cassie

Le centre médical d'Atlanta est plein lorsque nous y arrivons.

—Et on dit que l'attente pour entrer dans une boîte est longue, plaisante l'infirmière qui s'occupe de notre inscription. C'est malheureusement chez nous qu'on peine le plus à trouver une place, surtout un vendredi soir.

Rapidement, on emmène Ryder dans un box et moi dans un autre.

Un docteur vient m'examiner avant de me suturer l'incision au pied ; et, pendant toute l'intervention, je n'arrive toujours pas à assimiler ce qui s'est passé. On me prescrit des antidouleurs et on me donne des béquilles. Le docteur m'informe que j'en aurai probablement besoin pendant une semaine, le temps que la plaie se referme complètement. Dès qu'on me laisse sortir, je pars retrouver Ryder.

J'écarte le rideau de son box et je le trouve en sous-vêtement, à plat ventre sur la table d'examen pendant qu'un médecin recoud la blessure de son mollet.

Je me sens à la fois rassurée et effrayée à sa vue.

—Salut, toi, murmuré-je en m'avançant vers lui. Ça va ?

— Oui, mieux, maintenant que tu es là, mais repose-moi la question quand je ne serai plus sous l'effet de l'anesthésie.

— Quoi ? Ryder Cole s'est fait anesthésier pour quelques petits points de suture ? Un grand mythe qui s'effondre.

— Oui, mais on va omettre ce petit détail en faisant notre déposition aux flics. J'ai une réputation à tenir, tigresse.

— Voilà, monsieur Cole, c'est fini, annonce le docteur en se levant de son tabouret. Vous devrez changer le pansement dans le courant de la semaine prochaine, mais, comme vous êtes en bonne santé et en excellente condition physique, la plaie cicatrisera rapidement. J'espère que vous passerez tout de même une bonne fin de semaine.

Sur ces mots, elle s'en va et je réprime un petit rire. Après ce que l'on vient de vivre, je ne vois vraiment pas ce qui pourrait être pire. D'ailleurs, il n'y a pas que le week-end qui sera bon. Le reste de ma vie, de nos vies, sera encore meilleur, parfait, maintenant que Sebastian est derrière les barreaux.

Enfin.

Les policiers viennent rapidement prendre nos dépositions, et je m'assieds sur le bord de la table d'examen de Ryder.

Il apparaît que Ryder a quand même remarqué mon absence. Il a tout de suite eu un mauvais pressentiment et a demandé à Gunner de vérifier le signal GPS du portable de Sebastian ainsi que les transactions sur sa carte de crédit. Gunner a vu que Sebastian avait réservé une chambre dans le *Night Light Inn*, mais a préféré creuser d'autres pistes jusqu'à ce que Jamie appelle Ryder pour lui signaler que quelqu'un était entré par effraction chez nous et que ma chambre était sens dessus dessous.

Pendant qu'on était dans la salle d'attente, j'ai passé un coup de fil à mon frère pour le remercier d'avoir eu le bon réflexe en prévenant immédiatement Ryder, ce à quoi il a répondu qu'on se soutenait toujours entre frère et sœur.

Une fois que les policiers ont toutes les informations dont ils ont besoin, ils quittent le box, et Ryder se décale sur la table d'examen en me faisant signe de m'allonger à côté de lui. Je me love contre lui, le dos plaqué contre sa poitrine, et ferme les yeux en expirant profondément. Il presse les lèvres contre le creux de ma nuque, et tous les événements de la soirée, que je revis inlassablement depuis qu'on est arrivés ici, s'envolent aussitôt.

Peu importe qu'on soit aux urgences, les élancements de douleur de mon pied, ce à quoi je dois ressembler en ce moment, je me fiche de tout. Du moment que je sens la chaleur du corps de Ryder contre le mien et la force de ses bras autour de moi, le monde peut s'écrouler autour de nous, je n'en ai que faire.

— J'ai failli te perdre ce soir, murmure Ryder à mon oreille.

Immédiatement, des larmes se mettent à couler sur mes joues. Mais je ne pleure pas de tristesse ni de joie. Ce sont des larmes de soulagement.

Je suis en vie. On est en vie.

Maladroitement, je me tourne vers Ryder et prends son visage entre les mains.

— Je suis désolée, Ryder. Tu n'imagines même pas à quel point.

— Pourquoi ? me demande-t-il d'une voix douce en me caressant les cheveux.

— Tu es blessé et c'est ma faute… Tu aurais pu te faire tuer à cause de moi, parce que j'ai fui mes responsabilités au lieu de les affronter quand il le fallait.

— Tu ne pouvais pas savoir que Sebastian irait aussi loin, déclare-t-il. Et tu avais raison : on ne pouvait plus continuer à vivre comme ça, dans l'attente constante de son prochain mouvement. Je me ferais poignarder encore cent fois s'il le fallait pour te sauver des griffes de ce malade. Je t'aime, Cassie.

Je plonge le regard dans le sien et me sens comme aspirée par le bleu, profond et intense, de ses yeux.

« Je t'aime. »

Venant de la bouche de Sebastian, ces trois petits mots sonnaient faux, et je ne le croyais pas du tout. Pour lui, c'était un outil de manipulation, de simples lettres alignées en paroles qui n'avaient aucune signification entre ses lèvres. Mais le fait de les entendre de Ryder, c'est comme s'il venait de leur donner une toute nouvelle signification, de m'ouvrir les portes d'un autre monde.

Cet homme formidable que j'ai en face de moi, qui n'a pas hésité à risquer sa vie pour moi, m'aime pour ce que je suis d'un amour sincère.

— Moi aussi, je t'aime, chuchoté-je en l'embrassant au coin des lèvres, puis sur la joue et dans le cou. Tu m'as sauvé la vie, Ryder. Si tu n'étais pas arrivé, je…

Une boule se forme dans ma gorge, et je ne parviens pas à finir ma phrase.

— Chuuut, c'est fini, Cassie.

Il resserre son étreinte, et je presse le front contre son épaule.

— Et moi aussi, je te dois des remerciements, enchaîne-t-il. Tu m'as également sauvé la vie, ce soir. Personne n'a jamais pris ma défense avec autant de hargne. Tu lui as quand même pété le nez.

— C'est normal, j'ai appris comment expédier un crochet du meilleur boxeur qui soit. Un mec extraordinaire qui a toujours raison et qui gagne toujours, aussi.

— Cette fois, on a gagné. Ensemble, toi et moi.

Je hoche la tête, apaisée par ses caresses dans le dos.

— Toc toc! s'exclame soudain une voix qui ressemble étrangement à celle de Shelby, de l'autre côté du rideau qui tient lieu de porte.

— Ryder? s'enquiert Cash en passant la tête dans l'entrebâillement. Cass? Vous êtes là?

Je me redresse sur la table d'examen et croise le regard de Cash qui me sourit avant de se retourner.

— C'est bon, ils sont là, annonce-t-il.

L'instant d'après, Shelby, Avery, Ruby, Savannah, Jackson et Parker pénètrent, l'un derrière l'autre, dans le box.

— C'est vachement petit ici, fait remarquer Avery.

— En même temps, on est aux urgences, tu n'es pas censé recevoir des visiteurs.

Parker fait un geste de la main en direction de Ryder en ajoutant :

— La preuve, je pense qu'il ne nous aurait pas accueillis en slip s'il avait su qu'on allait débarquer.

On part tous d'un petit rire.

— Vous n'imaginez même pas à quel point je suis contente de vous voir tous, dis-je en essayant d'attraper mes béquilles.

— Non, non, non, proteste Savannah. Tu ne bouges pas.

Elle donne un léger coup d'épaule à Cash pour passer avant de me serrer dans ses bras.

— Comment êtes-vous entrés ? les interroge Ryder en se redressant en position assise à son tour. Parker a raison : les visiteurs ne sont pas autorisés ici.

— Grâce à Cash, répond Ruby. Il connaît une des infirmières, il a couché avec elle.

— C'est faux, rétorque Cash. Elle n'est pas infirmière, elle est médecin.

— Bref, même sans elle on ne comptait pas partir d'ici sans vous avoir vus, assure Shelby en s'approchant de moi avant de m'embrasser sur la joue.

— Mais, plus sérieusement, vous allez bien ? demande Jackson en nous détaillant de la tête aux pieds.

Ryder et moi échangeons un regard complice, et le sourire qu'il m'adresse veut dire qu'une fois encore il pense la même chose que moi : on n'a peut-être pas l'air en bonne forme avec nos pansements et nos bandages ainsi que les taches de sang séché sur la peau et mes vêtements, mais on s'en fout parce qu'on s'aime.

On s'aime.

On s'aime et on est en vie.

— Ouais, ça va, réplique Ryder.

— Ça va même très bien, ajouté-je.

Ryder passe son bras tatoué autour de ma taille et pose un baiser sur ma tempe.

Je me laisse aller contre lui et sens son cœur battre contre mon oreille.

Mon endroit préféré, mon refuge, celui qui m'apaise toujours, c'est lui désormais : Ryder Cole, mon amour, mon ange gardien.

Découvrez aussi chez Milady Romance :

24 juin 2016

- **Stacey Lynn**, *Rien qu'un soupir*

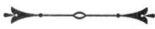

CE MOIS-CI

- **Tracy Bloom**, *La Revanche d'une célibataire*

24 juin 2016

- **Joan Reeves**, *Jane (cœur à prendre) Jones*

CE MOIS-CI

- **Heidi Cullinan,** *Pour une danse*

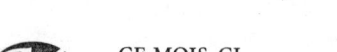

CE MOIS-CI

- **Jaci Burton**, Wild Riders, *L'Instinct sauvage*

The Fell Types are digitally reproduced by Igino Marini.
www.iginomarini.com

Achevé d'imprimer en avril 2016
Par CPI France
N° d'impression : 3017401
Dépôt légal : mai 2016
Imprimé en France
81121730-1